ダーク・シークレット

シャロン・サラ
平江まゆみ 訳

DARK WATER
by Sharon Sala
Translation by Mayumi Hirae

mira

DARK WATER

by Sharon Sala

Published by K.K. HarperCollins Japan, 2024

アルコール依存症の父のもとに生まれた私は、
子供のころから父の弱さによって烙印(らくいん)を押されたように感じていました。
父の恥を自分の恥と思い、長ずるにつれて、
自分も父の欠点を受け継いでいるに違いないと恐れるようになりました。
親の罪は子供の罪。よく言われることですが、実際はそうではありません。
私は一生かかってそのことを学びました。
酒浸りだったかつての父。二十一年の歳月をかけて立ち直った父。
どちらの父と比べても、私はそれ以上でもなければ、それ以下でもありません。
私は私です。私が責任を負うべき相手は私自身と神しかいないのです。
誰かの恥を背負わされ、それを乗り越えてきた読者の皆さん。
これはあなたの物語です。

ダーク・シークレット

おもな登場人物

セーラ・ジェーン・ホイットマン――レストラン〈マ・シェール〉経営
アンソニー（トニー）・デマルコ――ナイトクラブ経営。通称シルク
ロレット・ブードロー――セーラの養母
フランクリン・ジェームズ・ホイットマン――セーラの父。故人
アンナ・キャサリン・ホイットマン――セーラの母。故人
ロン・ギャラガー――保安官
モーリー・オーヴァストリート――私立探偵
ポール・ソレンソン――マーメット・ナショナル銀行の頭取
ハーモン・ウェザリー――フランクリンの元同僚
ソニー・ロムフィールド――フランクリンの元同僚
モイラ・ブレーク――フランクリンの元同僚
マーシャ・ファレル――モイラの友人
アナベス・ハロルド――モイラの友人
タイニー・バートレット――モイラの友人
ダン、ファーリー――ボディーガード

1

もしエイヴリー・ウィラーがメイン州ファーミントンで装甲トラックを盗んで現金輸送車を襲撃し、女を人質に取らなければ、州警察がハイウェイ二七を北上する彼を追跡することはなかっただろう。エイヴリーはスタントン郊外までたどり着き、そこでフラッグスタッフ湖へ通じる脇道（わきみち）に入った。忍び寄る夕闇（ゆうやみ）の中でも、警察との距離が縮まっているのがわかる。カナダ国境まではとても逃げおおせそうにない。となれば、とりあえずは湖を取り巻く森に身を潜め、あとは奇跡を祈るしかなかった。

今、彼は後悔していた。高校を中退しなければよかった、叔父に勧められた精肉業の仕事に就いていればよかったと。何より悔やまれるのは、隣の座席の女を人質に取ってしまったことだ。銃で脅してトラックに押し込んでからというもの、女はのべつまくなしに叫びつづけている。できれば今日一日を初めからやり直したいが、それは無理な話だ。だったら、新たなスタートを切るしかない。そのためには警察の追っ手を振り切り、このぎゃあぎゃあうるさい女を厄介払いしなければ。カーブを曲がった瞬間、彼はその二つを一挙に片づけられる妙案を思いついた。

　助手席側の窓から夕日が差し込んできた。目の前にはフラッグスタッフ湖の暗い水面があった。エイヴリーはシートベルトを外した。窓を開き、アクセルを踏み込んだ。加速の勢いで彼と人質の体が座席の背もたれにぶつかる。女の金切り声が一段と大きくなった。彼は歯を食いしばり、ハンドルにしがみついた。あせりといらだちから手を振り上げた。ぶたれた女が気を失うと同時に、トラックが宙に飛び出した。

　不意に現実離れした静寂が訪れた。パトカーのサイレンさえも遠く消えていく気がした。エイヴリーには、すべてがスローモーションで動いているように思えた。開いた窓から吹き込む風がひゅうっと音をたてて彼の頬をなでた。沈みゆく太陽の最後の光が、こぼれたコーヒーに飛び散るガラスの破片のように暗く凪いだ湖面を照らした。

　その湖面がぐんぐん近くに迫ってくる。女の唇から漏れた小さなうめき声と彼自身の荒い息遣いが混じり合った。

　次の瞬間、トラックは湖面にぶつかった。

　すさまじい衝撃と振動がエイヴリーの度肝を抜いた。液体がこれほど固いものだとは。高さ三メートルの水しぶきを上げた後、トラックは沈みはじめた。彼の想像を超えた速さだった。開いた窓から水が流れ込んでくる。自ら計画したこととはいえ、彼の心臓の鼓動は速くなった。彼は後部座席へ手を伸ばし、盗んだ金の入ったバッグをつかんだ。その時、人質の女が意識を取り戻した。

女はぶたれた顔を手探りした。鼻から垂れていた一筋の血が頬へと広がった。女はぼんやりとまぶたを開け、シートベルトへ手を伸ばした。服を濡らす水を埃を払うように払おうとしたが、それが無理だと知ると、ぎょっと目をむいてエイヴリーを見上げた。

「あんた、泳げるか？」エイヴリーは尋ねた。

女は首を横に振った。

「すまんな」そうつぶやくと、彼は前部座席をめいっぱい後ろに押しやり、生じた空間を利用して窓から出ようとした。この女は溺れることになるだろう。だが、俺にはどうしてやることもできない。

「置いてかないで！」女が悲鳴をあげ、彼の腕にしがみついてきた。

エイヴリーは拳で殴った。女は頭をのけ反らせ、ぐったりとして座席にもたれかかった。

「あんたのためだよ」彼はぼそりとつぶやいた。少なくとも、これで女は死の苦しみを味わわずにすむ。

窓に手をかけた時、トラックの車体が傾きはじめた。うろたえたエイヴリーはバッグの肩紐を首にかけ、押し戻そうとする流れに逆らいながら窓から這い出した。途中、バッグが二度引っかかった。一度目はシフトレバーに。二度目はドアの外側のサイドミラーに。そのたびに彼はバッグを捨てることを考えた。命あっての物種だ。だが、金のためにこの状況に陥ったことを思うと、どうしてもあきらめきれなかった。

不意に体が自由になり、安堵とともに新たな希望がわいてきた。彼は手探りで車体の底部を移動し、なんとかタイヤの位置までたどり着くと、自分が上へ向かっていることを祈りつつ、弾みをつけて体を押し出した。

水がまとわりついてくる。ゼラチンの中を泳いでいる気分だ。バッグの重さのせいだとわかっていたが、腕力と泳ぎには自信があった。ほどなくエイヴリーは水面から顔を出した。すでに太陽は没していた。彼は立ち泳ぎをしながら湖岸に目を向けた。後から到着した警官たちの怒号が聞こえる。しかし、見えるのは点滅する赤と青のライト、そしてパトカーの前を右往左往する男たちのおぼろげなシルエットだけだ。おそらく向こうからもこちらが見えてはいないだろう。とはいえ、まったく見えていないとは限らない。彼は懸命に泳いだ。腕が鉛のように重くなるまで、肺が破裂しそうになるまで、必死に泳ぎつづけた。

疲れきったところで彼は泳ぎをやめ、背後の湖岸を振り返った。点滅するライト。怒鳴り合う男たちの声がはるか遠くに聞こえる。彼は満足げにほくそ笑んだ。水を含んだ重たいバッグをたぐり寄せ、より楽な体勢に整えてから、改めて泳ぎ出した。黒い水のかなたにある対岸は、まだぼんやりとしていてよくわからないが、木立の中にぽつんと小さな光が見えた。おそらく民家のポーチの照明だろう。彼はその光を見据えて進んでいった。

最初は胸の痛みに気づかなかった。水があまりにも冷たかったせいだ。だが、その痛みが腕へと広がり、呼吸が苦しくなってきた時、エイヴリーは悟った。結局、俺はカナダにたどり着けないのか。信じられない。こんな形で死にたくない。彼はついに金の入ったバッグを手放した。しかし、ほんの少しだけタイミングが遅すぎた。バッグが彼の膝にぶつかり、足先をかすめて、ゆっくりと沈んでいく。それから数秒後、胸に激痛が走り、彼は絶叫した。その声は甲高いこだまとなって静かな湖面に響き渡った。次の瞬間、エイヴリーは己の死を覚悟した。全身から力が抜け、彼は白目をむいた。金の後を追うように、暗い湖底へ沈んでいった。


森に朝が訪れるころには、郡保安官事務所の潜水士たちが湖畔に顔をそろえていた。なぜ自分たちがこの場所にいるのか。その冷たく厳しい事実の前には、深まる秋の美しさも形無しだった。これから始まる過酷な任務を思うと、黄色や赤に染まった木の葉も色あせて見えた。

ダニー・ボールドウィン保安官助手には六年を超す捜索・救助のキャリアがあった。彼は自分の仕事に誇りを持っていたが、こういう任務は嫌いだった。今回の任務に救助の要素はない。あるのは捜索と回収だけなのだ。

ウィル・フライドはダニーの相棒であると同時に義兄でもあった。ウィルのほうが十歳上で経験においても勝っていたが、熱心さに関してはそうではなかった。人質に取られた女性に夫と十代の息子が二人いることをダニーは知っていた。その家族たちが妻を、母親を取り戻すために彼がしてやれるのは、きちんとした葬儀ができるように遺体を発見することだけだ。あまり感情を表すことはないが、その思いはウィルも同じだった。

「保安官のお出ましだ」ウィルが口を開いた。

ダニーはちらりと視線を上げただけで、酸素ボンベの圧力計の点検作業に戻った。それから数分もたたないうちに、あたりは法執行官で埋め尽くされた。ＦＢＩの捜査官までやってきたのは、金を盗まれた銀行が連邦預金保険会社の保険に加入していたためだ。しかし、そんな事情はダニーにはどうでもいいことだった。お偉方が主導権争いをしたいのなら勝手にするがいい。結局のところ、捜索が完了しないうちは何一つ始まりはしないのだ。

「ほかの潜水士も動員されたらしいぞ」ウィルがつけ加えた。

ダニーは再び視線を上げ、車から降りてくる男たちを見据えた。前にも組んだことのある連中だ。彼はうなずいた。「人数は多いほうがいいさ」

ウィルは向きを変え、湖を見渡した。「まったく、でかい湖だよなあ」

ダニーは義兄の言わずもがなのコメントを無視し、ウェットスーツの首周りを調節して、酸素ボンベを肩に担いだ。「準備オーケー？」

ウィルがうなずいた。

ダニーは保安官に手を振った。「準備できました」

ロン・ギャラガーが帽子を脱ぎ、髪をかき上げた。

「手筈（てはず）はわかってるな。持ち場は俺が指示したとおりだ。ほかの連中には南側からスタートさせる」そう言って、彼は空を仰いだ。「風が出てきたら作業は中断する。これ以上死体を増やしたくないからな」

「この程度の水で溺れやしませんて」ウィルがもったいぶった口調で切り返した。

ダニーはにやりと笑った。「そして、俺はどんな水だって溺れやしない。つまり、俺たちは問題なしってことですよ」

保安官はため息をついた。部下たちが軽口をたたくのは、これから始まる任務の重苦しさを紛らわすためなのだ。彼にはそれがわかっていた。

「とにかく用心してくれよ」

「了解」潜水士たちは声をそろえ、岸にもやわれた小型モーターボートへ向かった。

数分後、彼らはボートに乗り込んだ。ロープを二度引っ張ると、咳（せ）き込むような音とともに船外機が始動した。ダニーはボートを離岸させ、トラックが飛び込んだ地点を目指した。水没したトラックは着水点から半径十メートル以内にあるはずだが、遺体の場所となると皆目見当もつかない。もし沈没する前にトラックから逃げ出していれば、遠くまで流されている可能性もあるだろう。だが、スタート地点は決まっている。ダニーとウィルはその地点に到着した。

　ほどなくダニーは船外機を停止させ、舷側から錨を投げ入れた。

「始めるか？」

　ウィルはうなずき、空を見上げて、まぶしい朝の光に目を細めた。

「少なくとも明るさはまずまずだな」

「ああ」ダニーは答えた。「あとは幸運を祈るのみだ」

　トラックの車体は一時間もしないうちに見つかり、すぐに回収作業が始まった。地面に引き揚げられるトラックを、潜水士たちは湖岸から見守った。人質に取られた女性はシートベルトで座席に固定されていた。彼女が生きているとは誰も思っていなかったが、実際に遺体を目の当たりにすると気持ちが萎えた。自分たちが任務に失敗したような気がした。しかし、運転していた犯人はいまだに行方が知れない。つまり、任務はまだ終わっていないのだ。前夜は犯人が逃げた可能性も危惧されたが、湖の周辺に人間が上陸したと思われる痕跡は見つかっていない。そのため、犯人はまだ湖にいるという前提で、潜水士たちは再び水中に潜った。エイヴリー・ウィラーの遺体が見つかるまで、捜索は続くことになるだろう。

ダニーがそのバッグを発見したのは、日没まであと一時間というころだった。バッグの正体に気づいた瞬間、エイヴリー・ウィラーが近くにいることを確信した。彼はウィルに合図を送った。素早く近づいてきたウィルにバッグを渡し、浮上するように身振りで示した。ウィルは了解のサインを出し、水泡を残しつつ湖面に向かって泳ぎ出した。ダニーは腕時計のライトを点灯し、時間を確認すると同時にタンクに残った酸素の量を計算した。まもなく上の世界は暗くなる。早くエイヴリー・ウィラーを見つけなければ、明日もまたここに戻る羽目になる。できればその状況は回避したい。今夜は冷え込みが予想されていた。ウェットスーツに多少の防寒効果があるとはいえ、明日の水中作業は悲惨なものになるはずだった。

さて、次はどこを捜すか。フィンで湖底の沈泥をまき上げながら、ダニーはその場で三百六十度ぐるりとターンした。手にした水中ライトは頼りなく、暗い水の奥までは見通せない。だが、彼は気にしなかった。乾いた地面にいるよりも、暗い水の中にいるほうが気持ちが安らぐ。これは生まれる前に母親の腹の中に浮かんでいた古い記憶と関係があるんだろうか。

日没が迫っていることを思い出し、彼は捜索を再開した。前に五歩進んでから右に折れ、円を描くように一周した。それがすむと、さらに五歩前進し、同じ動作を繰り返した。人間の足らしきものを見つけたのは三度目の周回の最中だった。確かに彼は今日一日遺体を捜してきた。しかし心のどこかで、犯人が無事に逃げ切ったのではないかと考えていた。ダニーは握り直した水中ライトを前へ突き出した。頼りない光の中にエイヴリー・ウィラーの体が浮かび上がる。彼はまじまじとその体を見つめた。給気バルブの音に、マスクの下で吐き出す自分自身の息の音に耳を傾けながら、エイヴリーのような男の末路を思った。エイヴリーは湖底ではなく何かの物体の上に横たわっていた。ダニーがそのことに気づいたのは、水面に向けて合図を送った後だった。

彼は慎重な足取りでそろそろと距離をつめ、腰をかがめてエイヴリーの体を押した。ふわりと浮いた遺体は横向きになって泥の中へ落ち、その下から大きな長方形の金属の箱が現れた。半分は沈泥に埋まり、残る半分がわずかに突き出ている状態だった。フラッグスタッフ湖は三つの小さな町を犠牲にして生まれた人工湖だ。その事実を知るダニーは、立ち退きの際に誰かが置き去りにした持ち物だろうと見当をつけた。箱は古い金属製トランクのようにも見えた。しかもひどく錆(さ)びついていた。いったん立ち去りかけたところで、彼は留め金にはまっている南京錠に気づいた。とたんに好奇心が頭をもたげた。湖への不法投棄はよくあることだが、しっかりと施錠された投棄物の話は聞いたことがない。じきに合図を見たウィルが戻ってくるだろう。ダニーはナイフを取り出し、南京錠の掛け金の部分にねじ込んだ。煉瓦の壁にぶつかった熟した林檎のように、掛け金がはじけ飛んだ。

　箱の蓋を開けようとしたその時、肩をつかまれた。振り返ると、ウィルの問いただすような表情があった。ダニーはウィンクを返し、遺体と自分が壊した錠前を指し示した。マスクの奥で、義兄が天を見上げる。あとで説教を聞かされることになりそうだ。ダニーは両手を動かして、蓋を持ち上げたいと伝えた。ウィルは肩をすくめたものの、金属の箱に膝を当て、蓋をつかんで踏ん張った。蓋はびくともしなかった。ダニーはもう一度やろうと仕草で伝え、二人で力を合わせて引っ張った。しかし、蝶番が錆びついているせいか、蓋は微動だにしなかった。

　あきらめろ。ウィルは身振りで提案した。酸素の量が残り少ないし、日没も近い。ダニーはうなずき、腰を落とした。最後にもう一度、全体重を使って蓋に挑戦した。ウィルは顔をしかめつつも力を貸した。始めたことは最後までやり通さないと気がすまない義弟の気性を熟知していたからだ。

　しばらくは何も起こらなかった。それから、不意に手応えが伝わってきた。ダニーは親指を立てて喜びを表し、なおも激しく引っ張った。数秒後に蓋が動きはじめた。彼は腰を伸ばした。蓋の下に指を突っ込み、力まかせに引っ張りはじめた。

　ついに箱の中身が現れた。最初はそれが人骨だとはわからなかった。しかし手の骨が箱から浮き上がってきた瞬間、彼は突然のパニックに襲われ、あわてて蓋を閉じた。

ダニーはショックに目を見開き、義兄を振り返った。ウィルは腑抜けた表情をしていた。彼も自分が目にしたものが信じられないようだった。やがて、彼らは同時にエイヴリー・ウィラーの体に手を伸ばした。そして、湖面へ向かって浮上した。

ルイジアナ州ニューオーリンズ

その朝、セーラ・ジェーン・ホイットマンは仕事に遅れた。彼女はレストラン〈マ・シェール〉のオーナーで、昨夜は遅くまで店の帳簿と格闘していて、目覚ましをセットし忘れたのだった。オーナーなのだから、遅刻したところで首になることはない。しかし、彼女は店に一番乗りをするのが好きだった。自ら鍵を開け、店内に足を踏み入れる。昨夜のにぎわいの余韻に浸りながら、真っ白なテーブルクロスと上質の食器がセットされる前のテーブルや椅子を眺める。そうしていると心が浮き立つのだ。客に食事を供するという点では日々同じことの繰り返しかもしれない。だが、客の顔触れは日によって変化する。〈マ・シェール〉にいると、毎日新しい世界をのぞき見ることができる。それもこれもすべては名づけ親であるロレット・ブードローのおかげだった。

セーラはブラシで髪をとかしながら靴を履いた。ブラシを置こうと鏡台を振り返った瞬間、パンツのウエスト部分が緩むのを感じた。ウエストを手探りした彼女は、ボタンが取れたことに気づき、眉をひそめた。

「まったく、ついてないんだから」ぶつぶつ文句を言いつつ、セーラは裁縫箱がしまってあるクローゼットに近づいた。服を着替えるよりはボタンをつけるほうが早くすむからだ。

彼女はパンツを膝まで下ろし、ベッドの端に腰を据えた。ウエストの部分を引き寄せ、取れたボタンを縫いつけはじめた。玉止めの段階に入ったちょうどその時、電話が鳴り出した。彼女はちらりと時計を見上げた。留守番電話に応対させることも考えたが、途中で気が変わり、三度目のベルで受話器を取った。

「もしもし」

「セーラ・ホイットマン？」

セーラは息をのんだ。この独特なアクセント。耳にするのは二十年ぶりだ。つらい記憶がよみがえり、胸が苦しくなった。

「ええ、セーラ・ホイットマンですけど」

「ミス・ホイットマン……私はロン・ギャラガー。メイン州サマセット郡の保安官です」

セーラは床に視線を落とし、左の靴の縫い目にかすかなすり傷があることに気づいた。

彼女は深々と息を吸い込んだ。なんとか返事をしようとしたが、喉がつまり、声が出てこなかった。

「ミス・ホイットマン……聞いてますか？」

セーラは身震いし、おぼつかない手つきで顔をこすった。

「ええ。ごめんなさい。それでご用件は？」

「フランクリン・ホイットマンはあなたの父親でしたよね？」

手のひらから汗が噴き出した。セーラは自分が崩れていくのを感じた。こんなのってないわ。もう終わったことなのに。終わったはずのことなのに。

「私のことはほっといてもらえます？」彼女は切り返した。自分でも気づかぬうちに、子供のような甲高い声になっていた。

ロン・ギャラガーは眉をひそめた。ホイットマン事件がマーメットの町を揺るがした当時、彼はまだ保安官事務所に入ったばかりの新米にすぎなかった。だが、小さな町で生じたスキャンダルはそう簡単に許され、忘れられるものではない。フランクリン・ホイットマンの横領と詐欺がホイットマン一家にもたらした結果は、それ自体が犯罪と呼びたくなるほど過酷なものだった。

「誠に申し訳ない、ミス・ホイットマン。ですが、これが私の仕事なんでね。二日前、我々はフラッグスタッフ湖からあなたの父親の遺体を回収しました」

セーラは自分の耳を疑った。彼女の父親は十年にわたりマーメット・ナショナル銀行の副頭取を務めていた。人々に尊敬される町民であり、十歳の少女にとっては最高の父親だった。その父親が銀行を裏切り、盗んだ百万ドルとともに姿をくらましたのだ。人々の批判は残された妻と娘に向けられた。母子の暮らしは破壊され、追いつめられた母親はついに自ら命を絶った。もし母親の親友ロレットがいなければ、セーラは州の施設に収容されていただろう。自分と母親をひどい目に遭わせた男。その男の死を今さら悼めというのだろうか。

「それで、私にどうしろっていうの？」セーラは吐き捨てた。

「ミス・ホイットマン……そういうことじゃないんです」保安官が答える。

「じゃあ、どういうこと？」セーラは問いただした。「犯人が見つかったんだから、けっこうなことじゃない。まあ、あの男が犯行現場に戻ってきたのは意外だったけど」

ロン・ギャラガーはため息をついた。彼が相手に伝えようとしている情報のせいで、マーメットはすでに大騒ぎになっている。しかし、事実を否定することはできないのだ。

「それなんですが」彼は言った。「どうも彼は町を離れた形跡がないんですよ」

「どういう意味？」

「潜水士が発見した時、彼の遺体は古い金属製トランクに入れられ、鍵がかけてあったんです。トランクの中には服の一部も残っていました。それから革製品……財布とか……靴のたぐいも。警察の古い報告書によると、それは彼が失踪時に身につけていたものらしいんです。つまり、彼は失踪時のいでたちのままトランクに入れられ、湖に沈められたのではないかと」

セーラの視界がかすんだ。声が震えはじめた。

「何が言いたいの？」

「あなたの父親は殺されたんです。犯人はおそらく……金を独り占めしようとした共犯者でしょう」

セーラはゆっくりと立ち上がった。保安官の言葉は聞こえていたが、それをどう理解していいのかわからなかった。この二十年間、彼女は父親がどこか遠い土地にいて、盗んだ金でのうのうと暮らしていると思ってきた。ところが実際は、箱づめにされ、湖の底で腐敗しつづけていたのだ。

「まさか」彼女はつぶやいた。

ギャラガーはその言葉の意味を取り違え、眉をひそめた。「いや、ミス・ホイットマン。あいにくですが、遺体は間違いなくあなたの父親です。歯医者の治療記録で身元を確認しましたから」

「まさか」セーラは繰り返した。「そんなことって」そこで彼女は大きく息を吸い込んだ。「二十年前は父が金を持ち逃げしたと決めつけたくせに。おかげで母と私は町じゅうからつまはじきにされたのよ。警察は私たちまで犯人扱いしたわ。どんなにひどいことを言われたか。すぐに私たちも町を出て、父と落ち合うんだろうとか、家族で盗んだ金を使うんだろうとか。母が自殺したのはあなたたちのせいよ。それなのに、今になって父は逃げてなかったって言うの？」確信が強まるにつれて、彼女の声はさらに大きくなった。「父が逃げてなかったとしたら、ほかの部分も怪しいものね。父の横領は濡れ衣じゃないの？父は真犯人に陥れられただけじゃないの？」

「その可能性もありますが、今のところは――」

「いつ父の遺体を返してもらえるんです？」

あからさまな怒り。この状況では無理からぬことだ。ロン・ギャラガーには相手を責めることはできなかった。

「検死官は現在手いっぱいの状態ですが、都合がつき次第――」

「お気遣いなく」セーラはぴしりと言った。「とにかくいちばん早い便でそちらに行きますから」

「でも、ミス・ホイットマン、こちらには――」

セーラは最後まで聞かずに受話器を置いた。

2

シカゴには身を切るような冷たい風が吹いていた。タクシーから降り立ったトニー・デマルコは寒さに背中を丸め、銀行の正面玄関へ向かった。新しい店の改装はあと少しで完了する。業者に改装費用を支払うためには口座の資金を移しておかなければならなかった。

十五年前、トニーはほぼ無一文でシカゴにやってきた。当時の彼には夢しかなかった。しかし、強い意志と努力と叔父サルヴァトーレ・デマルコの支援によって、彼は徐々に成功への階段を上りはじめた。世間の信用を得るまでには八年の歳月が必要だったが、長い修業は無駄ではなかった。満を持して開いたナイトクラブ〈シルク〉は大いに当たり、今彼はレイクショア・ドライブに二号店をオープンさせようとしていた。

昂然と頭を上げ、胸を張って、トニーは銀行の中へ入った。豊かな黒髪は風でわずかに乱れ、濃い茶色の瞳は部屋に、頭取室の男に向けられていた。自分に見とれる女たちの視線などまるで意に介していない。その身のこなしには、自然体で生きる男の自信が感じられた。

「おはよう、シャーロット。ダブニーに話があるんだが、彼の都合はどうかな？」

視線を上げた秘書の顔に笑みが広がった。

「いらっしゃいませ、ミスター・デマルコ！」

「シルクか！　入った、入った！」頭取の声が飛んできた。

シルクはトニーが十代のころにつけられたニックネームだった。しかし、同名のナイトクラブが有名になったために、今では多くの人間が彼をシルクと呼んでいた。彼はこだわらなかった。相手が店名で呼びかけてこようが、ニックネームのつもりで呼びかけてこようが同じことだ。彼は秘書に笑みを返し、頭取のオフィスに入っていった。

銀行での用事は一時間のうちに終わり、トニーは再びタクシーを拾って、ミシガン湖を一望できる自宅のアパートメントを目指した。不意に故郷の深い森が思い出された。長年シカゴで暮らしていても、ときどきふっと故郷が恋しくなるのだ。今のアパートメントからの眺望は見事なものだが、メイン州の秋のすばらしさには及びもつかない。色彩豊かなニューイングランドの秋。子供のころに歩いた森の小道。落ち葉を踏みしめる感触や近隣の炉辺から立ち上る煙の匂(にお)いを考えただけで、彼の胸は懐かしさで満ちあふれるのだった。

五年前、彼は生まれ育ったマーメットの近くにあるフラッグスタッフ湖のほとりに別荘を建てた。だが、その別荘を利用したことは今までに二度しかない。今年こそはあそこで骨休めをしよう。彼はそう心に誓っていた。俺(おれ)を裕福にしてくれたのはシカゴだが、たまにはこの町を離れて息抜きがしたい。

数分後、タクシーがアパートメントの正面で止まった。トニーは九ドルの料金に対して二十ドル紙幣を渡し、釣り銭を待たずにタクシーを降りた。順風満帆な人生を送っていると気前もよくなるものだ。タクシー運転手の笑顔に見送られて、彼は建物の中へ入った。それから二分後には、ドアの鍵を開けて、ペントハウスのアパートメントに足を踏み入れた。脱いだコートをホールのラックにかけ、カシミアの生地についていた糸くずをつまんでから、キッチンへ向かった。外で寒い思いをした後なので熱いコーヒーが飲みたかった。

コーヒーを用意している最中に電話が鳴った。彼は相手の番号を確認せずに受話器を取ったが、懐かしい声を耳にして頬を緩めた。

「やあ、シルク……ひさしぶりだな」相手は言った。

「やあ、ウェブ。おまえが電話してくるとは珍しい。どういう風の吹き回しだ？」

ウェブスター・デイヴィッドソンは秘書が目の前に差し出した契約書に署名し、しばらくは電話を取り次がないように身振りで指示してから秘書を追い払った。

「最近ずっと忙しくてさ……まあ、おまえも似たようなもんか」

「まだ家を建ててるのか？」

「そんなとこだ。といっても、今建ててるのはショッピングセンターだが」

「うらやましい話だね」

「なんだよ、その口振り。どうも後ろ向きだぞ。悪名高いアンソニー・デマルコが言うこっちゃない」

「おいおい……俺ってそんなに悪名高いか？」

「まあ、昔ほどじゃないがな。おまえが足を洗ってからはそうでもない」

トニーは声をあげて笑った。

「失礼な奴だな。俺は昔から正々堂々とやってきた。ただ、おまえより男っぷりがいいだけだ」

ウェブはくすくす笑った。

「それは認めるよ。けどな、今日おまえに電話したのは、俺のビール腹と寂しい髪の毛の話をするためじゃないんだ」

「じゃあ、どんな用件だ？」

「フランクリン・ホイットマンのことだよ」

トニーは眉をひそめた。長らく耳にしなかった名前。しかし、フランクリン・ホイットマンが巻き起こした騒ぎのことははっきりと覚えている。ホイットマンは自分が勤めていた銀行から百万ドルを横領し、妻子を捨てて逃げたのだ。当時、トニーは事件を聞いて愕然とした。彼が知るホイットマンはそんな真似をする男ではなかったからだ。

「ホイットマンがどうした？　とうとう見つかったのか？」

「まあな」ウェブが答えた。「というか、彼の残骸が見つかった」

　トニーのうなじにいやな感覚が走った。

「どういう意味だ……彼の残骸って？」

「二日前、車がフラッグスタッフ湖に突っ込んだ。郡の救助隊のダイバーたちが遺体を捜して湖に潜ったんだが、その最中に金属製のトランクが見つかった。トランクには白骨が入ってて、それがホイットマンのものだと判明した」

「なんてことだ」トニーの脳裏にある少女の姿が浮かんだ。ホイットマン家の庭で芝刈りをする彼をよく眺めていた少女。もっとも、今はもう少女ではないだろうが。「ホイットマンの娘。あの子には連絡したのか？」

「連絡したみたいだぞ。サマセット郡保安官事務所に勤めてる妹の亭主から聞いた話じゃな。彼女は明日こっちに来るらしい。父親の遺体を引き取りに」

「一人で？」

「あのなあ、シルク、俺にそこまでわかるかよ。とにかく俺が聞いたのは、彼女がニューオーリンズに住んでることと、保安官から電話連絡を受けて怒った――猛烈に怒ったってことだけだ」

　トニーはため息をついた。「知らせてくれてありがとう、ウェブ。感謝するよ」

「なんの、なんの」ウェブは答えた。「ただ、おまえには知らせといたほうがいいと思ってさ。おまえ、ホイットマンを慕ってただろう？」

「ああ、俺はあの人が好きだった」

「じゃあ……俺、そろそろ仕事に戻るわ。こっちに来ることがあれば、俺に連絡しろよ」

　そこで電話は切れた。トニーは受話器を置き、できたばかりのコーヒーをマグカップに注ぐと、そのマグカップを手にリビングへ移動した。慎重にコーヒーをすすりながら、お気に入りの椅子に体をあずけ、ため息を一つついて過去に思いを馳せた。

　彼は当時まだ幼かったセーラ・ホイットマンのことを考えた。最後に彼女を見た時のことを思い返した。セーラは小さな顔を涙で濡らし、母親の墓の前に立っていた。十歳の子供をどうやって慰めればいいのか。十六歳のトニーにはわからなかった。だから、彼は何もしなかった。そして、そのことをずっと悔やみつづけてきた。町の誰からも相手にされなかった若造。その若造にチャンスを与えてくれたのがフランクリン・ホイットマンだったのだ。両親はともに酒飲みで、まともな定職に就いたことがなかった。当然、息子の養育などできるはずもなく、アンソニー・デマルコ少年は荒れた育ち方をした。十代になるころにはハンサムな〝悪〟として鳴らしていた。シルクというニックネームは、彼のセクシーな魅力と女あしらいの巧みさをうらやんだ仲間たちがつけたものだ。だが、大人になりかけていたシルク・デマルコは、高校でどれほど女の子たちにもてたとしても、それで自分が生まれ育った悲惨な暮らしから抜け出せるわけではないことを承知していた。彼はもっとましな人生を歩みたかった。

そうして迎えた十六歳の夏、彼は意を決して銀行に乗り込み、フランクリン・ホイットマンに融資を頼んだ。芝刈り機を購入して、芝刈りサービスのビジネスを始めようと考えたのだ。もっとも、仮に融資が受けられ、芝刈り機を購入できたとしても、マーメットのまともな住民たちが彼を信頼し、雇ってくれる見込みは薄かったが。ところが驚いたことに、ホイットマンは彼に融資をしてくれたばかりか、最初の顧客になってくれた。夏が終わるころには、シルクは三十人のお得意さんを抱え、三千ドル以上を稼いでいた。彼は生まれて初めて成功の味を知った。そして、さらに上を目指すようになった。

トニーは再びマグカップを口に運んだ。ほどよく冷めたコーヒーを味わい、満足げにうなった。何かが近くの窓をたたいている。ふと視線を上げると、雨が降りはじめていた。

彼は眉をひそめ、セーラ・ホイットマンの成長した姿を想像した。今ごろはもう結婚しているだろうかと考えた。ホイットマンが消えた後、セーラとその母親がどんな仕打ちを受けたかは忘れもしない。町じゅうからいじめられ、追いつめられたセーラの母親は自ら命を絶ったのだ。ウェブの話によると、セーラは父親の遺体を引き取りにマーメットに戻ってくるらしい。彼女がたった一人で過去と向き合うことを思うと、トニーはいたたまれない気持ちになった。二十年前の俺はあの子に何もしてやれなかった。でも、今度は違う。

トニーは出し抜けに立ち上がり、電話へ向かった。数分後、彼は帰郷のために荷造りをしていた。

飛行機が着陸する間、セーラは息をつめていた。しぶしぶ窓の外に視線を投げると、早くも潮の匂いが感じられる気がした。彼女は素早く目をそらした。これからのことを考えると怖くてたまらなかった。ロレットおばさんは自分も一緒に行くと言ってくれた。セーラは自分の留守中レストランを監督してほしいからとその申し出を断った。明らかに無理なこじつけだった。セーラは有能なマネージャーだが、ロレットはレストラン経営についてはまったくのど素人だったからだ。しかし、二人にはわかっていた。セーラには一人で今度の件を乗り切る必要があることを。自分を故郷から追い出した過去に一人で立ち向かわなければならないことを。

セーラは震える脚で飛行機を降りた。空港のビルへ入り、預けた荷物を引き取った。レンタカーの窓口に行き、予約した車のキーを手にするころには、胃がむかむかして吐きそうになっていた。

彼女はカウンターの奥のラックを指さした。「この州の地図も欲しいんですけど」

窓口係は車のキーと一緒に地図を手渡した。「駐車場はこのドアを出て、右側にありますから。奥に進んだ八列目にあるのがあなたの車です」

セーラはうなずき、ショルダーバッグを肩にかけ直した。スーツケースのハンドルをつかみ、指示されたドアから外に出た。ほどなく彼女は車に乗り込み、空港をあとにした。市街地へ向かう車の流れに入り込みながら、素早く祈りを唱えた。

「主よ、私に力をお与えください」そして、長い車列に合流した。

それからしばらくは、道を間違えないこと、目指す高速道路にたどり着くことに気を取られ、目的地のことを考える余裕はなかった。しかし、市街地を離れて、北へ向かう高速道路に入ると、再び不安が襲ってきた。自分の世界が崩壊した時、彼女はわずか十歳の子供にすぎなかった。夜中に目を覚まして、寝室で死んでいる母親を、乾きかけた血だまりの中に横たわる遺体を見つけた時のことは今でもときどき夢に見る。その時、出血はもう止まっていた。それでも、彼女はなんとか止血しようと母親の血まみれの手首にタオルを巻きつけた。家の電話は止められていた。彼女は助けを求めて隣家に走った。そこまではおぼろげながら記憶しているが、その後の数日間についてはよく思い出せない。ニューオーリンズからやってきたロレットおばさんを見て、彼女は初めて涙をこぼした。いったんあふれ出た涙は抑えることができなかった。

母親の葬儀の翌日、ロレット・ブードローはセーラの服を荷造りした。娘を彼女に託すというキャサリン・ホイットマンの遺言状の写しを当局に提出し、セーラを連れて町を去った。これで犯罪者の子供を厄介払いできた。町の住人たちは胸をなで下ろした。黒人女性が白人の子供を引き取ったことも問題にはされなかった。ロレット・ブードローはキャサリン・ホイットマンの署名入りの遺言状を持っている。そこには娘の親権をロレット・ブードローに託すと書いてある。それで充分ではないか。とりあえずの懸案事項が片づき、マーメットの当局はこの件を過去のものとした。

それからの二十年間、セーラも同じことをしようと努力してきた。過去は過去として忘れようとしてきた。そして、ようやく忘れることができたと思った矢先に、サマセット郡の保安官から電話がかかってきたのだ。その結果、彼女が二十年間信じてきたことは根底から覆された。もし二十年前に亡くなっていたのなら、父親は自分や母親を捨てなかったことになる。それどころか、殺害されたという事実によって、事件そのものの見方も変わってしまう。おそらく父親は真犯人に濡れ衣を着せられたのだろう。自分が父親の有罪を疑わなかったことを思うと、セーラの胸は痛んだ。十歳の子供だったから、というのは言い訳にはならないわ。パパは優しくて愛情深い人だった。いつも私の枕元で本を読んでくれた。そんな人が横領なんて卑劣な真似をするわけがないのに。今となってはパパに謝ることはできない。でも、パパの汚名をすすぐことならできる。

セーラは大きく息を吸い込んだ。落ち着いて。冷静に考えて。確かに、私がここにやってきたのは、かつてパパと呼んだ人の遺体を引き取るためだわ。でも、単に葬儀を挙げただけでは、パパから受けた愛情に報いることにはならない。パパの名誉を回復し、安らかに眠らせてあげる。それが私にできるせめてものことなのよ。

セーラは十歳までの記憶などほとんど残っていないと思っていた。しかし、マーメットの町に入った瞬間、それは間違いだとわかった。ケープコッドふうの小ぎれいな家々と並木道には奇妙ななじみ深さがあった。彼女は一軒一軒の家をしげしげと眺めた。通りを行き交う人々の顔を見ながら考えた。この人たちは私の顔を覚えているかしら？　私のパパを疑ったことを反省しているかしら？　ママを死に追いやったことを悔いているのかしら？　最低の人たち。どいつもこいつも最低よ。でも、私はパパのことも最低だと思っていた。そして、それが誤解だったと知り、今は心から反省している。この人たちに反省するだけの心があるかどうか、今の段階で決めつけることはできないわ。

数分後、彼女は保安官事務所の前で車を止めた。しかし、すぐに動こうとはせず、運転席に座ったまま、命綱にすがるようにハンドルを握り締めていた。三分ほどたったころ、一台のパトカーがかたわらで停止した。彼女は降りてきた巡査の顔を見据えた。この人は私が昔知っていた人かしら？　二十年もたてば人は変わってしまう。でも、過去が消えるわけじゃないわよね？

ほどなく建物から出てきた巡査はパトカーへ戻りながら、彼女に好奇の視線を投げた。この人と目を合わせたくない。セーラはつと視線をそらし、バッグをつかんで、車のキーを抜いた。そして、パトカーが走り去るのを待って、レンタカーから降り立った。彼女が建物の中に入っていくと、ガラスの向こうの通信指令係が視線を上げた。

「何かご用ですか？」

「ギャラガー保安官に話があるの。話はすでに通してあるんだけど」

「保安官は外出中ですが」

セーラは眉をひそめた。世の中、予定どおりにはいかないものだわ。

「いつこちらに戻られます？」

「なんとも言えませんね。お名前と連絡先を残していってください。あとで本人に電話させますから」

「まだ泊まるところを決めてないのよ。このあたりにホテルはあるかしら？」

「ホテルはちょっと。朝食つきの民宿なら町外れに一軒ありますよ。でも、宿のオーナーのミス・ハティが盲腸で入院中だからなあ」

「それはお気の毒さま」ぼそぼそ答えると、セーラは椅子を探して周囲を見回した。「だったら、保安官が戻るまでここで待つしかないわね」

通信指令係は渋い顔になった。「そう言われても、いつ戻ってくることやら。保安官ならまだ湖のほうにいるはずですけどね」

セーラは不意に振り返った。「湖って、フラッグスタッフ湖？」

通信指令係はうなずいた。

「フランクリン・ホイットマンの遺体が見つかった場所ね？」

相手は急に自分がしゃべりすぎたことに気づいたようだった。

「おたく、何者？　マスコミの人？　だったら、ここにいても時間の無駄だよ」

「私はセーラ・ホイットマン。フランクリン・ホイットマンの娘よ」

通信指令係の表情がさらに渋くなった。「とにかく、私じゃ力にはなれませんから」

拒絶されてもセーラはくじけなかった。この程度の仕打ちは覚悟のうえだ。

「もともとこの町の人間なんか誰も当てにしてないわ」そっけなく言い放つと、彼女はドアへ向かった。

「どこに行くんです？」通信指令係が問いかけた。

「どこへ行こうと私の勝手でしょ」彼女の手を離れたドアが派手な音をたてて閉まった。

車に戻るころには、セーラの体は怒りに震えていた。フラッグスタッフ湖のことならぼんやりと覚えている。だけど、行き方がわからない。いいえ。私がわざわざここまで来たのは、無愛想な通信指令係に追い返されるためじゃないのよ。彼女は怒りを静めつつ、メイン州の地図を広げた。そして、湖の位置と最寄りの高速道路を確認した。正しい道路を見つけて標識をたどっていけば、なんとかなりそうだった。

モーターボートを降りかけたところで、ロン・ギャラガー保安官は近づいてくる見慣れない車に気づいた。彼は少し離れた場所に陣取っているカメラマンの群れを見やり、しびれを切らした記者の車だろうかと考えた。

「マスコミの野郎なら追い払え」ギャラガーは吠えた。

「野郎じゃありません。女です」保安官助手が答えた。

「あのな、レッド、男か女かは関係ないんだ。あれがマスコミの人間なら、テープの外側で控えさせろ」

「了解」そう言うと、レッド・ミラーは決然とした足取りで近づいてくる女性の前へ進み出た。「申し訳ないが、ここは事件現場なんです。近づかないでください」

　セーラは引き下がらなかった。「ギャラガー保安官に話があるの」

「保安官はすでに今回の事件に関する声明を出してます。マスコミに対してこれ以上言うことはありませんね」

「マスコミの人間じゃありません。私はセーラ・ホイットマンよ」

　レッドはあんぐりと口を開け、まじまじと相手を見返した。「そうだ、君だ。覚えてるよ」

「私はあなたのことは覚えてないわ」言葉の攻撃に備えるかのように、セーラはつんと顎を上げた。

「俺の名前はスティーヴン・ミラー。でも、みんなにはレッドと呼ばれてる。学校では君より四学年上だった」

セーラは目の前にいる禿げかけた小男の子供時代を想像しようとしたが、どうしてもイメージがわいてこなかった。「ごめんなさい。やっぱり思い出せないわ」

レッドは小さくうなだれた。「いいんだ。もうずいぶん前のことだし」それから、改めて彼女を見上げた。「お父さんのこと、心から残念に思うよ」

「本当に？」

レッドは真っ赤になった。当時十代だった彼はよく覚えていた。セーラ・ホイットマンとその母親が受けた仕打ちを。母親が自殺し、その遺体をセーラが発見したことを。彼女が味わった苦しみを思うと、敵意をむきだしにされても責めることはできない。この二十年間を埋め合わせたくても、自分に言えることは何もない。そこで、レッドは保安官を指さした。

「ちょっと待っててくれるかな。君が来たことをギャラガー保安官に知らせてくるから」

走り去るレッド・ミラーを見送りながら、セーラは自己嫌悪のため息をついた。不作法な態度。普段の私はこんなじゃないのに。事件の真相を突き止めるつもりなら、当局の助けが必要でしょう？　彼は親しみを表してくれた最初の人間なのよ。その人につんけんした態度をとってちゃ、お話にならないわ。

彼女の視線はレッド・ミラーを通り越し、その先に広がる湖へ向かった。秋色の森に囲まれた湖は絵に描いたように美しかった。それでも、彼女の体には震えが走った。静かな湖面。滑らかで、黒い鏡のようだわ。でも、これはまやかしよ。この下には恐怖が隠されていたのよ。恐怖の正体に引き寄せられるように、彼女は湖に近づいた。パパはここでどんなつらい目に遭っていたのかしら。父親の苦しみを想像すると、不意に息ができなくなった。涙で喉がつまり、視界がぼやけた。

神様。ああ、パパ……誰がパパをこんな目に遭わせたの？

「ミス・ホイットマン？」

現実に引き戻されたセーラは身震いとともに振り返った。頬が涙で濡れていたが、彼女自身はそのことに気づいていなかった。

「ギャラガー保安官？」

もっと背が高かったら。ハンサムで魅力的だったら。ロン・ギャラガーがそう願ったことは過去にもたびたびあったが、これほど切実に願ったのは生まれて初めてだった。この女性のハートを射止めるチャンスをくれるなら、魂を売り渡してもいいとさえ思った。目を見張るような美女。その美女の顔に浮かぶ痛々しい表情が彼の胸をつまらせた。彼女の涙を止めるためなら、竜退治でも犯人捜しでもなんでもやるんだが。そう思いつつ、彼は手を差し出した。

「ミス・ホイットマン。あなたにこういうお知らせをしなければならなかったことを本当に残念に思います」

差し出された手をセーラは一瞬だけ握った。そうしないと失礼に当たるからだ。しかし実際は、礼儀正しくふるまうことに苦痛を感じはじめていた。体の中の怒りが膨れ上がり、今にもはち切れそうな気がした。彼女の家族は殺人と嘘によって壊された。その罰を受ける人間が必要だった。

「ありがとう」セーラは答え、震える両手をみぞおちのあたりで握り合わせた。「父を返してもらいに来ました」

ギャラガーはため息をついた。なんということだ。彼女が望むものを俺は与えてやれない。

「申し訳ない、ミス・ホイットマン。遺体はお返しできないんですよ……少なくとも今はまだ」

「何かいい話はないんですか？」

「現時点ではあまり……。ただ、捜査はまだ始まったばかりですからね。ご理解いただきたいんだが、これは二十年も前の事件だ。おまけに事件現場は水深二十五メートルの湖底ときている」

セーラは両手を拳に握り、保安官の向こうの湖を眺めやった。二度ほど唾をのみ込んでから、なんとか声を絞り出した。

「質問があるんですけど」ささやくような声で彼女は切り出した。

傷ついた表情。心細げな様子。ギャラガーは彼女に両腕を回し、自分の肩に引き寄せたい衝動に駆られた。

「なんでしょう？」

「父は――」セーラは身震いし、深々と息を吸い込んだ。そのことを考えると悲鳴が出そうになる。でも、今は質問に集中しなくては。「父は……生きたまま……」

その先はとても口にできない。しかし、彼女が言おうとしていることは相手に伝わった。

「その件についてはコメントできないんです」

「そうですか」セーラはつぶやいた。新たな涙があふれ、彼女の頬を伝い落ちた。

ギャラガーはうなり声を押しとどめた。捜査情報を漏らすのは法執行官にあるまじき行為だ。だが、この人が苦しむ姿を黙って見ていられない。

「ええと……私から聞いたとは言わないでください。もしあなたがそう言っても、私は否定しますから。これは私見なんですが……あなたのお父さんはトランクにつめられる前に死亡していたんじゃないかと」

「どうしてそう思うんです？」セーラは尋ねた。

「トランクを開けた時、まず目についたのが頭蓋骨(ずがいこつ)の亀裂(きれつ)でした。湖に沈められた時点でまだ息があったとしても、意識はなかったと思いますね」

セーラはつめていた息を吐き出し、のろのろとうなずいた。「話してくださってありがとう」

ギャラガーは肩をすくめた。「いいんですよ。ただ、しつこいようですが、このことは――」

その言葉が終わる前に、一台のバンが二人のかたわらに停止し、三人の男が飛び出してきた。

「セーラ・ホイットマン？　セーラ・ホイットマンですよね？　フラッグスタッフ湖でお父さんの遺体が発見された件について一言！」

セーラはぶたれたかのようにひるんだ。過去の悪夢がよみがえった。彼女の母親もこれと同じ目に遭ったのだ。まだ幼かった彼女はただ見ていることしかできなかった。愛する家族が屈辱を受けていても、どうすることもできなかった。

ギャラガーは怒りの悪態をついた。

「さっさと出ていけ。さもないと全員逮捕するぞ」

わめいても無駄だった。スクープのチャンスと見たレポーターが、逮捕をちらつかされたくらいで引き下がるはずはなかった。

「答えてください、ミス・ホイットマン。あなたのお父さんは共犯者に殺されたとお考えですか？」

　セーラは回れ右をし、レンタカーに避難しようとしたが、追ってきた男たちに前に回り込まれてしまった。

「私のことはほっといて」

　彼女は三人を押しのけようとした。しかし、レポーターは彼女の顔にマイクを突き出し、残る二人は彼女の反応を撮り逃すまいとしてカメラを構えた。

「マーメットの住民たちに対してどんな感情をお持ちですか?」レポーターが問いかけた。

「恨んでる相手もいるんじゃ――」

　突然、強力なエンジンのうなりがレポーターの声をかき消した。セーラが振り向くと同時に、黒いスポーツカーがかたわらに滑り込んできた。唖然として見つめる彼女の前で助手席側のドアが開き、誰かが乗れと怒鳴った。彼女はとっさに反応した。助手席に乗り込み、ドアを勢いよく閉めた。とたんに車が走り出した。

「シートベルトを締めて」

　セーラは反射的に従った。シートベルトを固定し終えた時には、車は落ち葉をまき散らしながら猛スピードで湖から遠ざかりつつあった。彼女はそこで初めてハンドルを握る男を振り返った。この横顔、どこかで見たような気がするわ。まじまじと見つめる彼女に、相手はちらっと視線を送り、微笑した。彼女の心臓がどきりと鳴った。この笑顔を見るのは二十年ぶりだ。しかし、女の子は初恋の相手を絶対に忘れたりしない。

「シルク？」

トニーはにんまり笑った。「今はもっぱらトニーで通っているが……そうだよ、セーラ・ホイットマン。俺だ」

3

トニー・デマルコの車に乗っていた短い間に、セーラはこの車には持ち主に似た優美さと魅力があるという結論に達した。露骨に隣を見ることはしなかったが、それでも、彼が着ている服の仕立てのよさや、左手首にはめられたロレックスの腕時計、右手を飾るダイヤモンドの指輪、挑戦的な瞳の輝きに気づかずにはいられなかった。この人は絶妙のタイミングで現れ、私をレポーターたちから救い出してくれた。その点については感謝しているわ。でも、彼の説明はちょっと信じられない。私を助けるためにわざわざシカゴからやってきたですって？　そんな説明を信じろというほうが無理よ。

「シルク……じゃなくて、トニー……一つ立ち入ったことを訊いてもいい？」

急カーブを曲がりながら、トニーはため息を押しとどめた。疑わしげなまなざし。セーラは彼を信用していないのだ。セーラの気持ちは理解できなくもないが、彼の心は傷ついた。そして、そんな自分に驚きを感じた。

「ああ、いいとも」

「見たところ、ずいぶん羽振りがよさそうね。どんな仕事をしているの？」

トニーは片方の眉を上げた。「大丈夫。合法的な仕事だから」

セーラの頬が染まった。「別にそういうつもりで——」

トニーは笑った。「気にしないで。からかっただけさ。シカゴにナイトクラブを一軒持っている。ああ、実質は二軒か。あと一カ月くらいで二店目がオープンすることになっていてね。最初の店の名前は〈シルク〉っていうんだ」

セーラはまじまじと相手を見つめた。目の前の世慣れた男と彼女の記憶にある少年を重ね合わせてみた。ビジネスを始めるにはかなりの資金がいるわ。ナイトクラブとなればなおさらだ。私だって、レストランを改装する時にローンを借りて、いまだにその返済に追われてる。シルクのうちは貧乏だった。ホームレス同然の時もあった。父親が盗んだと言われた百万ドルのことを思い出し、彼女は改めてシルク・デマルコを観察した。この人にそんな真似ができたかしら？　というより、この人がそんな真似をするかしら？

「私の父が失踪した時、あなたは何歳だった？」

「十六」トニーは答えた。「高校の一年目を終えたばかりだった」

「十六じゃ無理ね」セーラはつぶやいた。十六歳の少年が銀行から百万ドルを盗み出したうえに、別の誰かに罪を着せたり、疑いをそらすためにその誰かを消したりできるとは思えない。

「何が無理なんだ？」トニーが問いかけてきた。

考えを声に出していたことに気づき、セーラは赤面した。「なんでもないわ。単なる独り言よ」

幹線道路から別荘へ続く細い一車線道路に曲がりながら、トニーは眉をひそめた。いったい彼女は何を……？

次の瞬間、彼は気づいた。とたんに頭に血が上った。彼は急ブレーキを踏み、セーラに向き直った。うろたえたセーラはとっさにドアに手を伸ばしたが、車を飛び出す前に彼に肩をつかまれた。

「開業資金の半分以上は叔父のサルヴァトーレに借りたものだ。最初のローンの保証人になってくれたのもその叔父だ。叔父への借金は〈シルク〉がオープンしてから二年以内に返し終えた。俺（おれ）は百万ドルを盗んでないし、君の親父（おやじ）さんを殺してもいない」

怒りのにじむ声がセーラをひるませた。しかし、彼女は謝るつもりはなかった。父親の身に何が起きたのか。その真相がはっきりするまでは、誰も信用できなかった。

「世界が壊れた時、私は十歳だったわ。まず父が姿を消し、それから三月もたたないうちに私は孤児になった。もしロレットおばさんがいなかったら、私は施設に入れられていたでしょうね。私たちに同情してくれる人なんて、マーメットには一人もいなかったから。あなたに質問したことを謝るつもりはないわ。質問した相手はあなたが最初だけど最後じゃない。私がここに来たのは父の遺骨を引き取るためだけじゃないの。父を殺した犯人を見つけるまで、私はここを離れません」

決然とした表情。怒りに燃えるまなざし。セーラ・ホイットマンは大人になったというわけか。今の彼女はもう母親の墓前で泣いていたあどけない無力な子供じゃない。だが、彼女がやろうとしていることは愚かな行為だ。危険な行為だ。

「まさか本気じゃないよな」トニーは言った。

「本気かどうか、今にわかるわ」セーラはつぶやいた。

「君は？　どんな仕事をしているんだ？」

「それを訊いてどうするの？」

「いいから答えろよ」

「レストラン経営」

トニーはため息をついた。「それでどうして警察にできなかったことが自分にできると思えるのかな？」

「まず第一に、私は証拠を追求しつづけるわ。警察はそれをしなかったでしょう」

トニーは眉をひそめた。「素人に殺人事件の解決は無理だ。それに、証拠といっても二十年も水中に沈んでたものだろう？」

「私がやらなきゃ誰がやるのよ？」そっけなく反論すると、セーラは目をそらした。涙を見られたくなかった。

トニーは彼女の横顔を見つめた。単に美しくなっただけではない。セーラ・ホイットマンはタフな大人に成長したのだ。その理由はわかるような気がする。他人と距離を置くほうが傷つかずにすむのだから。

「そういうことじゃなくて」トニーは穏やかに切り出した。彼女の後頭部に手を当て、自分のほうを振り向かせた。「もし殺人犯がまだこの近辺にいたらどうする？　下手に動き回るのは危険だよ」

セーラは肩をすくめた。「怖じ気づいたのなら、手を引けば？　ただし、さっきの場所までは送ってちょうだい」

無言で彼女を見つめていたトニーが、不意ににやりと笑った。「君を救出するのはもう少し後でもよかったかな」

「どういう意味？」

「見かけは華奢だが、君なら男三人を片手でやっつけられそうだと思ってさ」

まじまじと見返すセーラに、彼は笑いかけた。その笑顔にはユーモアと寛容が感じられた。

「ごめんなさい」

「なんで謝る？」

「あなたの善意を疑ってしまって」

トニーの顔に悪戯っぽい笑みが広がった。「まいったな。そういう理由で謝られても困る。実際、俺は善人じゃないから。過去に善人だったことは一度もないし、この先も善人にはなれない」そう言うと、彼はセーラの髪を軽く引っ張った。「ただし、俺は詐欺師でもない。だから、とりあえずは休戦にしないか？」

彼の手が後頭部から前へ回り込み、セーラの顎をとらえた。熱い視線を浴びて、セーラの体が震えた。

「そうね」彼女はあせって答えた。トニーに早く運転に戻ってほしかった。少なくとも、運転中は彼の両手がハンドルにあるからだ。

「よし。これで休戦成立だ」

トニーはハンドルに両手を戻し、再びアクセルを踏み込んだ。二人を乗せたスポーツカーは鬱蒼とした森の奥へ進んでいった。

「どこに向かっているの？」セーラは疑問を口にした。

トニーは速度を落としつつ指さした。

「あそこ」

視線を上げたセーラは少なからぬ驚きを覚えた。明らかに別荘とわかる建物だが、かなり贅沢な造りだ。これだけの別荘を持てるとしたら、トニーは彼女が想像していた以上に成功していることになる。

「これ、あなたの家？」

トニーがうなずいた。

「きれいなところね」

トニーは微笑し、玉砂利を敷きつめた私道に入ると、建物の正面でブレーキを踏んだ。一瞬、車をアイドリングさせたまま、目の前に広がる美しい景観をフロントガラスごしに眺めた。ヒマラヤ杉を使った二階建ての家屋。周囲の景色を映したガラス。別荘はそこに自然に生えてきたかのように木立の中に溶け込んでいた。

「ああ、きれいだよな」相槌を打ったトニーは車を降り、助手席側に回り込んだ。セーラに手を貸しながら、冗談めかしてマザー・グースを引用した。「私の客間にお入りなさい。蜘蛛が蝿に言ったとさ」

セーラはくすりと笑って車から降り立った。しかし、木立の向こうにフラッグスタッフ湖の暗い水面が見えることに気づくと、その微笑は跡形もなく消えた。

「湖のすぐそばなのね？」

トニーはその表情で彼女が考えていることを察した。

「ここには幽霊なんていないよ」

セーラは疑わしげにトニーを見返し、それから、改めて建物に視線を向けた。

「荷物は全部レンタカーの中なんだけど」

「誰かに取りに行かせよう」

「でも、ここに泊まるわけにはいかないわ」

「どうして？」

強い口調で問いかけられ、セーラは少し面食らった。

「だってその……まず第一に、私たちはお互いのことをよく知らないでしょう。おまけに、あなたは私のプランに反対の立場だし」

トニーは彼女の顔を両手でとらえた。一瞬、セーラはキスをされるのだと思った。しかし、そうではなかった。顔をしかめたセーラの口元にできた皺（しわ）を、彼は両手の親指でなでた。

「昔は知り合いだったんだ。改めて知り合いになればいい。それに、俺がここに来た理由はちゃんと説明しただろう。君がここにいる間、泊まる場所を提供する。それが君の親父さんに対するせめてもの恩返しなんだ」

トニーはセーラの肘に手を当て、家の中へと案内した。建物の内部には来訪者を温かく迎える雰囲気があった。玄関ロビーを通り過ぎた彼女は懐かしい匂（にお）いに気づいた。リビングに入ると、匂いはさらに強くなった。匂いの元は北側の壁の暖炉で燃えている立派な薪（まき）だった。暖炉の前には、革張りのくすんだ濃赤色のソファと椅子が半円を描くように並べてあった。反対側の壁には本棚が並び、長く冷たい冬の夜にも快適な読書を楽しめるようになっていた。部屋のあちこちに飾られた絵は多種多様だった。暖炉を挟むようにネイティブ・アメリカンの絵が二枚かけられていた。ルノワールを思わせる画風の絵もあれば、素朴さが印象深いワイエスふうの風景画もあった。風景画に近づいたセーラは、アンドリュー・ワイエスのサインに目を丸くした。これ、ワイエスの原画じゃないの。彼女は素早く振り返り、トニーに不信のまなざしを向けた。

「あなたのナイトクラブって、よっぽど繁盛しているのね」

うたぐり深い目つき。やれやれ、また一からやり直しか。

「まあね」トニーはそっけなく答えた。これ以上説明させられるのはごめんだ。「じゃあ、君の部屋に案内しよう。その前に家の中をざっと見てみるかい？」

セーラは彼の後に従いながら、家庭的な雰囲気やインテリアの趣味について律儀に感想を述べた。

「ありがとう」トニーは言った。「別にこれといった信念はないんだ。ただ気に入ったものを置いているだけさ」

廊下で足を止め、セーラは彼を見上げた。「でも、とても趣味がいいわ」

「それは褒めてもらっているのかな？」

彼女はため息をついた。「私、失礼なことばかり言ったものね」

トニーは彼女の目の下のくまと唇のかすかな震えに目を留めた。父親の遺体が見つかったことで、彼女が精神的にまいっているのは明らかだ。八つ当たりされてもいいじゃないか。俺には彼女の怒りを受け止めてやることくらいしかできないんだから。

「まあ、そうだね」トニーは穏やかに言い、彼女の目にかかる髪を直してやった。

「ごめんなさい」

「謝るのは俺の手料理を食べてからにしてほしいな」

セーラは笑った。

トニーは彼女の表情の変化に見とれた。再会した時から美人になったとは思っていたが……この笑顔はまさに命取りだ。彼女を壁に押しつけて、ほほえむ唇にキスをしたい。いや、だめだ。ちゃんとホストらしくふるまえ。そう自分に言い聞かせつつ、彼はセーラの肘を取った。

「君の部屋はこっち。左側のいちばん奥の部屋だ」

肘を包むトニーの手は力強く、しかも優しかった。彼の長い歩幅に遅れないように、セーラは小走りになった。やがて、彼は部屋のドアを開け、脇に下がった。

「ここが君の部屋だよ。こっちにいる間は自由に使ってくれ。専用の浴室と居間もついている。電話をかけなきゃならない場合は、あのテーブルの電話を使うといい」

「ありがとう。でも、自分の携帯電話があるから」

「このあたりは電波が届きにくいこともあるし、まあ、遠慮は無用だ」

セーラはためらいがちに微笑し、室内を見回した。居心地がよさそう。ほかの部屋もそうだけど、この部屋にも温かい雰囲気があるわ。最後に彼女は思い切って振り返った。仲直りをするなら今しかない。

「シルク……じゃなくて、トニー――」

「シルクでいいよ」

「でも、今はもっぱら――」

「今でもシルクと呼ぶ人間はいる」トニーは言った。「それに、君がシルクと言う時の響きが好きなんだ」

セーラは考える表情で目を細めた。相変わらず口がうまいのね。ちょっとうますぎる感じ。

「つまり、どっちでもいいわけね」彼女はさらりと流した。

トニーはにやりと笑い、それからベッドを指さした。「少し休んだら？　その間に、俺は用件を片づける。君の車と着替えを持ってこさせて、あと、ちょっとしたマスコミ対策も必要だな」

セーラは驚きの表情になった。「どういう意味なの……マスコミ対策って？」

「君がここにいると知っていながら、連中が君をほっておくと思うか？　百パーセントありえないね。好むと好まざるとにかかわらず、君はニュースの中心人物になってしまったんだよ……またしても」

「ああ」セーラは崩れるようにベッドに腰を落とした。

「大丈夫。この家にいる限り、君がマスコミに煩わされることはない」

「でも、どうやって――」

「俺に任せてくれ」

トニーの口調が急に変化した。顔にあったセクシーな微笑も消えた。セーラは怒れる若者だったかつてのトニーを思い出した。しかし、二十年の歳月を経て、彼の情熱と怒りはさらに鋭さを増していた。

彼女が答えるより先に、トニーは部屋を出ていった。ドアが静かに閉まった。セーラはぼんやりと座ったまま思いを巡らせた。平凡だった私の人生。それが突然こんなことになるなんて。彼女の唇からうなり声が漏れた。自分の人生がごたごたしたからって、それがなんだというの？　身勝手もいいかげんにしたら？　少なくとも、私はまだ生きている。パパに比べたらはるかに恵まれているのよ。

「ああ、パパ……パパを疑って本当にごめんなさい」セーラはつぶやき、ベッドに横たわって体を丸めた。「でも、パパをこんな目に遭わせた人間は私が絶対に見つけ出す。約束するわ」

今はとにかく少しだけ休もう。彼女はまぶたを閉じ、ため息をついた。それから一分もたたないうちに、彼女は眠っていた。

トニーが再びセーラの部屋へ向かったのは一時間近くたったころだった。部屋のドアはわずかに開いていた。彼はノックをしようとしたが、部屋の中をのぞき込み、セーラが眠っていることに気づいてやめた。音をたてないように彼女の荷物を運び込み、ベッドの足下に置いた。身を起こした拍子に、視線がセーラの上に落ちた。彼は眉をひそめた。すぐに部屋を出るべきだとわかっていた。それでも、彼はその場にたたずみ、じっとセーラに見入った。

今のセーラは彼の記憶にある十歳の子供とは似ても似つかなかった。当時のセーラは庭で芝刈りをする彼を隠れてこっそりと眺めるような内気な少女だった。腕と脚はひょろひょろで、黒い髪は長く伸ばし、歯に矯正用のブリッジをはめていた。彼女が笑顔を見せることはめったになかった。今にして思えば、あれはブリッジのせいかもしれない。しかし、ブリッジは消え、痩せっぽちの少女は魅力的な女性に成長していた。不意にセーラの眉間に皺が寄り、下唇が震えた。閉じたまぶたから一粒の涙がこぼれ落ちた。トニーはあわてて目をそらした。自分の弱さを見られたことをセーラが喜ぶとは思えなかった。

トニーは大きく息を吸い込んだ。後ろめたさを振り払い、近くの椅子に置いてあったキルトをつかんだ。そのキルトを振って広げ、彼女をくるみたい衝動に耐えながら、そっと上からかけた。キルトに覆われたセーラはわずかに身じろぎし、無意識にその重みを受け入れた。

セーラ。美しいセーラ・ジェーン。こんなに落ち着かない気持ちになったのはいつ以来だろう？　絶対に父親を殺した犯人を見つけるという彼女の言葉がよみがえり、トニーのみぞおちを締めつけた。今回の帰郷は予想を超えた展開を見せつつある。俺は思った以上に深入りしつつある。そうとも。愛想のいいホスト役を演じるだけなら簡単だ。セーラがこの家になじむまでつき合い、その後は彼女一人を残して、自分はシカゴに戻ればいいんだから。でも、愛想だけじゃ彼女の問題は解決できない。俺に彼女を見捨てることはできない。俺の中にこんな騎士道精神みたいなものがあるとは思わなかったな。とにかく、なんとかして彼女を危険から守るべきだ。そのためにはプランを変更する必要がある。

〈コーヒーカップ〉はいつもよりにぎわっていた。ソフィー・トーマスの小さな店は普段は隠居老人のたまり場になっていて、ときおり通りの向かいにあるスーパーマーケットの従業員たちが休憩に立ち寄る程度だった。ところが、湖からフランクリン・ホイットマンの遺体が引き揚げられてからというもの、店は大混雑の状態が続いていた。椅子に座れる客はほんの一部で、ほとんどの者は壁に寄りかかったり、片隅に立ったりしながら、今回の事件に関するゴシップを聞き逃すまいと耳をそばだてていた。人込みの中でテーブル席の客に注文の品を運ぶのは至難の技だった。それでも、ソフィーは小柄な体を駆使して、接客に駆けずり回っていた。

ソフィーがマーメットに引っ越してきたのは十年前のことだった。離婚したばかりだった彼女は慰謝料で建物を購入し、現在の〈コーヒーカップ〉を開いた。そして、見る見るうちに十キロも太った。細身が好みだった夫と別れたついでに、夫に押しつけられた価値観とも訣別(けつべつ)したのだ。今、彼女はゴシップが飛び交う中を、小太りの体で込み合ったテーブルをすり抜け、コーヒーや手作りのマフィンを運んでいた。彼女自身は事件に関してこれといった意見を持っていなかった。殺された男のおかげで店が繁盛していることに後ろめたさは感じるが、だからといって、せっかくのビジネス・チャンスを棒に振る手はない。

彼女は注文された品をトレイに並べ、隅のテーブルに向かった。そのテーブルでは、マーメットの富裕層に属する四人の女性が情報交換にいそしんでいた。

「お待ちどおさま、モイラ」ソフィーはモイラ・ブレークの前にカフェイン抜きのダブル・ラテと砂糖を使っていないブルーベリー・マフィンを並べた。

「あら、いい匂い……いつもそうだけど」そう言いつつ、モイラは人工甘味料の袋に手を伸ばした。

ソフトドリンクとコーヒーケーキを前にして、アナベス・ハロルドは膝にナプキンを広げた。彼女は四人の中で最高齢であるだけではなく、二年前にモイラが退職してからは、生活のために働いている唯一の人間でもあった。

マーシャ・ファレルは波瀾万丈（はらんばんじょう）の人生を経て、現在に至っていた。高校時代は〝簡単に寝る尻軽な女の子〟として知られ、大学進学のためにいったん町を出たものの、小さな子供――今は成人してパリに住んでいる――を連れ、若き未亡人として出戻ってきた。もちろん、マーシャに夫がいたという話を信じる者は一人もいなかったが、町は何事もなかったかのように彼女を受け入れた。やがて、二十四回目の誕生日を迎えたマーシャは、莫大（ばくだい）な遺産を受け継いだと触れ回り、以来、マーメットの上流階級での地位を確保するためにその金を使ってきた。

注文の品が差し出されると、マーシャはミンクのコートを椅子の背に移し、ソフィーのトレイを避けるように背中を反らした。下々の者とは極力接触したくないとでも言いたげな態度だった。

タイニー・バートレットはマーシャの真正面に座っていた。椅子の端にちょこんと腰をあずけたその様子は、今にも逃げ出しそうにも見えた。この地方でも有数の製紙工場の経営者を父に持つタイニーは何不自由なく育った。彼女の唯一の不満は、父親が自分を認めてくれないことだった。息子を望んでいた父親は彼女が女の子であることが許せなかったのだ。そんな父親に反発するように、タイニーは町でも評判の酔いどれの息子と結婚した。

周囲の予想を裏切り、酔いどれの息子は後に立派な町民となって、彼女との間に三人の子供をもうけた。しかし、成長した子供たちが大学進学で町を離れてからというもの、彼女はいつも暇を持て余しているようだった。

タイニーはハーブティーを一口すすり、隣のテーブルに声が届かないようにと身を乗り出した。だが、その必要はなかった。店内の騒々しさはすでに轟音(ごうおん)の域に達していたからだ。同席している人間の言葉もよく聞き取れない状態なのに、隣のテーブルの会話がわかるわけがない。それでも、タイニーは描(か)いた眉をつり上げ、唇をすぼめて、前置き抜きにお気に入りの話題へ突入した。

「最新情報を聞いた？」

「最新情報ってどれのことかしら？」マーシャが問い返した。

「彼女が戻ってきたことよ！」

「彼女って？」今度はモイラが質問した。

「セーラ・ホイットマン」

モイラは目を丸くし、表情を和ませた。「気の毒なセーラ。父親の罪のために子供が苦しまなきゃならないなんて、絶対に間違ってるわ」

「でも、フランクリン・ホイットマンの罪が濡れ衣(ぬれぎぬ)だったとしたら？」タイニーは疑問を投げかけた。

マーシャは顔をしかめた。「ばかばかしい。そんなこと、あるもんですか」

モイラは肩をすくめた。「でも、彼が自分でトランクに入って鍵(かぎ)をかけたんじゃないことは確かよね」

マーシャはむっとした様子でテーブルのナプキンをつかみ、膝に広げた。彼女の父親は州警察に属し、二十年前の捜査にも参加していた。その父親を否定するような噂(うわさ)は断じて許せなかった。

「おおかた、共犯者にでも裏切られたんでしょ。だからといって、彼の罪が消えるわけじゃないわ」

アナベスは空気を変えようとして手を振った。「はい、そこまで。こんな話をしてると、せっかくのランチが台無しだわ。そういう不愉快な話題は遠慮してちょうだい」

タイニーは頬を膨らませた。小声でぶつぶつ言いながら、フォークを握り、マフィンを食べはじめた。

「今なんて言ったの?」アナベスが尋ねた。

普段のタイニーは波風を立てるタイプではなかった。「この問題に関しては、私たちなんかよりもセーラ・ホイットマンのほうがずっと不愉快な思いをしてるはずだって言ったのよ」反論する者はいなかった。そこで、彼女は沈黙を埋めるようにつけ加えた。「殺されたのは私たちの父親じゃないわ。私はただ彼女が気の毒でならないの」

マーシャが鼻を鳴らした。アナベスは非難がましく眉をひそめた。モイラは微笑を浮かべ、タイニーの手を軽くたたいた。

「優しいのね、タイニー。いかにもあなたらしいわ」

タイニーは晴れ晴れとした表情になった。

「ねえ、お砂糖を取ってくれない？」マーシャはさりげなく話題を変えた。


セーラは不意に目を覚ました。見慣れない部屋に戸惑い、怯えてベッドから飛び下りた。ドアへ向かおうとしたところで、床に置かれた自分の荷物に気づいた。とたんに記憶がよみがえり、彼女はうなり声とともに再びベッドに腰を下ろした。髪をかき上げ、うずくなじをさすってから、靴を捜して周囲を見回した。靴はベッドの反対側――彼女が蹴り捨てた場所――に転がっていた。靴を履いた彼女は、トニー・デマルコの目つきを思い出し、落ち着かない気分になった。あの瞳で見つめられると、心の鎧をはがされたような心もとなさを感じるわ。こんな気持ちになったのは何年ぶりかしら。

セーラは手早く荷ほどきをすませ、髪をブラシでとかした。化粧を直したほうがいいかしら。いいえ、やめておこう。自分に取り入ろうとしているとシルクに勘違いされたらいやだもの。

階段を下りてキッチンに入ると、カウンターの上にメモが残されていた。スナックは自由につまんでくれ。戻ったら食事に出よう。一人取り残されたいらだちと、とりあえずトニーと顔を合わせずにすんだ安堵感のはざまで揺れながら、彼女はメモに従って冷蔵庫に近づいた。葡萄一房と発泡タイプのミネラルウォーターを選び、それを持って家の外に出た。湖を意識しないように努めながら紅葉を愛でるうちに、対岸の屋根に目が留まった。かなり大きな屋敷のようだ。距離があるうえに木立に隠れているのではっきりとはわからないが、一つだけ見落とせない特徴があった。その屋根は赤かった。

赤い屋根の家を選ぶなんて、いったいどういう人間かしら？　不思議に思いながら、セーラは葡萄を一粒口に放り込み、椅子に座ろうとした。デッキの向こうの木から大きなぶらんこが下がっていることに気づいたのはその時だった。興味を引かれた彼女は二粒目の葡萄をつまみ、残りはテーブルに置いたまま、ぶらんこに近づいていった。

頭上の枝にいた二匹の栗鼠が闖入者をなじるように声をあげた。セーラはぶらんこに腰かけ、爪先で地面を蹴った。ぶらんこの動きが風を生んだ。その風を後頭部に、顔に感じているうちに、幼いころの記憶がよみがえってきた。彼女はまぶたを閉じた。ぶらんこをこぎながら、しばし心の痛みを解放した。

4

別荘へ戻ってきたトニーは、すぐにセーラが家の中にいないことを知った。かつての彼は湖畔の家で一人きりになることに安らぎを見いだしていたが、今は虚(むな)しさしか感じなかった。寂しいとさえ思った。彼はまずキッチンに直行し、そこからデッキへ出た。デッキのテーブルには葡萄(ぶどう)とミネラルウォーターが放置されていた。彼は眉をひそめた。きいきいときしるような音に気づき、振り返った。そして、ぶらんこを揺らすセーラを見つけ、肩の力を抜いた。

夕日の輝きに目を細めながら、トニーはデッキの端へと進み、風にはためく彼女の服の動きを眺めた。古いぶらんこは彼がこの土地を買った時点ですでにあの木にぶら下がっていたものだ。別荘を建ててからというもの、何度あれを撤去しようと思ったかしれない。今、彼はそうしなかったことを喜んでいた。目を閉じ、頭を後ろに反らして、大きくぶらんこを揺らすセーラの姿には、子供のころに返ったような無邪気さが感じられた。

「セーラ」トニーは小さくつぶやいた。その名前が持つ響きを味わい、彼女があっさりと自分の心の中に入り込んでしまったことを知った。

「おーい！」彼は大声で叫んだ。

物思いにふけっていたセーラははっと我に返り、ぶらんこを止めて飛び下りた。今まで宙に浮かんでいたせいか、地面の固い感触に違和感を覚えた。

「いつからそこにいたの？　全然見えなかったわ」

でも、俺は君を見ていた。「今、戻ってきたばかりだ。腹は空いてる？」

セーラはにっこりと笑った。「実を言うとぺこぺこなの」

「外食のほうがいいかな？　グリルに火をおこして、ステーキ肉を並べるくらいはできるけど」

「ステーキのほうがいいわ」セーラは答えた。「今はマーメットのご立派な方々と顔を合わせる気分じゃないから」

「焼き方のお好みは？」

「ミディアム・レア」

トニーはにんまり笑った。「まさに俺好みだ」

セーラは考える表情で目を細めた。「あなたはもっと好みにうるさい人かと思っていたけど」

「そんなことはないさ」トニーはさらりと答え、彼女のふっくらとした唇に視線を据えた。

彼女の頬が赤らむのを見て、その場の雰囲気を変えるために提案した。「そうだ。君は料理の専門家だから、ステーキ以外の料理を頼もうかな。冷蔵庫にいろいろと入っている。どれでも自由に使ってくれよ」彼はセーラの肘を取り、家の中へ戻った。

それからしばらく後、セーラはキッチンの流しに立ち、ブロッコリーを洗いながら、窓ごしにトニーを眺めやった。トニーは白いスウェットシャツと色あせたジーンズに着替えていた。グリルの煙に悪戦苦闘するその姿はとても家庭的に見えた。

家庭的。シルク・デマルコにはおよそ似つかわしくない言葉ね。でも、巧みに火の勢いを調節したり、ジーンズで手を拭(ぬぐ)ったりしている様子を見ていると、そうとばかりも思えなくなってくる。今の彼はいかにも有能って感じだわ。それに、なんだかやけに充実している感じ。彼のビジネスの拠点はシカゴ。でも、この別荘はシカゴからは遠く離れている。せっかく成功を手に入れたのに、なぜこの土地とのかかわりを保ちたがるのかしら？　確か、彼の家族は町の人たちにごみ同然の扱いを受けていたはずよ。それなのに、彼は厳しい生存競争の合間の休息場所として、生まれ育ったこの場所を選んだ。

セーラはしばし手を休め、スウェットシャツの下で躍動する筋肉に見入った。ふと二十年前のトニーの姿が思い出された。彼女の家の芝を刈る時、トニーはいつもシャツを着ていなかった。日に焼けた肌。固く滑らかな筋肉。思春期の入り口に立つ少女にとって、彼は性的魅力の見本のような存在だった。

トニーが自分を見つめ返していることに気づき、セーラはあわてて背中を向けた。見つかってしまったことにばつの悪さを感じつつ、キッチンの中央の作業台に戻った。赤ワインはすでにデカンターに移してあった。彼女は作業台の上のラックからワイングラスを二つ取り出し、デカンターを持ってデッキへ向かった。シルクに心を奪われてはだめ。悪魔のささやきに負けないで、あくまでも友人としてふるまうのよ。

ドアが開き、彼女がデッキに出てきた時、トニーはまだ先ほど見た彼女の表情をどう解釈したものかと考えていた。

「外はけっこう冷えるぞ」彼は声をかけた。

「体が温まるものを持ってきたわ」セーラは彼にグラスを渡し、そこにワインを注いだ。

グラスを受け取る間も、トニーはセーラの顔から目をそらさなかった。薄れゆく夕日が黒髪を炎の色に染め、彼女の肌に輝きを与えている。この髪に触れたい。見た目どおりに熱いのか確かめてみたい。その衝動を抑えて、彼はグラスを掲げた。

「夕日に乾杯」トニーはそっとつぶやき、二人のグラスを触れ合わせた。

上質のクリスタルガラスが澄んだ音をたてた。セーラはうなずいた。

「夕日に乾杯」彼女は同じ言葉を繰り返し、グラスを口へ運んだ。「おいしい。いいワインね」

「つねに最高を求める。それが俺のモットーなんだ」そう言いつつ、トニーは彼女の瞳に映る夕日を見つめた。

ロン・ギャラガーはデスクに向かい、フランクリン・ホイットマンの遺体から見つかった所持品を収めたビニール袋を眺めた。故人が残したものはそれほど多くはなかった。検死官事務所に送られた人間一人分の骨を別にすれば、水分でぼろぼろになった財布、キーホルダー、結婚指輪、一時二十分を指している壊れた腕時計だけだった。

ギャラガーは基本的に保安官の仕事が気に入っていた。二十八年のキャリアの中で、違う仕事に就けばよかったと考えたことは数えるほどしかない。今回はそのまれなケースだった。なにしろ、捜査の手がかりが少なすぎるのだ。彼の唇からもどかしげなため息が漏れた。秘書に二十年前の横領事件のファイルを捜させるだけでも一日半かかった。証拠不足などという生やさしいものではない。日を同じくして、フランクリン・ホイットマンと百万ドルが消えた。当局が彼を犯人と断定した根拠はそれだけだ。これでは理屈も何もないではないか。

もちろん、当時の捜査手法を批判するつもりはない。俺にはホイットマンの遺体があるが、当時の連中にはそれがなかったんだから。ホイットマンが横領にかかわっていなかったのかどうか、それはまだわからない。ただ、もしかかわっていたなら、共犯者がいたことは間違いない。共犯者は一人だったのか。あるいは二人だったのか。とにかく、何者かがフランクリン・ホイットマンを殺し、トランクにつめ込んだ。だが、それが誰だったのか、たったこれだけの遺留品では見当もつかない。ギャラガーはファイルの山を押しのけ、デスクの上にビニール袋の中身をぶちまけた。

ホイットマンの財布はひび割れ、一部が裂けていた。それでも、縫い目の部分に比べれば、革そのものはまだましな状態だった。湖底での二十年間を生き延びたのはプラスチック製品――アメリカン・エキスプレスのクレジットカードと運転免許証、それにホイットマンの名前と血液型が刻まれたカード――だけだ。それ以外のものは腐敗し、跡形もなく消えていた。

ギャラガーは腕時計に目を移した。盤面の針が一時二十分で止まっている。つまり、ホイットマンはこの時間に死ぬか、湖に投げ込まれるかしたのだろう。検死結果が出ないうちは、死因を断定することはできない。溺死の可能性も考えられるが、頭蓋骨に入っていた大きなひびも気になる。まあ、大局から見れば、どっちでもいいことか。重要なのは彼が殺されたという事実だ。

そして、〝パパはナンバーワン〟と刻まれた赤いプラスチックのキーホルダーと複数の鍵。遺留品の中で役に立ちそうなのはこれだけかもしれない。ギャラガーはキーホルダーを手に取った。まだ子供だった当時のセーラ・ホイットマンの気持ちを思い、ため息をついた。少女のヒーローはどこまで堕落したんだろう？　それとも、堕落しなかったのか？

彼女は父親が真犯人に濡れ衣を着せられたと信じてるみたいだ。俺にもそうとしか考えられないが、法執行官である以上、先入観を持つのはまずい。ホイットマンは共犯者に裏切られた。それが世間のおおかたの意見だが、今回はもっと徹底した調査をおこなうべきだ。それがセーラ・ホイットマンに対するせめてもの償いなんだ。

指を汚す泥と錆に顔をしかめながら、彼はキーホルダーをもてあそんだ。鍵のうちの二本は明らかに車のキーだ。古いファイルの内容から判断して、一本は銀行の鍵に違いない。残る鍵は四本。一本はまず自宅の鍵と見ていいだろう。そして、これは……。彼はそれが私書箱の鍵であることに気づいた。彼自身もそれとよく似た鍵を持っていたからだ。もう一本の鍵は長く平らで、頭の部分に薄く数字が残っていた。しかし、その数字について考えるより先に、ドアがノックされ、保安官助手が入ってきた。

「保安官……ミセス・ヒーリーから通報がありました。アレンがまたドアを蹴破ろうとしてるそうです。すでにシューラーが現場に向かいましたが、いちおうお知らせしといたほうがいいと思って」

ギャラガーは証拠品をビニール袋に戻し、保安官助手に向かって放った。「そいつを証拠品の保管庫にしまっとけ。それから、俺も行くとシューラーに連絡を入れろ」

保安官助手を送り出すと、ギャラガーは自分の車に向かった。酔っていない時のアレン・ヒーリーは気のいい男だった。問題は彼が酔っている時のほうが多いことだ。先日はへべれけの状態で帰宅し、女房の鎖骨と二本の歯をへし折った。イーディス・ヒーリーの身を案じたギャラガーは、亭主を訴えるべきだ、離婚するべきだと説得したが、今のところ、説得の成果は出ていなかった。

ライトを点灯し、サイレンのスイッチを入れると、彼は車を発進させた。フランクリン・ホイットマン殺害事件も気になるが、まずは生きている人間を救わなければ。


ポール・ソレンソンは朝食のテーブルから立ち上がり、サイドボードの前に移動して、二杯目のコーヒーを注いだ。彼はメイン州で生まれ育ったが、歳を取るまではあまり天候を気にしたことがなかった。それが今は明けても暮れても天候ばかりが気になった。かつてはありとあらゆるウィンタースポーツを楽しんだ男が、今は寒さに憎しみすら感じていた。寒くなると関節がうずいた。ときには激痛に苦しむこともあった。今日も例外ではない。気象予報士は今夜のうちに雨が降るかもしれないと言った。ということは、気温が氷点下になれば、雪になる可能性も高いわけだ。

片づけは通いのヘルパーに任せればいい。ポールは汚れた皿をテーブルに残し、コーヒーと朝刊を手に書斎へ向かった。暖炉の前のウィングチェアに腰を下ろし、ほっと息を吐いた。最近、座ることが何よりの楽しみになってしまったことを思うと、少々情けなくもあった。

暖炉の薪がはぜ、飛び散った火の粉が囲い金網にぶつかり、煙突へと舞い上がった。その耳なじんだ音に安らぎを感じつつ、彼は慎重にコーヒーをすすった。それから、カップを置いて、朝刊を広げた。

めぼしいニュースがなくても、新聞を読めば、誰が亡くなり、誰が逮捕されたかの最新情報がわかる。マーメット程度の小さな町にたいした事件は起こらない。しかし、ポールは銀行の頭取として、融資を見合わせるべき人間を把握する必要性を感じていた。

彼はまず見出しに目をやり、眉をひそめた。またしても湖でフランクリン・ホイットマンの遺体が発見されたことに関する記事だった。

二十年前の横領事件が起きた時、ポールは銀行の融資担当者だった。会社での地位も、社交術においても、フランクリン・ホイットマンに大きく差をつけられていた。ホイットマンのポストを狙う彼は、どうすればボスに認められるかとそればかりを考え、夜も眠れぬ状態にあった。ところが、ホイットマンが失踪してまもなく、望んでいたチャンスが訪れた。事件のせいで銀行の信用は失墜したが、ポール自身はホイットマンの裏切りを最大限に利用した。経営再建の最中、懸命に社交術を磨いた彼は、その甲斐あって、十五年前にマーメット・ナショナル銀行の頭取に就任した。ようやく回復した銀行の信用を、忌まわしい過去のせいで再び失墜させるわけにはいかなかった。

記事に目を通したポールは、事件に対する記者の偏向ぶりに顔をしかめた。世論はますますフランクリン・ホイットマン冤罪説に傾きつつある。いやな流れだ。この調子でいけば、再捜査がおこなわれ、昔のことが蒸し返されるだろう。それだけは避けたい。ホイットマンの娘。あの子は今どこにいるのか。そもそもまだ生きているのか。二十年といえばかなり長い時間だ。その間にどんなことが起きても不思議ではない。申し訳ないが、あの子には亡くなっていてほしい。あの子にだけは二度と会いたくない。

二十年以上前、ポールが銀行の休憩室にいた時に恋人から電話がかかってきたことがあった。二人の関係をひた隠しにしていた彼は、困ったものだと思いつつも、まんざらでもない気分だった。ところが、電話の最中に問題が生じた。話のやり取りに気を取られ、自分がどこにいるかを忘れてしまった。彼は大声で笑い、次のデートに向けて自分が考えているプランを語った。そうとう際どい言葉も口にした。独身男の彼が恋人とどんな会話を交わそうと、誰もなんとも思わなかっただろう。せいぜいプレイボーイの評判が立つ程度だ。ただ一つだけ落とし穴があった。彼は恋人を名前で呼んだのだ。デイヴィッドと。

ポールは己の性的嗜好を隠すことに心を砕いてきた。彼の秘密を知る者はマーメットには一人もいなかった。あの日、休憩室でうっかり口を滑らせるまでは。恋人の名前を呼んだ後、彼はふと視線を上げた。そして、クッキーを手にしたセーラ・ホイットマンが戸口に立っていることに気づいた。

「ねえ、デイヴィッドって誰なの？」セーラが問いかけた。彼は悲鳴に近い声で少女を休憩室から追い払った。

　こうして恐怖の日々が始まった。いつかセーラに秘密を暴露されるのではないか。ポールは不安でならなかった。それだけに、ホイットマンが失踪し、セーラが遠い土地に去った時は、神から祝福を授かったような気がした。


　セーラがシリアルを食べ終えようとしていた時、トニーがキッチンに入ってきた。シャワーで濡れた髪。くたびれたジーンズとスウェットシャツ。それでも、この人はファッショナブルに見えるわ。セクシーと表現してもいいくらい。

セクシー。その言葉が頭に浮かんだ瞬間、シリアルが喉につまり、セーラは咳き込んだ。

「大丈夫？」トニーは彼女の背中をたたきながら問いかけた。

「ええ、大丈夫」セーラは答え、テーブルから立ち上がった。食器を流しへ運ぶことで、トニーと距離を置こうとした。トニー・デマルコとセックスのことは考えたくないわ。少なくとも、二つを結びつけて考えたくはない。

　彼女の肩のこわばりに気づき、トニーは眉をひそめた。セーラは俺の家に泊まることには同意したが、まだ俺を信用してはいないらしい。彼は話題を変えることにした。

「雨が降ってきたな」

「ええ、そのようね」セーラは食器をすすぎ、皿洗い機の中に並べた。

トニーはさらに別の話題を振ってみた。「君の今日のプランは?」とたんにセーラが振り返った。値踏みするような冷たい視線を受けて、彼はしかたなくつけ加えた。「訊(き)いちゃ悪かったかな?」

「なぜ私のプランが知りたいの?」

トニーはため息をついた。「君一人より誰かと一緒のほうがいいんじゃないかと思って」

「あなたがその誰かになってくれるっていうの?」セーラは問いかけた。

トニーは苦笑したいのを我慢した。「ああ」

セーラはうなずいた。「じゃあ、お願いするわ。ありがとう」

彼女があっさりと受け入れたことをトニーは意外に思った。当然、拒絶されるものと覚悟していたからだ。

「で、どこに行きたい?」

「最終目的地は保安官事務所ね。でも、その前に立ち寄りたい場所が二つあるの」

「具体的に言うと?」

「母のお墓。マーメットを離れて以来、一度も行ってなかったから」

「もう一つは?」

セーラは無言でにらみ返した。

根ほり葉ほり訊くなということか。トニーは話題を変えた。「いつ出発しようか?」

「あと十分くらいで……といっても、あなたの都合がよければだけど。ああ、その前に電話をかけなきゃ」

「俺はかまわないよ。君の都合に合わせる。リビングにいるから、支度ができたら声をかけてくれ」トニーはいったん言葉を切ったが、思いついてつけ足した。「厚着したほうがいいぞ。雨が雪に変わるかもしれない」

「早くもニューオーリンズが恋しい気分だわ」セーラはぶつぶつ言った。

　トニーはキッチンから出ていく彼女を見送った。ニューオーリンズが恋しいのは、天候以外にも理由があるのだろうか？　セーラに恋人がいる可能性については考えたくなかった。彼はもう何年も嫉妬（しっと）めいた感情とは無縁で生きてきた。しかし、今抱いているこの感情はまさしく嫉妬だ。彼は自他ともに認める自信家だが、今はダンスパーティの女王に振り向いてもらえないかと思い悩む高校生のような気分だった。

　二階に戻ったセーラはロレット・ブードローの電話番号をダイヤルした。ベッドに腰を下ろし、受話器を耳に当てて、呼び出し音を数えた。だめだわ。後でもう一度かけるしかない。彼女があきらめかけたその時、相手が受話器を取った。

「セーラ・ジェーン……あんただね」

　愛するロレットのくしゃくしゃの笑顔を思い描き、セーラはため息をついた。

「朝っぱらから超能力者ごっこは勘弁してよ。どうせ発信者番号通知でわかったんでしょう」

ロレットはくすくす笑った。「番号を見なくてもわかったけどね」

セーラは笑ったが、おばの言葉に反論はしなかった。過去に何度も不思議な力を見せられたのだから、今さら疑いようがない。おばの声を聞いただけで気持ちが楽になり、彼女はベッドの枕にもたれかかった。膝を胸に引き寄せて、気がかりな問題を打ち明けようとした。しかし、その必要はなかった。

「あんたと一緒にいる男は何者だい？」ロレットが質問した。

セーラは思わず天井を見上げた。シルクとの再会はまったく予想外だったのに、どうしておばさんが知っているの？ もっとも、ロレットおばさんにかかったら、なんでもお見通しなんだけど。

「友達……だと思うわ。名前はアンソニー・デマルコ」

「でも、そういう呼び方はされてないね」

セーラは微笑した。「ええ、当たり。彼をシルクと呼ぶ人もいるわ」

意味深長な沈黙の後、ロレットのしゃがれた低い声が聞こえてきた。

「その男には秘密があるよ、セーラ・ジェーン」

セーラはドアに視線を投げた。今にもトニーが部屋に入ってきそうな気がした。「その秘密だけど、私にとってよくないもの？」

「いいや」

「人間誰しも秘密の一つや二つはあるわよ。私に関係ない秘密ならいいんじゃない？」

「関係ないとは言えないね」ロレットは答えた。「けど、それはまた別の話。調子はどうだい？」

しゃがれ声からあふれる優しさがセーラの喉をつまらせた。

「私なら大丈夫……少なくとも、パパが安らかに眠れる状態になれば、私も元気を取り戻せると思うわ」

「あんたのパパは二十年前から主の御許（みもと）にいるよ、セーラ・ジェーン。過去を断ち切れずにいるのはあんた自身だ」

「努力はしているのよ、ロレットおばさん。でも、真犯人がわかるまではどうしようもないの。そいつはパパを殺しただけじゃなく、ママも死に追いやった。百万ドルを盗んだだけじゃなく、私の人生も盗んだのよ」

ロレットは彼女の言い分が気に入らないようだった。

「復讐（ふくしゅう）は身を滅ぼすっていうけどね」

「殺人だってそうでしょう」

「罪を裁くのはあんたの仕事じゃない。司法に任せておけばいいんだ」

「二十年前にそうしたみたいに？　私は賛成できないわ。それに、私はもう子供じゃないの。今度は体よく追い払われたりしない。自分が納得するまでここに留まるつもりよ」

「セーラ・ジェーン、あんたの未来に暗い影が出てるよ」

「その影の正体がわかったら、私に知らせて」セーラは腕時計に視線を落とした。「明日か明後日にでもまた電話するわ。トニーが階下で待っているの」

「その男に伝えておくれ。あたしがあんたを守ってほしいとお願いしてたって」

「あのね、ロレットおばさん、私がおばさんから学んだいちばんの教訓は、男に頼らなくても生きていけるってことよ。自分の身は自分で守れるわ」

「あたしはあんたを男嫌いに育てたつもりはないよ、セーラ・ジェーン」

セーラはため息をついた。「そうね。こうなったのはマイケルのせいだわ」

ロレットは眉をひそめ、七年前にセーラが恋した男を思い返した。セーラはその男から指輪をもらった。ところが結婚式まであと数週間という時に、その男が自分の親友とベッドにいるところを見てしまったのだ。

「一人のだめ男の罪を男全体におっかぶせるのはどうかと思うけどね」

「わかってる」セーラは答えた。「こんなきつい言い方をするつもりはなかったんだけど。マイケルとのことはもう吹っ切れているわ……完全に。ただ、今度のことがあまりにショッキングで。毎朝、目覚めるとまず考えるの。これはすべて悪い夢なんじゃないかって」

「あんたは強い女だからね。やるべきことをやるだろうよ」

「昨日、湖に行ったの」

ロレットは何も言わず、セーラが苦悩を吐き出してしまうのを待った。苦悩を吐き出さない限り、恐怖心を克服することはできない。彼女にはそれがわかっていた。

「私の記憶とはだいぶ違っていたわ。水面が黒いガラスみたいだった」セーラは身震いした。「その湖、トニーの家からも見えるのよ」

「だからどうだっていうんだい？」

「パパがずっとそこに沈んでいた。そのことを考えただけでぞっとするの。ねえ、ロレットおばさん、私のために祈ってくれる？」

「もちろんだよ。ほら、ぐずぐずしてないで、あんたのいい人のところにお行き。それから、未来の影のことを忘れちゃいけないよ」

「ええ、わかった」答えてから、セーラはつけ加えた。「愛しているわ、ロレットおばさん」

「あたしもさ。あんたを愛してるよ」

ロレットはトニー・デマルコのことを〝あんたのいい人〟と呼んだ。セーラがそのことに気づいたのは電話を切った後だった。

二人が墓地に着くころには、雨は冷たい霧雨に変わっていた。そのせいか、空気が重く感じられた。息苦しいほどだった。彼らは車から降り立った。斑（まだら）に染まった木の葉から地面へしたたり落ちる滴が、ときおりぽつりぽつりと音をたてていた。

　ずらりと並んだ墓石を見渡し、セーラは身震いした。トニーはすぐさま彼女のかたわらに近づいた。コートの襟の下に手を滑り込ませ、彼女のうなじをそっと握った。

「大丈夫？」

　セーラは彼を見上げた。茶色の瞳に浮かぶ気遣いと思いやりを見て、彼の手からすっと身を引いた。あまり優しくされると泣いてしまいそうな気がしたからだ。

「大丈夫じゃないわよ。この二十年間ずっと、大丈夫だったことなんてないわ」

　トニーは彼女の好戦的な態度を無視した。実際、俺がセーラの立場だったとしても、大丈夫とは言えないだろう。それどころか、セーラ以上に取り乱してしまうかもしれない。

「お袋さんの墓の場所はわかってる？」

　セーラは墓地の左側に視線を移した。

「確か、あのあたりのはずだけど」

　トニーは手を差し出した。「よし、一緒に捜そう。見つかったら、俺はしばらく遠慮するから」

「あなたにそこまでしてもらう義理はないわ」

　彼は眉をひそめた。「いいかげんにしろよ、セーラ。俺は君の敵じゃない。俺にも手伝わせてくれ」

　少したためらった後に、セーラは肩をすくめた。「じゃあ……お願いしようかしら。私は――」

「ちょっと待った」そう言うと、トニーは車のほうへ引き返した。

　セーラはその動きを目で追った。彼はトランクを開け、身を乗り出した。

　再び背を起こした時、彼の手には琥珀色の菊の花束が握られていた。それと同じ菊が別荘の花壇に植わっていたことをセーラは思い出した。

「墓前に捧げるものが欲しいんじゃないかと思って」トニーは花束を彼女の手に押しつけた。

　なんて思慮深い人なのかしら。セーラは自分の態度を恥じつつ、受け取った花束を胸に抱き締めた。

「私、なんて言ったらいいか」彼女はうつむき、すがすがしい菊の香りを胸いっぱいに吸い込んだ。

「〝ありがとう〟で充分だよ」

　セーラは視線を上げた。トニーは微笑を浮かべていた。涙で彼女の視界がぼやけ、声がかすれた。

「あなたって強面なふりをしているけど、本当はそうでもないんじゃない？」セーラは問いかけた。

「みんなには内緒だぞ」トニーは穏やかな口調で答え、彼女の肘に手のひらを当てた。「行こう、ハニー。君のお袋さんを捜すんだ」

セーラは言われるままに従った。断れなかったからではない。トニーが本気で手伝いたがっているように思えたからだ。

「お葬式の時に、隣の墓石が祈る天使の形をしていた記憶があるわ」

「そいつはいい目印だ」トニーは型破りな墓標を求めて、周囲を見回した。

しかし、彼らが墓地の奥へ進む前に、一台の車が現れ、トニーの車の隣に止まった。車から降りてきたのは女性だった。墓捜しに没頭していた二人は、女性がすぐそばに来るまで、その存在に気づかなかった。

最初、セーラには女性が誰なのかわからなかった。だが、女性がほほえむのを見て思い出した。

「ミズ・ブレーク？」

モイラ・ブレークはにっこりと笑い、セーラに両腕を回した。

「覚えていてくれたのね」モイラは言った。彼女の笑顔が緩んだ。「すっかり大人になっちゃって。またあなたに会えて本当に嬉しいわ」

気さくな歓迎ぶりに、セーラは軽い戸惑いを覚えた。彼女のほうは相手が父親の銀行で働いていたことを記憶している程度だった。

「最後に会った時はまだ小さな子供だったのに。よく私だとわかりましたね」

モイラはセーラのためらいを感じ、自分がなれなれしくしすぎたことに気づいた。手にしていた花束を腕に抱え直し、コートのフードを引き上げて頭にかぶった。

「いやな天気だと思わない？」問いかけても、セーラからの返事はなかった。そこで、モイラは説明した。「マーメットは小さな町だし、新顔はあなただけだもの。それに私、ギャラガー保安官に問い合わせてみたのよ。あなたはトニーのところに泊まってるって話だったから、トニーと一緒にいるのを見て、あなたじゃないかと考えたわけ。探偵顔負けの推理でしょ？」

セーラはトニーからモイラへと視線を移した。「あなたたち二人はずいぶん親しい間柄みたいね」

トニーは肩をすくめた。「昔、彼女の庭の芝も刈っていたんだ。お互いの家も三キロくらいしか離れてなかったし」

「お父さんのこと、本当にお気の毒だわ」モイラは言った。

セーラは相手の本心を見極めようとした。しかし、真っすぐなまなざしから判断して、モイラ・ブレークが嘘を言っているとは思えなかった。

「それはどうも……ありがとうございます」セーラは応じた。「私たち、母のお墓を捜しているんです」

「私もそこに行くところだったのよ。いらっしゃい。道案内するわ」

「あなたも母のお墓に？」

モイラは肩をすくめた。「ええ」

「なぜです？」

「彼女が好きだったから」

気がつくと、セーラはまた相手の目の表情をうかがっていた。モイラ・ブレークのまなざしは少しも揺るがなかった。彼女はようやくうなずいた。

「すみません。助かります」

数分後、セーラは母の墓前に立っていた。

アンナ・キャサリン・ホイットマン。一九四四年十月二十八日誕生。一九七九年九月三日死亡。

セーラはその言葉を見つめ、感情がこみ上げてくるのを待った。だが、怒りも悲しみも爆発することはなかった。

「すっかり忘れていたわ。ママがたった三十四歳で亡くなったってこと」彼女は独り言のようにつぶやいた。

トニーは彼女の耳元に顔を近づけた。「車で待っているから」そう告げると、その場を離れていった。

　モイラ・ブレークはセーラの表情をうかがった。墓前のしおれた花束を自分が持っていた花束と交換し、トニーの後を追った。

　セーラは地面に置かれた赤いポインセチアを見つめた。空を仰ぎ、目を閉じて、霧雨の柔らかな感触を頬で受け止めた。そうだわ。ママの葬儀の日も雨が降っていたんだった。彼女は身震いし、視線を落とした。両手の中の菊にも雨の滴が宿りはじめていた。彼女はその菊をポインセチアと並べて置き、数歩後ろに下がった。

「ママ、私はママを必要としていたのよ。その私を残して、一人で逝ってしまうなんて」

墓石の文字がぼやけはじめた。セーラは大きく深呼吸をした。「私はママとは違う。私は逃げないわ。絶対に逃げたりしない」

　そして、彼女は昂然と頭を上げて歩き出した。

5

「あの人はどこに行ったの?」助手席に乗り込むなり、セーラは尋ねた。

しかし本当は、モイラ・ブレークがどこへ行こうと興味はなかった。トニーにもそれはわかっていたが、セーラが落ち着きを取り戻すまでの時間稼ぎになればと考え、調子を合わせた。

「彼女はうちに帰ったよ。今週中にも二人で夕飯を食べに来ないかと誘われたが、返事は保留させてもらった」

セーラは食事の招待については何もコメントせず、座席にもたれかかって、まぶたを閉じた。

その姿はひどく頼りなげに見えた。途方に暮れている感じがした。トニーは彼女を抱き締めたかったが、そういうなれなれしさを彼女が喜ぶとは思えなかった。

「次の目的地は?」

「とりあえず町に向かってほしいの」

「保安官事務所か？」

「それは最後よ」セーラはまぶたを開け、トニーを見やった。「私が住んでいた家を覚えてる？」

トニーはうなずいた。

「まだ残っているかしら……あの家？」

「ああ。でも、俺が最後に前を通った時は、あまりいい状態じゃなかった。空き家として売りに出されているようだったが」

「よかった」セーラはつぶやいた。「次はそこに連れてってくれる？」

今さらなぜあの家に？　トニーはそう尋ねたいのを我慢し、車のギアを入れた。わざわざ尋ねなくとも、答えはすぐにわかるはずだ。

マーメットの町に入るまでの間、セーラは終始無言だった。彼女の手は拳に握られていた。心臓の轟きが意識された。今にも吐きそうな気がした。

もし一カ月前にメイン州マーメットをどう思うかと尋ねられたら、そんな町のことは忘れたと自信満々で答えていただろう。しかし、ポートランドの空港で飛行機を降りて以来、恐怖は募る一方だった。今や彼女は恐怖にのみ込まれかけていた。父親が殺されたと知ったせいもあるが、それだけではない。自分と母親が町の人々にどんな仕打ちを受けたか、徐々に思い出しつつあったからだ。

セーラは大きく深呼吸をし、無意識のうちに顎をそびやかした。もしまたあんな真似をされたら、今度は黙っていないわ。私はもう子供じゃない。ママみたいに逃げたりはしない。私は戦士よ。家族の汚名をすすぐチャンスを逃してなるものですか。

「ここだ」トニーが口を開いた。

セーラは深々と息を吸い込み、思い切って振り返った。もしトニーが教えてくれなければ、そこが自分の家とは気づかなかっただろう。彼女が遊び場にしていた広い玄関ポーチは消え、錬鉄製の小さなポーチと錆びた一対のライオン像に取って代わられていた。ポーチに続くコンクリートの小道はひび割れ、雑草に覆われている。彼女のぶらんこがつるしてあった樫の巨木も枯れてしまったように見えた。

「本当にここなの？」セーラは念を押した。

トニーは縁石の家屋番号を指さした。

彼女はため息をついた。「ああ」

「無理につらい思いをしなくてもいいんじゃないか？」

セーラは家に視線を据えたまま、身じろぎもせずに座っていた。やがて、彼女の唇から観念したようなため息が漏れた。

「いいえ。これはやるべきことなの」セーラはきっぱりと答え、ドアに手を伸ばした。その手をトニーがつかんだ。

「でも、一人で何もかも背負う必要はない」

彼の優しい声に、一瞬セーラの決心が崩れかけた。

「そうね。あなたには本当に感謝しているわ」

「その後に〝でも〟と続きそうな気がするのはなぜかな？」

セーラはかろうじて小さな笑みを浮かべた。「実際にそのとおりだからじゃない？」

「つまり、あくまでも自分一人でやるつもりなのか？」

「一人でも平気よ。それに、まだ霧雨が降っているもの。車の外に出ても、ますます濡れるだけだわ」

「でも、君は濡れないと？」

わかりきったことを訊かないで。もちろん、私だって濡れるわ。寒い思いをすることになる。でも、パパはもっとつらい思いをしたのよ。

「長くはかからないから」セーラは思い切って車を降りた。ぐずぐずしていると、気持ちがぐらつき、一緒に来てとトニーに懇願しかねない。一人で過去の亡霊と向き合う勇気を失いかねない。

足首の高さまで伸びた庭の芝は、一月前の早霜にやられ、枯れて茶色に変色していた。地面は濡れて、ぐずぐずの状態だった。セーラは地面にできた穴に二度足を取られかけた。おそらく近所の飼い犬がここで骨でも埋めたのだろう。彼女はあえて家を見ないようにした。変わり果てた我が家を見ると、悲しみで胸がつぶれそうな気がした。

でも、ここには私が残したものがある。ロレットおばさんと町を去る時に残していったものが。十歳の子供にとって、とても大切だったもの。家がこの有様なら、あれももうなくなっているかもしれない。だけど、せっかくここまで来たんだもの。捜すだけなら害はないはずだわ。

向かい風に身震いしながら、セーラは家の横に回り込んだ。冷たい雨の中を歩き回るなんて、わざわざ風邪をひこうとしているようなものね。でも、マーメットに来た以上はこれをやらないわけにはいかない。私の秘密の場所とそこに残した小さな宝物。ニューオーリンズで飛行機に乗った時からずっと気になっていたのよ。まだそこにあるのか、それとも、なくなっているのか。もうすぐその答えがわかる。不意に気が急き、彼女は足を速めた。早くこの場所から立ち去りたかった。

裏庭は記憶していたよりも狭く見えた。セーラは自分が大きくなったせいだろうと考えた。要するに比較の問題だ。裏のポーチは少々古びたものの、まだそこに存在していた。彼女はポーチの階段の東側に駆け寄り、ひざまずいて、古い煉瓦の土台を指でたどった。いちばん下の階段から右に十個。そこから上に二個。ここだわ。彼女は指を止め、上体を起こした。

雨に打たれ、泥の中に這いつくばって……私はいったい何をやっているの？　ああ、神様……セーラ・ジェーン……子供のころの宝箱を捜すよりも、あなたにはほかにやるべきことがあるんじゃないの？

　セーラは煉瓦を見つめた。もしあれがなくなっていても、たいした問題じゃないわ。そう自分に言い聞かせながら、煉瓦のざらついた表面に手のひらを押し当てた。しかし、本心ではわかっていた。それが自分にとってこの上なく大きな問題であることを。

　最初、煉瓦はびくともしなかった。二十年の間に誰かが修理したのかしら？　いいえ、ずっと放置されていたから、動かしにくくなっているだけよ。セーラはさらに強く押してみた。もうだめだとあきらめかけたその時、突然、煉瓦が動いた。

　彼女は勢い余ってつんのめった。手が向こう側に突き抜け、腕の内側が煉瓦とこすれて皮がむけた。しかし、痛いと思ったのは一瞬だった。そこに残しているはずの自分の過去を求めて、彼女は夢中で土台の裏側を手探りした。

　手応え（てごた）えのない状態が数秒続いた後、手のひらに何かがぶつかった。固くて小さな四角い物体だ。セーラは前のめりになった。家の壁に額をあずけ、こみ上げてくる涙をこらえた。

「主よ、感謝します」彼女はそっとつぶやき、幼いころの宝物が入った小さなプラスチックの箱を取り出した。

　箱は泥にまみれていたが、壊れてはいないようだった。セーラは箱を自分の前に置き、コートのポケットからティッシュを出した。それでまず自分の腕の血を拭（ぬぐ）い、続いて箱の泥をこすりはじめた。こすっていくうちに、泥の下から緑色の表面が見えてきた。彼女は胸をときめかせ、いっそう激しく手を動かした。

小さなプラスチックの箱は徐々に本来の色を取り戻していった。やがて、セーラはティッシュを放り捨て、箱の蓋を引っ張った。箱を守ってきた煉瓦のように、蓋も容易には動かなかった。しかし、引っ張りつづけるうちに、不意に蓋が開いた。まず目についたのは一枚の古い写真だった。その写真から在りし日の父親が彼女にほほえみかけてきた。セーラの喉がつまり、視界が涙でぼやけた。同時に彼女は気づいた。このままでは箱の中身が濡れてしまう。彼女は勢いよく蓋を閉め、あわてて立ち上がった。赤ん坊を抱くように箱を胸に抱き、一目散に駆け出した。

ふと視線を上げたトニーは、家の裏手から走ってくるセーラの姿に気づいた。ショックと動揺の混じり合った表情。誰かに追われているのか？　彼は車から飛び降り、セーラのもとへ駆け寄った。

「どうした？　何があった？」

「早く車に乗らなきゃ」セーラはそうつぶやいただけで、説明もせずに彼の脇を走り抜けた。

トニーは一瞬その場に立ち止まり、彼女を追っている人間を待った。だが、誰も追いかけてくる様子はなかった。彼は車へ引き返し、運転席に滑り込んだ。セーラの濡れた髪と服を一瞥し、ヒーターの温度を上げた。膝に置かれた彼女の手の中に何かが握られていることはわかったが、それよりも気になったのは手の甲を伝う一筋の血だった。

「その手、どうしたんだ？」

　彼の強い口調に驚き、セーラはびくりと体を震わせた。それから、視線を落とし、肩をすくめた。

「なんでもないの。ちょっとすりむいただけ」

「血が出ているじゃないか。すぐに医者に行こう」

「いいのよ」視線をそらしたまま、セーラはぽつりとつぶやいた。「とにかく別荘に戻りましょう」

「保安官に会うつもりだったんだろう？」

「今日はいいの。今日はもう」ぼそぼそ答えながら、セーラは四角い小箱を握り締めた。

「とにかく戻りたいの」そこでようやくトニーと目を合わせ、思いをこめて、たった一言ささやいた。「お願い」

　トニーは心の中で毒づきつつも、ギアを入れ、車を急発進させた。数分後、彼らの乗る車はマーメットを離れ、湖に向けてひた走っていた。

　別荘に帰り着くころには、セーラの体は震えていた。カーポートの下で車が停止した時には、自力で降りるのがやっとの状態だった。彼女は緑色の小箱を胸に抱き締め、トニーに誘導されるまま家の中へ入り、階段を上がった。濡れた髪や服を通して家のぬくもりが伝わってくると、震えはいっそう激しくなった。セーラの部屋に入るなり、トニーは彼女に向き直った。

「まずは濡れた服を脱がないと」

「後で脱ぐわ。あなたが部屋を――」

彼はセーラの両肩をつかんだ。怒りで鼻孔が膨らんでいた。

「今すぐ脱ぐんだ。でないと、俺が脱がせるぞ」

トニーの瞳には今まで見たことのない表情が浮かんでいた。何かを約束するような表情。しかし、それがなんなのか追求するだけの勇気は彼女にはなかった。

「ちゃんと脱ぐわよ」セーラは言った。「ただし、あなたが出ていった後でね」

トニーはうなずき、浴室に向かった。

「何をしているの？」

「風呂の準備だ」

「まあ。それはどうも」セーラは皮肉っぽくつけ足したが、トニーには通じなかった。

彼女は両手の中の小箱を見下ろし、トニーが消えた浴室の戸口を見やった。水の流れる音が聞こえる。ということは、言葉どおり、本当にお風呂を準備しているわけね。まさかほかの言葉も実行するつもりかしら？　もし彼に触れられたら。服を一枚ずつ脱がされたら。想像しただけで膝から力が抜け、セーラは崩れるように椅子にへたり込んだ。それから、緑色の小箱をかたわらのテーブルに置き、靴とコートを脱ぎはじめた。トニーが浴室から出てきた時、彼女はベルトを外そうとしていた。しかし、凍えた指が言うことを聞いてくれなかった。

「まったく。俺はどうかしてるよ。こんな天気の日に君を外に出すなんて」

「あなたは私の保護者じゃないわ。自分のことは自分で判断します」

「だったら、もっとましな判断をするべきだったな」トニーはそっけなく切り返し、彼女の両手をどけて、ベルトのバックルを外した。

セーラが抗議するより早く、ジーンズのいちばん上のスナップが開けられ、シャツがウエストの部分から引っ張り出された。

「あとは自分でできるか？」

これ以上脱がされたら大変だわ。セーラはシャツの襟元を握り締めた。

「ええ、大丈夫」

「よし」それだけ言うと、トニーは部屋を出た。

彼は両手を拳に握り、足音高く階段を下りていった。階段を下りきったところで、ふと自分の怒りに対する疑問がわいてきた。なんで俺はセーラに腹を立てているんだ？　彼女は今、試練に耐えているんだぞ。この状況に肯定的な要素は一つもない。彼女が否定的な態度をとるのも当然じゃないか。

トニーは振り返り、階段の上に視線を向けた。浴槽に足を踏み入れるセーラの姿を想像した。セーラが熱い湯に身を浸す。まずは膝。続いて腰。最後に乳房。そのイメージはあまりに生々しく、彼は自分の想像が正しいかどうか、戻って確かめたい衝動に駆られた。ぼんやりとたたずんでいるうちに、トニーは自分の怒りの理由に思い当たった。彼がわざわざここにやってきたのは、セーラが今度の悲劇を乗り切れるように手助けするためだ。だが、セーラは彼に手助けさせてくれない。彼を信用していない。そのことが彼を深く傷つけていたのだった。

トニーは階段に背を向けた。肩を落としつつも、スープを温めるためにキッチンへ移動した。セーラに好かれていなくても気にするな。俺が成功できたのはフランクリン・ホイットマンのおかげだ。彼には恩があるんだ。その娘にどう思われようと、恩は返すべきなんだ。

トニーがようやく自分の強がりを認めたのは、数分後、缶詰のスープを鍋(なべ)に移していた時だった。俺は本気の恋愛を知らないまま三十六のこの歳(とし)まで生きてきた。でも、セーラ・ホイットマンはほかの女たちとは違う。俺は気にしている。彼女にどう思われているのか。彼女に信用されているのかどうか。俺は彼女を助けたい。彼女に必要とされたい。

あの勇気と気丈さ。俺はああいう女性が好きだ。でも、一方的に好きなだけじゃ人間関係は発展しない。だから、俺は怒っているんだ。彼女との関係を終わりにしたくないから。

セーラは延々と風呂に浸かっていた。ついに湯が冷め、指先に皺が寄りはじめると、彼女はしぶしぶ浴槽を出た。手早く体を拭いて、清潔な下着とジーンズ、セーターを身につけた。そして、手櫛で髪をときながら、緑の小箱が置かれたテーブルに近づいた。手に取ってみると、箱の裏側にはまだ泥が残っていた。彼女は眉をひそめ、浴室に向かった。箱の汚れを完全に拭き取ってから、改めてテーブルの前に戻ってきた。

箱を置く彼女の手は震えていた。父親の遺体が発見されたことに比べれば、取るに足りない発見かもしれない。しかし、この中には彼女の人生の一部が収められているのだ。セーラは祈りの言葉をつぶやいた。緑色の箱を膝に引き寄せ、蓋を開けた。

先ほど見た写真はまだいちばん上にあった。彼女は指先で写真に触れ、古びた紙の強度を確かめた。それから、慎重に写真を持ち上げた。それは砂浜にひざまずく父親と彼女の写真だった。二人のかたわらには作りかけの砂の城が写っていた。この写真……。確か、そばを通りかかったカップルが撮ってくれたような。でも、それ以外はよく思い出せない。ああ、あの日に戻ることができたら。自分は愛されている、怖いことは何もない、と無邪気に信じていたあの時の私に。

セーラは再び写真に見入った。そうよ。これを撮ったのは六歳の誕生日だったわ。あの日、ママは朝から頭が痛いと言っていた。でも、私をがっかりさせちゃいけないと思って、パパが海岸に連れてってくれたのよ。二人で水遊びをして、貝殻を拾って、砂の城を作って。結局、城は満ちてきた潮で洗い流されてしまったけど。新聞紙に包まれたフィッシュ・アンド・チップスも食べたっけ。それから、うちに帰ったんだけど、すごく時間がかかったのよね。くたびれきっていた私は助手席で眠ってしまったんだったわ。パパの頼もしい手を肩に感じながら。

彼女は写真を脇に置き、箱の中をのぞき込んだ。その日の記念に持ち帰った小さな渦巻き型の貝殻を写真と並べて置くと、箱を照明のほうに傾けた。父親が失踪する一月ほど前に見つけたルリコマドリの卵。幸運を招く四つ葉のクローバー。どちらもぼろぼろに砕けて原型を留めていない。書かないままに終わった日記の鍵。セーラ・ジェーンの名前が刻まれたブレスレット。彼女は黄鉄鉱の塊を見つけ、指先でもてあそんだ。それは父親の友人がくれたものだった。黄鉄鉱は〝愚か者の金〟とも呼ばれている。父親はそのことを彼女に教え、価値のないものだと言った。しかし、幼い少女の目には、石全体に広がったきらきらと光る筋が本物の金に見えた。

セーラはかつての宝物を一つ一つ取り出していった。最後に空になった箱を脇にどけ、ゆっくりと息を吸い込みながら、心の中で何かが決着するのを待った。しかし、何も起きなかった。やがて、彼女は立ち上がり、浴室に入ってブラシを握った。投げやりに髪をとかし、両サイドをピンで留めた。

清潔な靴下に足を通していた時、トニーがドアをノックした。

「セーラ？」

「どうぞ」セーラは答え、ローファーに手を伸ばした。

トニーはドアを開けたが、中へ入ってこようとはしなかった。

「スープを温めたんだ」

「ありがとう。すぐそっちに行くわ」

彼はテーブルの上に並ぶ緑色の小箱と奇妙ながらくたの山へ視線を移した。

「探し物は見つかったのかな？」

セーラはテーブルを見やった。「箱は見つかったけど、私が探していたものは入ってなかったわ」

それで悲しげな表情のままなのか。トニーはもどかしい思いで両手をポケットに押し込んだ。

「俺で力になれることはないのか？」

セーラは椅子から立ち上がり、真っすぐに彼の目を見返した。

「いいえ。あなたの気持ちはありがたいと思うけど」

「本当にないんだな?」

「これればかりは無理よ。あなたでも、ほかの誰でも」

「いったい何を探しているんだ?」

「くだらないものよ」

「くだらなくはないさ。君にとって大切なものなら」

セーラはため息をついた。テーブルに歩み寄り、貝殻の曲線を指先でたどった。

「セーラ……?」

彼女は貝殻を押しやり、写真の父親の顔に触れた。視線を上げた時、彼女は泣いていた。

「ここにあるのはかつての私の宝物なの。それなのに、私はロレットおばさんと町を去る時、宝物を持っていくのを忘れてしまった。今となってはもう手遅れね」

これ以上は距離を保っていられない。トニーはセーラのかたわらに近づき、背中をさすった。

「手遅れなんてことはないさ。生きている限り、道は開ける」

「そういう問題じゃないの」セーラはつぶやいた。「今さらどうしようもないの。私が戻ってくるのが遅すぎたのよ。もう消えてしまったの」

「何が消えたんだ、ハニー? 君は何を探していたんだ?」

苦しげに息を吸い込んでから、セーラは答えた。

「愛情を。でも……ここにはないわ。二度と戻ってこない。彼らが殺したのよ。私の両親を殺したみたいに」

彼女の痛ましい声を聞いているうちに、トニーの我慢は限界に達した。

「おいで」彼はセーラを腕の中に引き寄せた。

セーラはためらったが、それもほんの一瞬だった。今の彼女は安心してもたれかかれる存在を必要としていた。体を包み込むトニーの両腕に力がこもると、彼女の唇からすすり泣きの声が漏れた。細い泣き声は次第に大きくなり、彼女は肩を震わせて泣きじゃくった。

トニーはたじろいだ。彼女の泣き声に胸を掻(か)きむしられる思いがした。だが、これは起こるべくして起きたことだ。激しい怒りは人の神経を疲弊させるものなのだ。彼はセーラをさらに強く抱き寄せ、彼女の頭に頬をあずけた。ずっとこの時を待っていた。本当はセーラの母親の葬儀の日にこうしたかった。あの日、セーラは真っ青な顔で震えていた。涙をぽろぽろこぼしていた。彼はセーラのそばに行きたかった。だが、その度胸がなかった。結局、彼はその場を立ち去った。また別の機会に同情を示せばいいと考えながら。セーラが町を去ったと知った時はもう手遅れだった。以来、彼は涙に暮れる少女のイメージと後ろめたさを引きずって生きてきた。今、セーラは彼の腕の中にいる。しかし、彼は遠いあの日と同じ無力感にさいなまれていた。セーラの気持ちを楽にしてやりたいのに、彼にはその方法がわからなかった。

やがて、セーラは自ら身を引いた。トニーは自分のハンカチを手渡した。しぶしぶ後ずさり、彼女が落ち着きを取り戻すのを待った。

「我ながらあきれるわ」頬の涙を拭いながら、セーラはぼそぼそつぶやいた。「本当にごめんなさい」

「セーラ……そういうのはよくない。謝ったりするな」

トニーの怒気を含んだ口調に、セーラは驚き、たじろいだ。それから、彼の苦しげな表情に気づき、ため息をついた。「アンソニー・デマルコ……」

「なんだ？」

「本当はもっと前に言うべきだったんだけど……仕事を休んでここまで来てくれてありがとう。私のために時間と家を提供してくれてありがとう。私の父を愛してくれて本当にありがとう」

トニーの中にあった怒りは一瞬にして消えた。彼は手の甲でセーラの頬に触れたが、すぐにその手を引っ込めた。

「どういたしまして」

「スープの件だけど……」セーラは切り出した。

彼女はこの場の気まずい雰囲気を変えたかった。接近しすぎた二人の距離を少し広げる必要があった。

「ああ、スープの件ね」トニーは同じ言葉を繰り返し、にんまり笑った。「君はレストランのオーナーだから、味の善し悪しにはうるさいんだろうな。まあ、食べてみてくれよ。俺が缶詰を開けるのがどんなにうまいか、よくわかるはずだから」

「あなたっていろいろな才能があるのね」セーラは言った。

いろいろな才能？　どんな才能だ？　トニーが尋ねるより先に、彼女は部屋を出た。トマトスープとホットサンドウィッチの匂いに導かれて、階段を下りていった。

6

一日中降りつづいた雨は、夜がふけるにつれて雪へと変わっていった。この程度の雪では積もらないだろう、とトニーは言った。それでも、セーラは景色に見とれた。舞い降りる雪片は大きく、しっとりとしていて、地面と出会うとすぐに解けてしまった。

そんなに積雪が心配なんだろうか。誤解したトニーは、窓辺に立つ彼女の背後に歩み寄った。

「大丈夫。積もりはしないよ」

「そうじゃないの」セーラはつぶやいた。「ただ、もう何年も雪を見ていなかったから」

「何年も？　なぜ？」

「ロレットおばさんがニューオーリンズを離れたがらないの。私もロレットおばさんから離れたくなかったし」そこで彼女は肩をすくめた。「不安感のせいかしらね。私にとって、家族と呼べる人はおばさんだけだから」

一歩引いたような物言い。セーラは何かを隠しているみたいだ。トニーは考え込み、それから、はたと気づいた。そういえば、彼女はボーイフレンドや恋人の存在については一言も触れていない。つまり、俺と彼女が親しくなるうえで障害になる存在はないわけか。

トニーはほっとしたが、同時に不思議な気もした。彼はさりげなく手を伸ばし、セーラの左手の薬指をもてあそんだ。

「指輪をしてないんだな」

「今はね」セーラは答えた。

「結婚していたのか？」

「寸前までは行ったわ」彼女の口調はそっけなかった。

「寸前？」

「婚約者がほかの女性とベッドにいるところに遭遇したの。私が友達だと思っていた女性と」

「ひどいな」トニーはつぶやいた。「そいつは厄介な状況だ。で、君はどうした？」

「どうって……婚約者を殺すことはしなかったわ。友達のほうも。さっさと見切りをつけて、関係を断ち切った。まあ、そんな感じかしら。それからは〈マ・シェール〉に——これ、私のレストランの名前なんだけど——全力を注いだの。だから、私が成功できたのは彼らのおかげとも言えるわね」

「それっきり、男には目もくれず？」トニーは尋ねた。

セーラはうなずき、視線をそらした。頭の中で渦巻く考えを無視しようとした。ええ。あれから私は男には目もくれずに生きてきたわ。今までは。

人の不幸を喜ぶのは不謹慎なことかもしれないが、トニーは喜ばずにいられなかった。セーラに特定の相手がいなくてよかった。でも、俺が性急に近づこうとすれば、彼女は不安を感じ、俺を避けるようになるだろう。まずは時間をかけて彼女の信頼を勝ち取ることだ。そう考えたトニーは素早く話題を変えた。

「でも、今の君があるのはおばさんのおかげだろう？　まるで天の恵みって感じだな」

「ええ。それ以上よ。おばさんは私を血を分けた娘みたいに扱ってくれたわ」

まただ。引っかかるような口調。やっぱり、セーラは何かを隠している。

「でも、血を分けた娘として扱ってはくれなかった。そういうことか？」

セーラは眉をひそめた。「いきなり孤児になった私を、おばさんはわざわざ迎えに来てくれたわ。でも、私のほうはニューオーリンズに何回か行っただけで、おばさんのことをよく覚えていなかった。もし私が実の母親の顔さえ知らない孤児だったら……もっとましな精神状態でおばさんに引き取られていたら……。学校から家に戻れば、必ずおばさんが待っていてくれる。その事実を信じられるようになるまで数年かかったわ。それでも、おばさんの家族や友人たちの輪の中で、私一人がよそ者であることには変わりなかった」彼女は小さくほほえんだ。「白人の女の子が南部のアフリカ系コミュニティの中で生きるのは簡単じゃなかったわ。彼らはひどい差別と偏見にさらされてきたでしょう。今だって、差別が完全になくなったとは言えないもの。彼らにとって、私は目障りな存在だった。でも、彼らはロレットおばさんを愛していたから、私という存在に耐えた。本当に私を受け入れてくれたのは、だいぶたってからね」

「今は？」トニーは尋ねた。

「今でも私はロレット・ブードローが引き取った白人の女の子よ。でも、みんな、私という人間を理解し、好意を持ってくれているわ。私がみんなを理解し、好意を持っているようにね。つまり、苦労したのはお互いさまなのよ」いったん言葉を切ってから、セーラはつけ加えた。「もっとも、レストランを開いたおかげで、私に対する評価は上がった気がするけど」

「どういうこと？」

「私が最高のガンボスープを作るから。私のハラペーニョ入りコーンブレッドを無視できないから。それに、彼らは知っているのよ。私に意地悪したら、ロレットおばさんに呪いをかけられるって」

トニーは笑ったが、セーラの真顔に気づき、うたぐり深い目つきで見返した。

「呪いなんて冗談だろう。そうだよな？」

「本当の話よ。ロレットおばさんは若いころにブードゥー教の呪い師をしていたの。本人はとっくの昔に足を洗ったって言うけど、今でも第三の目を持っているのよ」

「第三の目？」

「ニューオーリンズでは超能力のことをそう呼ぶ人もいるの」

トニーはまじまじと彼女を見つめた。「それじゃ、おばさんに隠し事をするのは大変だっただろうな」

「さあ、どうかしら」セーラは不意に身震いし、両腕を体に巻きつけた。「ちょっと失礼してもいい？　部屋に戻って、セーターを取ってきたいの。だいぶ冷えてきたから」

「待った」トニーは通路のクローゼットに駆け寄り、棚からカーディガンを取り出した。

「ほら、これを着て。暖炉に薪（まき）も足さなきゃな」

　セーラはありがたくカーディガンを受け取り、彼の後を追って、暖炉の前に移動した。彼女がクッションの効いた大きな椅子に腰を下ろす間に、トニーは囲い金網を外し、火に新しい薪をくべた。薪が燃えさしとぶつかり、ぽんとはぜる音がして、火の粉が煙突へ舞い上がった。ポップコーンみたいだわ、とセーラは思った。トニーは後ずさり、囲い金網を元に戻した。それから、彼女を振り返った。

「ホットチョコレートでもどう？」

「いいわね。私も手伝うわ」セーラは腰を浮かした。

　トニーは首を横に振った。「君はここで火に当たっててくれ。すぐに戻るから」そう言うと、彼女にリモコンを差し出した。「テレビでもつけてみたら？　何か面白い番組をやってるかもしれないぞ」

動かずにすむことにほっとしながら、セーラはリモコンを受け取った。「ありがとう。でも私、サービスされる立場には慣れていないのよ」

トニーは子供にするように彼女の頭をなでた。それが友情の仕草であることを彼女にわかってもらうためだった。

「たまにはサービスされるのもいいもんさ」

セーラは彼の後ろ姿を見送った。いけないと思いつつも、男らしい歩き方と引き締まった体に見とれてしまった。トニーになでられた部分が熱を持ったように感じられる。反射的に頭に触れてみたが、別に熱いところはなかった。彼女はため息をつき、椅子の背にもたれて、まぶたを閉じた。しかし、かえって逆効果だった。カーディガンに残るトニーの匂(にお)いのせいで、これを着たトニーに抱擁されているイメージがわいてきた。

セーラは気持ちを切り替えようとした。私は疲れているの。神経が張りつめているの。それだけのことよ。ハンサムな男性に親切にされたからって、それがなんだというの？　彼も言っていたじゃない。私を助けに来たのは、パパに恩があるからだって。私個人とはなんの関係もないって。

トニーは数分後に戻ってきた。廊下の足音に気づき、セーラはしぶしぶまぶたを開けた。

トニーはホットチョコレートやクッキーの並ぶトレイを抱えていたが、それでも悠々と歩く姿がセクシーに見えた。この人は自分がどんなに魅力的か知っているのかしら？　愚問ね。知っているに決まってるじゃない。シカゴには特別な女性がいるのかしら？　だめよ、そんなことを訊(き)いちゃ。そういうのは興味を引かれた相手に、もっと親しくなりたいと思う相手に訊くことだわ。私が興味を持っているのは、パパを殺した犯人を突き止めること。そして、パパを安らかに眠らせてあげること。それだけなんだから。

　トニーはコーヒーテーブルにトレイを置いた。

「ジンジャークッキーしかなくてね。君が嫌いじゃないといいんだが」

「大好きよ。私の好物の一つだわ」セーラは答えた。

　トニーはにっこり笑った。「奇遇だね。実は俺もなんだ」

　彼がマグカップを手渡し、ナプキンにクッキーを二枚取り分ける間、セーラはその様子をじっと観察していた。友好的。彼は単に友好的なだけよ。これなら私も対処できるわ。二人の距離がこれ以上近づかない限りは。

　その夜、セーラは安堵(あんど)感とともにベッドに入った。彼女はたった一人でマーメットに戻ってきたが、今はもうそれほど心細くはなかった。思いがけずトニー・デマルコと再会できたからだ。トニーがここにいる理由はともかく、今ではその存在が彼女の心の支えになりつつあった。

安全とぬくもりを提供してくれたトニーに感謝しながら、セーラは横向きに丸まり、カバーを肩まで引き上げた。外ではまだ雪が舞い、風が吹き荒れていた。ときおり風にあおられた枝が窓をたたいたが、彼女の眠りを妨げることはなかった。

夜が明ける少し前、セーラははっと目を覚まし、空気を求めてあえいだ。水の中にいる夢を見ていた。なんとか浮上しようとするのだが、どの方向に泳いでも、黒い水があるだけだった。ついに彼女はあきらめた。死を覚悟し、最初の息を吸い込もうとしたところで夢から覚めた。

「ああ、神様」セーラはつぶやき、カバーをはねのけた。

ベッドから足を下ろすと、床がかなり冷えていた。彼女は素早くウールの靴下をはき、浴室へ向かった。数分後、浴室から出てきた彼女は、恨めしげにベッドを眺めて身震いした。夢の余韻はまだ生々しく、再び眠りに就くことはとてもできそうになかった。そこで彼女はローブを羽織り、雪の様子を確かめようと窓辺に立った。外はまだ暗かったが、トニーの読みが正しかったことは見て取れた。すでに雪は降りやんでいた。昨夜降った雪も残っていなかった。今は見えないけど、あの暗闇（くらやみ）の中に湖があるんだわ。森に囲まれていても、道路がいくつもあるから、湖を訪れる人は大勢いる。その人たちがボートや水遊びを楽しむ間も、パパは湖の底にいた。トランクの中に横たわっていたのだ。

窓に背を向けようとしたその時、視線の先で何かが動いた。セーラはぎょっとした。窓ガラスに顔を近づけ、動きのあった場所を見据えたが、何も見えなかった。

ついに彼女はあきらめた。きっとたいしたことじゃないのよ。そう自分に言い聞かせながら、急いで着替えをすませた。廊下に出たところで立ち止まり、耳を澄ましてみたが、家の中はしんと静まり返っていた。トニーはまだ眠っているみたいね。彼女はほっとしてキッチンへ向かった。もし材料がそろうなら、朝食を作ろう。ニューオーリンズ・スタイルの本格的な朝食を。

トニーはゆっくりと目覚めた。猫が目覚める時のように伸びをし、長い手足を徐々に広げていった。それから、頭の下で両手を組み、横たわったまま天井を見上げた。カーテンの隙間から朝の最初の光が差し込んでいた。彼は一瞬まぶたを閉じた。そして、廊下の奥の部屋で眠る女性のことを考えた。

セーラ・ジェーン・ホイットマン。

ニューイングランド地方ではよくありがちな上品ぶった名前だ。でも、彼女はよくありがちな女性じゃない。上品ぶった感じはまったくしない。彼女はしなやかでセクシーだ。挑戦的なまなざし。顔を縁取る豊かな黒髪。歩く時の腰の動きも魅力的だが、あの髪の揺れ方にも心惹かれるものがある。あのコントラストは自然がもたらした無作為の罠だ。彼女がそばにいると集中力がかき乱される。彼女の顔と体、どっちを先に見るべきか迷ってしまう。そして、どっちに目を向けても、いけないことを考えてしまうんだ。

体が反応し、うずきはじめた。トニーはうなり声とともにベッドから抜け出し、おぼつかない足取りで浴室へ向かった。自分が先に起きたのではないと知ったのは、シャワーを浴びて、部屋を出た時だった。廊下には料理の匂いが漂っていた。かすかに聞こえる鍋と蓋がぶつかり合う音が、朝食が完成しつつあることを告げていた。


オーブンからビスケットを取り出そうとしたところで、セーラは人の気配に気づいた。振り返ると、トニーが腕組みをして戸口にもたれかかっていた。

「いつからそこにいたの？」彼女は問いかけた。

トニーはほくそ笑んだ。だんだんわかってきたぞ。どうやらセーラ・ホイットマンはびっくりさせられるのがお好きじゃないらしい。

「こちらこそ、おはよう」彼は大げさに匂いを嗅ぐ仕草をした。「なんだかいい匂いがするね」

セーラはため息をつき、ハンドタオルで手を拭いた。

「ごめんなさい。きつい言い方をしてしまって。勝手に料理を始めさせてもらったけど、気を悪くしないでね」

トニーは笑顔でコーヒーポットに歩み寄った。

「気を悪くするだって？　君はわかってないな。料理を作ってもらって腹を立てる男はいないよ」

セーラは思わず笑った。すると、トニーが唐突に振り返り、彼女の顔をじっと見据えた。彼の笑顔は消え、代わって別の表情が表れた。セーラの喉がつまった。形容のできない表情。だが、その意味するところは明白だ。彼女の胸が苦しくなった。全身が火照りはじめた。セーラはうなり声を押しとどめた。視線をそらし、ボウルに卵を割り入れながら自問した。もし彼が今考えていることを実行に移したら、私はどう対処すればいいのかしら？

彼女が背中を向けた瞬間、トニーは自分の欲望を見抜かれたことに気づいた。彼は顔をしかめた。この状況にもどかしさを感じた。俺は女に関してあまり禁欲的なタイプとは言えないが、セーラをほかの女たちと一緒にするわけにはいかない。俺たちは同じ家に寝泊まりしている。だからこそ、ここはよけいに慎重になるべきなんだ。

でも、あの笑い声。あの生き生きとした笑い声は本当に意外だった。もう一度あれを聞きたい。セーラを腕の中に抱き、ほっそりした喉を唇で味わいながら。その瞬間、トニーは悟った。自分が彼女に対して特別な感情を抱いていることを。その感情が一過性のものではないことを。

「どれくらい食べられそう？」セーラが問いかけてきた。

それより君を丸ごと食べてしまいたいよ。そう答えたい気持ちを抑えて、トニーは彼女が手にした卵に意識を集中させた。「そうだな。今朝は三つにしておくか」

セーラはうなずき、ボウルに卵を追加してかき混ぜはじめた。「ここには粗挽きとうもろこしがないのね」

「なんだって？」

「粗挽きとうもろこしよ」

「ああ、あれはあまり好きじゃないんだ」そう答えると、トニーはカップにコーヒーを注いだ。

「ニューオーリンズじゃ粗挽きとうもろこしのない朝食なんて考えられないわ」

彼は振り返り、カップの縁ごしにセーラを見つめた。それから、『オズの魔法使い』の台詞をぼそりとつぶやいた。「なるほどねえ、ドロシー。でも、ここはカンザスじゃないんだよ」

セーラは噴き出しそうになるのをこらえた。炒めたソーセージと細かく刻んだ野菜を卵に加え、それを大きなフライパンに流し込んだ。

「何を作っているんだ？」トニーは尋ねた。

「オムレツとフリタータを混ぜたようなものね。あなたもきっと気に入るはずよ」

「ああ、だと思うよ」

その返事はセーラの耳にも届いた。しかし、彼女は振り返らなかった。自分には受け止めきれない何かがトニーの表情に表れていそうな気がしたからだ。そこで、彼女は料理の盛りつけとテーブルの準備に意識を集中させた。

「はい、これで完成よ。ロレットおばさん流に言うと、〝さっさとお食べ、でないと豚の餌(えさ)にしちまうよ〟ってところね」

彼女の軽口をきっかけに、二人の間の張りつめた雰囲気は消えた。

トニーは笑いながら席に着いた。

「ロレットおばさんは豚を飼ってたのか？」

セーラは片方の眉を上げた。「そんなわけないでしょう」

「ごめん」しゅんとして詫(わ)びるトニーの前に、彼女は皿を置いた。

「鶏だけよ――足を洗ったはずのブードゥーの儀式用にね」

トニーはくすくす笑い出した。しかし気がつくと、彼女のほうはまったく笑っていなかった。

「これも冗談じゃないのか？」

「どうぞ召し上がれ」セーラはそれだけ言った。そして、彼の向かいの席に腰を下ろしながら、ビスケットへ手を伸ばした。

その日は前日の悪天候が嘘のように晴れ上がった。空には綿を薄く伸ばしたような雲が残っていたが、それも二つか三つ程度だった。セーラはいらだちはじめていた。父親の死の真相もわからず、ただ待たされるだけの状態にうんざりしていた。午前中に保安官事務所に電話をかけてみたが、保安官は外出中で、夕方近くまで戻らないという話だった。彼女は自分で時間を決めて行動することに慣れていたが、今はじりじりしながら待つことしかできなかった。

朝食がすむと、トニーは彼女に断りを入れ、仕事上の連絡を取るために書斎へ向かった。セーラも〈マ・シェール〉に電話を入れてみたが、自分がいなくても順調に事が運んでいると知り、ほっとしたような物足りないような複雑な気分になった。続いてロレットおばさんに電話をかけたが、こちらはつながらなかった。おばさんときたら、いくら言っても留守番電話を使わないんだから。彼女はもどかしげに受話器を置いた。あとはもう待つ以外にすることがない。だが、彼女は昔から待つことが得意ではなかった。セーラは窓に近づき、カーテンを開けて、庭の向こうの木立を眺めやった。紅葉が昨日より色あせて見えるわ。冬が近いせいかしら？　それとも、私が落ち込んでいるせい？　木立の先に目をやると、湖の一部が見えた。朝の日差しを浴びた湖はきらきらと輝いていた。その下に暗い秘密が隠されているとはとうてい思えなかった。彼女はしばらくその場にたたずんでいた。それから、クローゼットに歩み寄り、トニーがつるしておいてくれたコートを取り出した。

外は寒かったが、不快な寒さではなかった。セーラはコートの襟をかき合わせ、両手をポケットに入れて、敷地内をぶらぶらと散策しはじめた。花壇の前に差しかかったところで、彼女はいったん足を止めた。雑草を数本引き抜き、汚れた両手をジーンズで拭ってから再び歩き出した。大きな木がいくつもあった。彼女は木製のベンチを見つけ、散策から戻ってきたら、ここで一休みしようと考えた。

途中、セーラは二度立ち止まり、別荘を振り返った。トニーが建てた家はデザインも存在感も申し分なかった。まるで森の一部のように周囲に溶け込んでいた。彼女は再びトニーのことを考えた。マーメットを休息の場所に選ぶなんて本当に意外だわ。彼にはほかにどんな意外な面があるのかしら？

別荘を眺めていた時、一羽の鳥が視界を横切った。セーラは夜明け前に窓から見た動きを思い出した。あれは熊だったのかしら。まさかヘラジカだったりして。ひょっとすると足跡が見つかるかもしれないわ。好奇心を刺激された彼女は、地面に目を凝らしながら歩き出した。

やがて、探していた足跡が見つかった。とたんに心臓がどきりと鳴った。彼女は足を止め、ぬかるみに残された五つのブーツの足跡を見つめた。

セーラは素早く向きを変え、別荘を振り返った。私の部屋の窓。この位置に立つと、ほとんど丸見えじゃないの。彼女は足跡から後ずさった。その足跡が自分を威嚇しているように思えた。彼女は大きく息を吸い込み、木立に視線を転じた。たぶん、私の考えすぎよ。夜の猟をしていたハンターの足跡じゃないの？　近所の住民の足跡とも考えられるわ。トニーがめったに別荘に来ないことを知っていて、近道代わりにここを横切っているのよ。そう自分に言い聞かせても、不安感は増すばかりだった。不意に彼女は別荘へ引き返しはじめた。家が近づくにつれて、彼女の足も速くなった。デッキの階段にたどり着くころには、完全に駆け足になっていた。

「セーラ……どうした？」

いきなり腕をつかまれて、セーラはぎょっとした。

「いやだ！　びっくりさせないで！」

「なんで走っていたんだ？」

彼女は足跡を見つけた場所のほうへ視線を投げた。トニーに話すべきかしら？　いいえ、やめておこう。こんな話をしたところで、無力な女と思われるだけよ。私は無力な女じゃないもの。

「ちょっとジョギングしていただけよ」セーラはそっけなく答え、彼を押しのけるようにして家の中へ入った。

手を振りほどかれたトニーは眉をひそめ、セーラが立っていた場所を眺めやった。彼は窓からセーラの動きを目で追っていた。家を振り返り、木立をのぞき込む彼女を見て、何をしているのだろうと不思議に思っていた。そのうち、彼女は急に回れ右をし、家のほうへ戻ってきた。彼女が駆け出した時は、トニー自身も動揺した。セーラは何事もなかったふりをしているが、彼にはわかっていた。彼女の顔にあったのは紛れもなく恐怖の表情だった。

トニーは家のほうに視線を投げた。デッキの階段を下りて、セーラが立っていた場所へ向かった。問題の場所に着くと、彼女が逃げ出した原因を探し求めて、地面をチェックしはじめた。

しばらくは何も発見できなかった。足跡を見つけた時も、それが原因だとすぐにはわからなかった。いや、待てよ。この深さと大きさ。これはセーラの足跡じゃない。トニーはその場にたたずみ、足跡を見下ろした。セーラはなぜこんなものに怯えたんだろう？　怪訝な思いでデッキを振り返ったが、セーラの姿は見えなかった。デッキから視線を上げたところで、彼はようやく気づいた。自分の立っている場所から、セーラの部屋が完全に見通せることに。

突然、うなじにいやな感覚が走った。誰かに見られている。トニーは素早く木立を振り返ったが、不安をかき立てるようなものは何もなかった。彼は視線を上げ、湖を見やった。そうだった。セーラがここに戻ってきたのは、父親の遺体を引き取るためだけじゃない。父親の汚名をすすぐためでもあるんだ。不安が彼のみぞおちを締めつけた。セーラが危険な立場にあることを初めて痛感した。もし真犯人がまだマーメットにいるとしたら、そいつは間違いなくセーラ・ホイットマンを邪魔に思っているはずだ。

トニーは足跡から離れ、家へと引き返した。セーラが何か隠しているなら、必ずそれを聞き出してやる。警察に通報するのはその後だ。

7

「セーラ！」

大声で名前を呼ばれ、セーラはびくりと体を震わせた。足跡の主が彼女を狙っていたと信じる理由は何もなかったが、それでも不安は収まらなかった。そのせいか、トニーが部屋に入ってきた時も、彼女はつい身構えてしまった。

「何を隠しているんだ？」トニーはいきなり詰問した。

セーラはぶたれたかのようにひるんだ。

「いったいなんの話か――」

トニーは彼女の真正面に立ちはだかった。

「とぼけるのか？　俺に嘘をつくな！　俺は悪党じゃない！」

セーラはつんと顎を上げて、相手の視線を受け止めた。

「私のテリトリーに侵入しないで」彼女はそっけなく言った。

少しは悪いと思ったのか、トニーは数歩後ろに下がった。

「返事がまだだぞ」

　セーラは肩をすくめた。「たぶん、たいしたことじゃないのよ」

「じゃあ、どういうことか説明してくれ」

「いいわ。今朝、私はかなり早く……夜が明ける前に目が覚めたの。それで、まだ雪が降っているか気になって。窓辺に立ったら、外で何かが動くのが見えたわ。その時は別にどうとも思わなくて、すっかり忘れていたのよ。さっき散歩に出るまでは」

　セーラはセーターの前の部分を手でなでた。目に見えない皺（しわ）を伸ばすかのように。それから、トニーを見上げた。トニーの顔には表情がなかった。彼女はため息をつき、説明を続けた。

「思い出したのは散歩の途中よ。もし場所がわかれば、熊（くま）かヘラジカの足跡が見つかるかもしれないと思ったわ。単なる好奇心だったの。そういう野生動物はもう何年も見ていないし……わかるでしょう？」

　彼女の動揺を感じ取り、トニーは態度を軟化させた。

「でも、見つかったのは動物の足跡じゃなかった。そうだな、セーラ？」

「そんなに大げさに考えることはないんじゃない？　だって、その……今は何かの狩猟シーズンなんでしょう？　たぶん、早めに猟に出たハンターか近所の住人だったんだわ」

　セーラはトニーが同意してくれるのを待った。しかし、その推論はあっさりとはねつけられた。

「ハンターだって？　本気でそう思っているのか？」

ためらった後にセーラは肩をすくめた。「さあ。知らないわ」

「俺だって知らないさ」トニーはつっけんどんに切り返した。「ほかに俺に話してないことはあるか？」

「いいえ」

「じゃあ、一緒に来るんだ」

「どこへ行くの？」

「保安官に連絡を取る」

「保安官なら事務所にはいないわよ」

「なぜ知っている？」

「今朝、保安官事務所に電話をかけたからよ。彼は町の外に出ていて、夕方近くまで戻らないと言われたわ」

「だったら、彼を呼び戻すまでだ」トニーは言い切った。「のんびり待ってられるか」

彼は背中を向け、部屋から出ていこうとした。セーラは彼の腕に手を置いて止めた。

「トニー？」

「なんだ？」

「これは悪い兆候なの？」

トニーは言葉につまり、無言で彼女を抱擁した。

「俺にはなんとも言えない。ただ、運任せにはしたくないんだ」

たくましい腕に包み込まれ、セーラは身を固くした。「でも、これはあなたの問題じゃないわ」

トニーはため息を押しとどめ、抱擁を解いた。「自分の土地に不法侵入されたんだから、これは俺の問題でもあるんだよ。それに、この件についてはさんざん話し合っただろう。もう二度と蒸し返さないでくれ」

「いいわ。ただし、遠慮はしないでほしいの。もし私に――」

「君に何かを望む時は、遠慮はしないから」そう言い放つと、トニーは電話へ向かった。

セーラは彼の後ろ姿を目で追った。歩幅の広さから彼の怒りの程度を見定めようとした。トニーは怒りを抑えているみたいだわ。たぶん、私のために。後になって、彼女はトニーの言葉を思い返した。〝君に何かを望む時は〟この言葉を喜ぶべきなのか、それとも侮辱と受け取るべきなのか、彼女にはわからなかった。

それから一時間とたたないうちに、ロン・ギャラガーが別荘にやってきた。

チャイムが鳴った時、セーラはコーヒーの準備をしていた。保安官を出迎えるトニーの声を耳にして、彼女は一気に緊張した。数秒後、男たちはキッチンへやってきた。

「セーラ」

振り返ると、マーメットに着いた日に湖で会った男が立っていた。

「ギャラガー保安官だ」トニーが紹介した。

セーラはうなずいた。「この前、お会いしましたよね。父の事件に関して何か新しい情報はありますか？」

ロン・ギャラガーは残念そうに首を振った。彼女を笑顔にできるならなんでもするのだが。

「聞いたところによると、今朝は少々怖い思いをしたとか」

「誰も怖がっていません」セーラは保安官に切り返し、トニーをにらみつけた。

「ああ、そうですか」ぶつぶつ言ってから、トニーは保安官に向き直った。「怖がったのは彼女じゃない。俺のほうなんだ。問題の足跡を見せるから、一緒に来てくれ」

一人キッチンに残されたセーラは、にやつきたいのを我慢した。私のことは完全に無視ってわけね。だんだんわかってきたわ。トニー・デマルコに社会の常識は通用しないということが。彼にここに連れてこられてから、何度無礼な態度をとられたことか。お愛想は言わないけど、無駄口もたたかない人なのよね。彼女はコートをつかみ、男たちの後を追って庭に出た。足跡について保安官がどんな発言をするか、興味があった。

ギャラガーは足跡のかたわらにしゃがみ、指先で土の感触を確かめていた。

「雨が降り出したのは昨日の何時ごろだった？」彼は問いかけた。

トニーは眉をひそめ、記憶を反芻した。

「まだ明るいうちだったわ」セーラが代わって答えた。

男たちは同時に振り返った。

トニーの〝やっぱりついてきたか〟と言いたげなにやにや笑いを無視して、彼女は保安官に視線を据えた。

「窓辺に立って、雨が雪に変わるのを見ていたから、よく覚えているんです。雪を見るのはひさしぶりだったから。ゆうべは十一時過ぎにベッドに入ったけど、その時はまだ雪が降っていました」

ギャラガーはうなずいた。「トニーの話だと、部屋の窓から何かが動くのを見たそうですね？」

「ええ、今朝早く。夜が明ける少し前でした。早めに目が覚めたので、まだ雪が降っているか確かめようとしたんです。でも、とっくにやんでました」セーラは小さくほほえんだ。

「正直言って、ちょっとがっかりだったわ。雪景色を期待していたから。とにかく、暗闇を眺めていた時に、別荘と木立の中間あたりで何かが動いたんです。暗かったから、その正体まではわからなかったけど、何かがここにいたことは間違いありません。でもトニーにも説明したように、散歩に出るまでは忘れていたんです。この足跡を見るまでは」

ギャラガーはまたうなずいた。「たぶん心配するようなことじゃないと思いますが、いちおう付近をチェックしてみましょう。森の中にも足跡が残っているかもしれないし。あなたたち二人は家に戻ってけっこうです。後で報告に立ち寄りますから」

「俺も一緒に捜そう」トニーの申し出に、保安官はうなずいた。

「きっと保安官の言うとおりよ。心配するようなことじゃないんだわ」セーラは言った。

「ただの足跡でしょう。気にする理由がどこにあるの？」

男二人は彼女に目を向けたが、答えたのはギャラガーだった。

「いや、ミス・ホイットマン、注意は怠らないほうがいい。町ではＦＢＩの捜査官が二十年前の事件に関する聞き込みを始めています。この問題を巡って、町民たちの間ではすでに対立が生じていた。そこへあなたがやってきて、父親を殺した真犯人を突き止めると宣言した。町はもう蜂の巣をつついたような騒ぎですよ。真犯人は誰なのか。まだこの付近にいるのか。それもわからない状態で、自分は安全だと決めてかかるのはまずいでしょう」

セーラは吐き気に襲われた。まるで底なしの悪夢だわ。でも、私は引き下がらない。二十年前はこの町の人間たちに罵倒されたけど、今度はそうはさせない。

「私は何事においても決めてかかったりしません。それがマーメットの人たちから得た教訓です」

彼女の声は震えていたが、視線は揺るぎなかった。トニーは彼女のほうへ手を伸ばした。しかし、セーラはその手に背中を向けて歩き去った。

「えらい怒りようだな」ギャラガーがつぶやいた。「まあ、無理もないか。あれだけひどい目に遭ったんだし」

大股で家へ向かうセーラのこわばった肩を見つめながら、トニーはうなずいた。

ギャラガーは空を見上げ、続いて腕時計に視線を落とした。「日没まであと三時間弱か。そろそろ始めたほうがよさそうだ」

セーラが家の中に入るのを見届けてから、トニーは保安官の後を追い、森の奥へ踏み込んだ。

キッチンに入っていくと、電話が鳴っていた。急ぎ足で電話に近づきつつも、セーラは考えた。留守番電話に任せておいたほうがいいんじゃないかしら。私への電話じゃないんだし。しかし、それは彼女への電話だった。

「セーラ・ジェーン、こっちに戻っておいで」

「ロレットおばさん……どうかしたの？　具合でも悪いの？」

「どうもいやな感じなんだよ。あんたはそこにいるべきじゃない。すぐこっちにお戻り」

セーラの腕に鳥肌が立った。ロレットが本気で言っていることは口調でわかった。

「ロレットおばさん、私だってニューオーリンズに戻りたいわ。今すぐにでも飛んで帰りたい。でも、今この町を去れば、二十年前と同じになってしまうの」

案の定だよ、とロレットは思った。セーラが拒絶することはすでにわかっていた。それでも、電話をせずにいられなかったのだ。

「あんたがそこにいることをよく思ってない連中がいるんだ」

「そんなことくらい承知のうえよ」

「そいつらはあんたに危害を加えるつもりだよ」

セーラのみぞおちが締めつけられた。やっぱり、あの足跡は悪い兆候だったのね。トニーと保安官のところに行って、私に危険が迫っていることを知らせるべきかしら？　でも、説明を求められて、超能力者――それもブードゥー教の流れをくむ超能力者――に警告されたなんて答えるのはごめんだわ。

「もし私がここを去ったら、今度も連中の勝ちってことになるのよ。第一、まだパパの遺体を返してもらってないの。ここに戻ってきた本来の目的を達成できていないのよ」

「後生だから。あたしにあんたたち親子の葬式を出させないでおくれ」ロレットは懇願した。

セーラは泣きたくなった。ロレットの声には怯(おび)えた響きがあった。その響きが彼女自身の心にある怯えと共鳴した。

「愛しているわ、ロレットおばさん。絶対に油断しないと約束するから」

ロレットはため息をつき、セーラの決断を受け入れた。

「だったら、あんたのいい人を信じることだね、セーラ・ジェーン。彼ならあんたを守ってくれる」

「彼は私のいい人じゃないし、自分の身は自分で守れるわ」

「今回は無理なんだよ」ロレットはつぶやいた。「神があんたとともにありますように」

「大好きよ、おばさん」セーラは言ったが、電話はすでに切れていた。

彼女は受話器を置いた。静寂の中にたたずみ、おばの言葉を反芻した。結局、今回の帰郷は簡単にはすまないってことね。だから、なんなの？　もともと楽しい旅なんて期待していなかったわ。それに、事前に危険がわかっていれば、それなりの準備もできる。その点に関しては、警告してくれたロレットおばさんに感謝するべきね。


家の外では、トニーとギャラガーが独自に深刻な結論を導き出しつつあった。保安官が森の中で新たな足跡を発見したのだ。何者かがそこに立ち、別荘を観察していたのは明らかだった。足跡の配置と深さから見て、観察者がそこにいたのは雨か雪が降っていた間らしい。途中の足跡が洗い流されていたため、観察者がどこから来たのかはわからないが、いったん森を出て、家に近づきかけたことだけは間違いなかった。

トニーはギャラガーの表情にただならぬものを感じ取った。だが、ギャラガーは自分の考えをなかなか口にしようとしなかった。足跡は松葉に覆われた岩場で途絶えていた。トニーの忍耐もそこまでだった。

「偶然じゃないいんだろう?」彼は尋ねた。

腰のホルスターの位置を調節してから、ギャラガーはうなずいた。

「まあ、そうだろうな。何者かがあんたの家を観察していたのは確かだ。それだけで危険だとか、ミス・ホイットマンが狙われてるってことにはならないが」

「というと?」

「あんたの家だよ。こいつはかなり立派な別荘だ。設備もばっちりなんだろう? 空き別荘を狙って下見していた泥棒が、人がいることに気づいて、早々に退散したとも考えられる」

トニーはポケットに両手を突っ込んだ。ここからだと、別荘の屋根がわずかに見える程度だな。そして、背後には湖。静かなのがかえって不気味な感じだ。ボートや水遊びでにぎわう夏の湖のほうがずっといい。今は湖を見るたびに、その底に二十年間も沈んでいたフランクリン・ホイットマンのことを考えてしまう。彼は身震いしたい衝動を抑え、保安官に視線を戻した。

「単なる泥棒か?」

「その可能性もあるってことだ」

「なるほどね。でも、あんたの直感はなんて言ってる？」トニーは質問をたたみかけた。

ギャラガーは肩をすくめた。「そうだな……ここ二、三年、この付近で空き巣事件は起きていない。どっちかというと、俺はミス・ホイットマン絡みと見るね。ただし、何者かが彼女に危害を加えようとしたとは限らない。人間てのは好奇心の塊だ。このあたりの住民だって例外じゃない。町を去った時、彼女はまだ小さな子供だった。それが大人になって戻ってきたんだから」

トニーは空を見上げた。日はまだ暮れていなかったが、すでに北極星が見えていた。

「家に戻らないと」彼は切り出した。「これ以上彼女を一人にしておきたくない」

「俺も一緒に行こう。彼女に挨拶してから失礼する。もしまた気になることが起きたら、遠慮なく連絡してくれ」

「そうさせてもらうよ」トニーは答え、先に立って歩き出した。


夕食の間、セーラはほとんど口をきかなかった。話しかけられた時に返事をするだけで、あとは無言で料理をつついていた。トニーは彼女のそばにいたかったが、こういう彼女はあまり好きではなかった。なんとかして以前の勝ち気なセーラに戻ってほしかった。ついに彼の我慢は限界に達した。彼女を元気づけるためなら、喧嘩でもなんでもしてやろうという気になった。

「俺の手料理じゃお気に召さない？」トニーは問いかけた。

セーラはいったん上げた視線を再び皿に落とした。

「あまり食欲がないみたいなの」そう言って、フォークを置いた。

「俺に腹を立てているのか？」

「まさか！　そんなわけないじゃない。あなたには本当に親切にしてもらったもの」

親切？　トニーはため息をついた。セーラは俺のことを単に親切な男と思っているんだろうか？

「だったら、何が問題なんだ？」

「ロレットおばさんが電話してきたの」

「向こうで何かあったのか？」

セーラの表情が曇った。トニーにどう思われるかしら？　いいえ、どう思われたってかまわない。彼女は思い切って口を開いた。

「おばさんに戻ってこいと言われたわ。ここにいると危険だって」

トニーのみぞおちが締めつけられた。一月前の彼なら、超能力を信じる者を鼻で笑っていただろう。しかし今は、自分が何を信じているのかもわからない。はっきりしているのは、セーラを守りたいという強い思いだけだった。

「で、君はなんて答えたんだ？」

セーラは視線を上げた。「なんて答えたと思う？」

「ここを離れるつもりはない、かな」

彼女は片方の眉を上げ、くすりと笑った。「あなたって……意外と私のことを理解しているのね」

「でも、本当は不安なんだろう？」

ためらった末に、セーラはうなずいた。「少しね。ロレットおばさんの言うことに間違いはないもの。でも、またここから逃げ出すような真似はしたくない。そうしたくてもできないの」彼女は固い表情でトニーの顔をのぞき込んだ。「わかってくれる？」

トニーはうなずいた。どんなに認めたくなくても、認めざるをえなかった。

「ああ、わかる気がするよ」

セーラはようやく笑顔になった。「それに、あなたのそばにいる限り、私に危険は及ばないわ。おばさんがそう言ったのよ」

「やれやれ」トニーはぶつぶつ言いながら、超能力者に保護者役を仰せつかった事実を受け止めようとした。「でも、もし俺がしくじったら？」

セーラの笑みが顔じゅうに広がった。「その時は……多少の覚悟はしておいてね。おばさんは呪いをかけられるの。お得意の呪いもあるのよ。もっとも、効き目が続くのはせいぜい一世代か二世代の間だけど。つまり、あなたは不幸に見舞われても、あなたの子孫は心配ないってわけ」

トニーはにらみ返した。「えらく楽しそうじゃないか？」

「こんな話を真に受けるの？　頭がいいくせに乗せられやすいのね」

「実は我が家にも伝説があってね。シチリア島出身だったうちの祖母（ばあ）さんが、祖父（じい）さんを騙（だま）して金を巻き上げた男に呪いをかけたって話だ」

セーラは興味をそそられて身を乗り出した。

「それで、その男はどうなったの？」

「伝説によると、祖母さんが呪いをかけたのは男の男性機能だったらしい。つまり、その男が二度と……ええと、どうも言いづらいな」

「いいから言っちゃって」セーラは促した。

トニーはにんまり笑った。「よし、言うぞ。つまり、祖母さんはその男が二度と〝立たない〟ように――子孫を残せないように呪いをかけたのさ」

「すごい呪いね！　効き目はあったのかしら？」

「さあ、知らないな。なにしろ俺が生まれる前の話だし。ただ、俺が子供のころ、近所にそいつと同じ名字の人間がいなかったことは確かだ」

セーラはにやにや笑った。「引っ越しちゃったんじゃない？　もし私が男で、自分の玉、に呪いをかけられたら、大慌てでよその土地に逃げると思うわ」

トニーは彼女の露骨な表現に驚いたが、同時に嬉しくなった。そうとも。俺はこの向こう意気の強さが好きなんだ。彼は満面の笑みを浮かべた。

「その可能性はあるな。とにかく、これで俺が呪いに一目置く理由がわかっただろう」彼はテーブルごしに腕を伸ばし、セーラの手に自分の手を重ねた。「セーラ、俺は君を守る。君から見ればよけいなお世話かもしれないが、俺にとっては大切なことなんだ。わかってくれるね？」

セーラは真っすぐに彼を見つめ返した。気遣わしげな表情。トニーは本気で私のことを心配してくれているんだわ。でも、それだけじゃ物足りなく思えてしまうのはなぜかしら？

「わかってる。父への恩返しなのよね。感謝しているわ」

トニーの笑みが薄れた。「今はもう恩返しだけじゃない。君もわかっているはずだ。もしわからないとしたら、君の頭もたいしたことはないね」そっけなく言うと、彼はテーブルから立ち上がり、汚れた皿を流しに運びはじめた。テーブルに残されたセーラは、彼の言葉の意味について考えた。謎の侵入者のことはすっかり忘れていた。

二十年ぶりに現れた死者をののしりながら、殺人者は泥の足跡がついたキッチンの床をこすった。事件の展開を思うとはらわたが煮えくり返った。ホイットマンの遺体が発見された以上、捜査が再開されることは確実だ。おまけに、ホイットマンの娘は絶対に父親を殺した真犯人を突き止めると息巻いている。あの娘が戻ってこなければ、捜査が再開されたとしても、最後は証拠不足で打ち切られることになっただろう。だが、こうなったからには、何が起きてもおかしくない。

殺人者は曲げていた腰を伸ばし、床に泥が残っていないことを確かめた。泥を拭き取るような手軽さでセーラ・ホイットマンを排除できないことを腹立たしく思った。だが、密かに苦しみつづけた二十年間を無駄にはできない。セーラ・ホイットマンが助かる道はただ一つ。父親の遺骨を引き取り、おとなしくマーメットを去ることだ。ただし、もし犯人捜しを続けた時は……。殺人者は両手を拳に握った。

その時はあの娘にも死んでもらうしかない。

ロン・ギャラガーは鏡を眺めながら首をひねった。髭剃り後の泡を拭き取り、顔を洗ってから、アフターシェーブ・ローションをつけた。彼はもともと几帳面な性格だったが、今朝は意気込みが違っていた。今日は父親の遺留品を検分するために、セーラ・ホイットマンが事務所にやってくるのだ。彼女から新情報が得られるとは思えないが、これも捜査上必要な手順の一つだった。

彼はきれいな分け目を作ってから髪を丹念にとかし、ヘアスプレーを吹きかけた。身だしなみに四苦八苦して。部下の連中に知られたら、一生笑い物にされそうだな。だが、セーラ・ホイットマンにみっともないところは見せられない。彼女から見れば、俺はただの小柄な中年男、忌まわしい過去の一部だ。そんなことはわかっている。わかっていても、彼女にいいところを見せたい。彼女に許してほしい。彼女と母親が町の連中に迫害されているのに、俺は何もしなかった。黙って見ているだけだった。そんな自分が許せない。だが、もし彼女が許してくれれば、俺も自分を許せそうな気がする。

薄くなりかけた髪を最後にもう一度なでつけると、ギャラガーはガンベルトを締め、銃をホルスターに収めた。それから、帽子とコートを手に家を出た。帽子はセーラ・ホイットマンとの面談がすんでからかぶろう。せっかく整えた髪が乱れないように。

セーラは慎重に身支度を整えた。着ていく服も就職の面接を受けるようなつもりで選んだ。マーメットの人々の前で、弱みを見せるわけにはいかないわ。取り乱すなんてもってのほかよ。でも、パパの遺留品を見たら……パパが残した品々に触れ、自分が失ったものを思い返したら、きっと平気ではいられないわ。

彼女は薄く口紅を引いた。顔にかかる髪を払いのけ、鏡の中の自分をじっと見つめた。黒のパンツ。黒のタートルネック。赤と黒の格子柄のジャケット。きちんとしていながら強気な感じ。まさに私が求めているイメージだわ。続いて、彼女は靴をチェックした。腰をかがめて、爪先のすり傷をこすっていたちょうどその時、ドアにノックの音が響いた。

「どうぞ」セーラは答え、ベッドの上に用意してあったコートとバッグをつかんだ。

ドアを開けた彼女を見て、トニーは目を丸くした。

「決まってるね」彼は小さくつぶやき、肘を差し出した。

「私、誰かの尻を蹴飛ばしそうに見える?」セーラは尋ねた。

トニーはにやりと笑った。「ああ……最低でもそれくらいはやりかねない感じだ」

「もっとすごいこともやりそう?」

「あまり無茶はするなよ」トニーは釘を刺した。「じゃあ、行こうか。保安官を待たせちゃ悪いしな」

8

マーメットの町が近づくにつれて、セーラの緊張は増していった。ロレットの警告を思い返し、彼女は自問した。歓迎されない土地に残るのはそれほど無謀なことなのかしら？私は自ら危険を招いているのかしら？　交差点で信号待ちをしていた時、近くの庭から彼らに手を振る人物がいた。

「あの人は？」落ち葉の掃除に戻った年配の女性を見やりながら、セーラは尋ねた。

「ミセス・シェフィールド。昔、図書館の司書をやっていた人だ。覚えてないかな？」

セーラは目を見張った。記憶に残っている赤毛の大柄な司書と年配の女性がどうしても重なり合わなかった。

「でも、彼女はあんなに老けてなかったわ」

「君がいない間も時は流れていたのさ」トニーは言った。「誰もが二十年分、歳（とし）を取った。ミセス・シェフィールドは数年前に未亡人になってね。一人暮らしは不安だからってことで、今は妹さんと一緒に暮らしている」

信号が変わり、トニーはアクセルを踏み込んだ。セーラは座席にもたれかかった。それからの数ブロックは沈黙が続いた。彼女が再び口を開いたのは、保安官事務所の前まで来た時だった。

「トニー?」

「うん?」

「私は無駄なあがきをしているのかしら?」

トニーは車のエンジンを切った。キーをポケットにしまいながら助手席を振り返った。打ちひしがれた表情。こんなセーラを見るのは再会以来初めてだ。

「無駄なあがきって?」

「本当は父の遺体が見つかっただけで満足するべきなのかもしれない。父を母の隣に葬ったら、おとなしくニューオーリンズに戻るべきなのかも」

「親父(おやじ)さんを殺した真犯人のことは忘れて? そういうことか?」

セーラは肩をすくめた。「忘れることはできないわ。でも私、父の汚名をすすぐまでここに残るなんて言ったけど、あれは自分でもどうかと思うの。だって、もう二十年も前のことなのよ。その間に町を出た人もいるし、亡くなった人もいる。仮に真犯人が手がかりを残したとしても、そんなものはとっくに消えているわ。真犯人がまだ生きているかどうかだって怪しいものだし」彼女はぐったりとドアにもたれかかり、まぶたを閉じた。「私一人が意気込んでみたところで、現実は変えられないのよね」

トニーは腕を伸ばし、彼女の手を握った。

「セーラ」

いやよ。同情のまなざしなんて見たくない。今そんなものを見たら、きっと泣き出してしまう。

「セーラ……俺を見て」

セーラはため息をつき、視線を上げた。

「君はなんのためにマーメットに来たんだ？」

「決まってるでしょう。父の遺体を引き取るためよ」

「それだけ？」

セーラは再び沈黙した。トニーは待った。セーラの迷いが一時的なものであることを彼は見抜いていた。

セーラは窓の外に目をやり、通りに並ぶ店や行き交う人々を見つめた。見覚えのある店。どこかで会ったような顔。見つめつづけるうちに、トニーがどんな言葉を待っているのかが少しずつわかってきた。やがて、彼女はトニーを振り返った。

「間違っていたのは彼らのほうだわ」

「どう間違っていたんだ？」

「私たちにひどい仕打ちをしたことよ」

トニーはうなずいた。「そうだ、ハニー。彼らはやってはいけないことをした」

「彼らは私たちまで犯人扱いしたわ。おかげで私は理由のない罪悪感を抱かされた。その罪悪感を拭い去ることができなかった」セーラは大きく息を吸い込んだ。知らず知らずのうちに声が震えていた。「私は大人になり、そこそこの成功を手に入れた。でも、私の中にはフランクリン・ホイットマンの娘であることを恥じる気持ちが、その恥を克服したいという気持ちが残っていたの。父が泥棒じゃなかったと知った時も、私は新たな罪悪感を抱いた。マーメットの人たちのように、父を犯人だと信じていた自分が許せなかった。だから、考えたのよ。もし父の汚名をすすぐことができれば、私も過去を乗り越えられるんじゃないかって」

「君はすでに過去を乗り越えているよ」

「ある程度はね。でも、まだ完全とは言えないの。彼らが私の前で自分たちの間違いを認めるまでは。彼らが間違いを認めたところで、父や母が生き返るわけじゃないけど、それが私が二人のためにしてやれるせめてものことなのよ」

「つまり、君は仕返しがしたいのか？」

「いいえ。私は彼らに反省してほしいの。罪を悔いてほしいのよ」

「だったら、ここで何を待っているんだ？」

セーラは無言でトニーの顔を見つめた。美しい茶色の瞳が〝俺を信じろ〟と訴えている。引き締まった頬に彼の真摯な思いが感じられた。

「何も」彼女は答えた。

「じゃあ、乗り込むぞ」

二人は車を降り、保安官事務所に入っていった。デスクに座っていた女性が彼らを見上げた。

「セーラ・ホイットマンです。保安官と会う約束なんですけど」

女性は笑顔で立ち上がり、セーラに歩み寄った。

「セーラ……また会えて嬉しいわ」

セーラは眉をひそめた。「あなた、私の知っている人？」

「ほら、私よ……マーガレット・トマソン。学校ではあなたの三つ前の席に座ってたわ。今の名字はビショップ。高校を出た後、バーニー・ビショップと結婚したの」

相手の屈託のない歓迎ぶりに戸惑いつつも、セーラは微笑を返した。「マーガレット！ええ、覚えているわ。あなたのことも、バーニーのことも」

マーガレットはくすくす笑った。「あの人、昔は悪さばかりしてたものね」

「じゃあ、今はもう紙つぶてを投げたりしないの？」

「あれって確か六年生か七年生くらいの時でしょ？　女の子が気になりはじめる年ごろじ

ゃない」

トニーはにんまり笑った。「紙つぶてで気を引く作戦か」

マーガレットはセーラ・ホイットマンと並んで立つ長身のハンサムな男を見つめた。シルク・デマルコといえば、マーメットでは伝説的な存在だ。不良少年が立派な大人に成長する。それだけでも町の話題としては充分だが、彼の場合は成功と独身というおまけまでついていた。かつて彼に見向きもしなかった女たちも、今では彼に羨望のまなざしを向けているはずだった。

「シルク……あなたもおひさしぶり」マーガレットはくすくす笑いたいのを我慢した。三人の子供を持つ既婚女性にはふさわしくない態度だからだ。

「保安官はいるかしら？」セーラは尋ねた。

マーガレットは彼らがここにいる理由を思い出し、気持ちを引き締めた。

「よけいなおしゃべりをしてごめんなさい。ええ、彼ならいるわ。お待ちかねよ。ついてきて」

廊下の奥まで進んだところで彼女は足を止めた。一度ノックしてからドアを開けた。

「ロン、セーラ・ホイットマンが来ましたけど」

ロン・ギャラガーはあたふたと立ち上がり、彼らを手招きしながらデスクの前に回り込んだ。

マーガレットはセーラの腕に手を置き、はにかんだ笑みを浮かべた。

「ほんと、会えて嬉しかったわ」

セーラのみぞおちを締めつけていた緊張の糸が少しずつほぐれはじめた。

「ありがとう、マーガレット」

「なんで〝ありがとう〟なの？」

「あなたのおかげで歓迎されている気分になれたから」セーラは答えた。そして、オフィスの中へ入り、トニーの隣の席に腰を下ろした。

彼女はトニーの横顔に視線を投げ、官能的な唇と力強い顎をぼんやりと眺めた。トニーがその視線に気づき、目と目がぶつかった。一瞬、彼女の体にぞくりとする感覚が走った。

情けないったらないわ。どうしてこの人の前では女に戻ってしまうのかしら？　セーラは視線を引きはがし、保安官に気持ちを集中させた。

ギャラガーはデスクに両肘をつき、クリップをもてあそびながら、二人が席に着くのを待っていた。デマルコとセーラが交わした視線に気づき、彼はため息を漏らした。いいかげん、愚かな夢は捨てろってことか。俺はちびの中年男。セーラ・ホイットマンと釣り合うわけがないんだ。

「ミス・ホイットマン、昨日は怖い思いをされたわけだが、だいぶ落ち着きましたか？」

セーラは冷ややかに保安官を見返した。

「昨日も言いましたけど、私は怖い思いなんてしていませんし、こういう状況にしては、けっこう落ち着いているほうだと思います。それより父の遺留品を見せてください」

ギャラガーはデスクのひきだしの鍵を開け、大型の茶封筒を取り出した。金属の留め具を外そうとしたが、思うように指が動かなかった。ようやく封を開けると、彼は中身をデスクの上に広げた。

「どうもひどい状態で。なにしろ二十年間も水中に沈んでいたわけですからね」

うかつに何か言うと、後で悔いることになりそうだわ。セーラはきっと唇を引き結び、目についた最初のもの——父親の財布——に手を伸ばした。

「ああ、気をつけてください」ギャラガーが警告した。「革がそうとう傷んでますから。運転免許証はラミネート加工のおかげでなんとか無事でしたが」

セーラは震える指で財布の折り目を広げ、父親の顔を見た。

「ああ……ああ、パパ」彼女はささやいた。それから、運転免許証の表面に指先でそっと触れた。

トニーは無言で寄り添い、彼女の肩に腕を回した。セーラは一瞬彼にもたれかかったが、すぐに背を起こした。色あせた写真を、笑みをたたえた砂色の髪の男をもう一度じっと見つめると、財布を脇に置いた。

ギャラガーは次にキーホルダーを彼女のほうへ押しやった。身内だけの葬儀の席に侵入した部外者の気分だった。

キーホルダーを見たとたん、セーラの喉がつまった。〝パパはナンバーワン〟あの年の父の日に私がパパにあげたプレゼントだわ。彼女はキーホルダーを手に取り、トニーに見せようと振り返った。しかし、何か言おうとしても言葉が出てこなかった。

「わかるよ、ハニー」トニーは穏やかに言った。「それ、君があげたんだろう?」

セーラはうなずいた。

「彼はいつも君を自慢していた。俺もよく聞かされたよ。君がどんなに賢いかって話を。知ってた?」

「いいえ」

それは小さなつぶやきにすぎなかったが、彼女の痛切な思いがこめられていた。

「本当の話さ。君のうちに芝を刈りに行くたびに、新しい自慢話が待っていた」

私は大切にされていた。その事実を味わいつつ、セーラはゆっくりと息を吸い込んだ。

ギャラガーは気になっていた鍵について彼女に質問しようとした。

「ミス・ホイットマン、実は――」

「セーラと呼んでください」

ギャラガーはうなずき、微笑を浮かべた。「セーラ……そこについている鍵のことなんだが、なんの鍵かわからないかな?」

セーラは眉間（みけん）に小さな皺（しわ）を寄せて、鍵の束をもてあそんだ。当時はほんの子供だったから、はっきりとは覚えていないけど……。

「これは家の玄関の鍵だと思うわ。私も同じのを鎖に通して、首にかけていたもの」

ギャラガーは問題の鍵にテープを貼（は）り、デスクに広げてあったファイルにメモを取った。

「こっちの鍵はどうかな？」

「車の鍵ね」セーラは答えた。「フォードって書いてある。ええ、うちにもフォードが一台あったわ。それから、こっちは……」彼女は奇妙な形をした一対の小さな鍵を手に取った。「父のデスクに鍵がかかっていて開かないひきだしがあったの。もしかしたら、そのひきだしの鍵じゃないかしら」

「じゃあ、それは？」ギャラガーは最後に残った鍵を指さした。

セーラの眉間の皺がさらに深くなった。彼女は長く平たい鍵の輪郭を指でなぞりながら、記憶の糸をたぐり寄せた。

「なんだか貸金庫の鍵みたいだな」トニーが口を挟んだ。

ギャラガーの目が見開かれた。「そうか。その線があったか」

セーラは鍵をデスクに戻した。「これが貸金庫の鍵かどうかはわからないけど、うちの両親が貸金庫を利用していたのは間違いないわ。当然、父が勤めていた銀行の貸金庫だったはずよ」

ギャラガーはキーホルダーを手に取った。「さっそく調べてみよう。もっとも、あの銀行の貸金庫を利用していたのなら、金が消えた時点で調べられた可能性が高いが」

「それはどうかしら。母は捜査にあまり協力的じゃなかったし」セーラは反論した。

「裁判所の令状さえ取れれば、調べることはできたはずだ」ギャラガーは言った。

「だとしても、私は知らないわ。まだ十歳だったんだもの」そうつぶやくと、セーラはデスクに積まれたコインの小さな山から一枚をつまみ上げ、裏返してみた。それは一九七三年製造の十セント硬貨だった。「古いお金ね」

「当時は古くなかったけどね」トニーは指摘した。

しばらく見つめた後に、セーラは十セント硬貨をデスクに戻した。保安官の前で父親の人生を蒸し返すことが急に虚しく思えてきた。結局、この人だって二十年前に私たちを見捨てた側でしょう。そんな人に真相究明を期待するほうがどうかしているわ。

「これで全部？」彼女は尋ねた。

ギャラガーはうなずいた。

「父の遺体はいつごろ戻ってきそうなの？」

「あと一週間くらいはかかるらしい。検死官事務所は手いっぱいの状態だし、これは――」

ギャラガーははっとして口をつぐんだが、もう手遅れだった。セーラの表情はすでに冷たいものに変わっていた。

「これは最優先の事件じゃないから。そういうことね？　ほかに話がないなら、これで失礼させていただくわ」

思いがけない成り行きにうろたえ、ギャラガーはあわてふためいて立ち上がった。この場を収める言葉はないかと探してみたが、何も思いつかなかった。

トニーは何も言わなかった。ただ、顎をそびやかした様子から見て、セーラが本気であることはわかった。彼はセーラに続いて立ち上がり、ギャラガーと握手をした。その間に、セーラは早くもコートを羽織っていた。

「ロン、何か確認したいことがある時はいつでも連絡してくれ」

ギャラガーはうなずいた。「ミス・ホイットマン、もし我々でお役に立てることがあれば、なんでも言ってください」

セーラはつんと顎を上げた。「なんでも言っていいの？　だったら、私の父をフラッグスタッフ湖の底に沈めた人間を見つけ出して」

「もちろん、そのつもりですよ」ギャラガーは答えた。

「その後に〝でも〟と続きそうな気がするのはなぜかしら？」

血も涙もない怪物と思われたくない一心で、ギャラガーはデスクの上のファイルを指さした。「今度の事件に関しては、情報がこれだけしかないんです。しかも、ここにある証拠はどれもあなたのお父さんの犯行を裏づけるものばかりなんですよ。百万ドルが消えた週末、最後まで銀行に残っていたのはあなたのお父さんだった。事件が発覚したのは月曜で、その時点で彼はもう行方をくらましていた。その日、出勤しなかった従業員は彼だけだった」

「それは父がすでに湖の底にいたからよ」セーラは語気荒く言い返した。自分が冷静さを失いかけていることに気づき、大きく深呼吸をした。それから、デスクに両手をついて身を乗り出した。「父は自分でそんな場所に行ったんじゃない。そうよね、保安官？」

ギャラガーはなんとか彼女の視線を受け止めた。

「ええ。そのとおりです」

「つまり、あなたたちは大失態をやらかしたのよ」

ギャラガーはかすかに眉をひそめた。自分たちがそこまで大きな間違いを犯したとは考えたくなかった。

「まあ、そういう見方もあるでしょうが」彼はぶつぶつ言った。

「はっきり答えてちょうだい。あなたは正しいことをする気があるの？　ないの？」セーラは問いただした。

今度はギャラガーも不快感を隠そうとしなかった。

「私はつねに正しいことをしていますよ、ミス・ホイットマン。望んだ結果が得られない時もあるが、私はつねに正しいことをしているつもりです。当時、私はただの新米にすぎなかった。それでも、捜査には最善を尽くしたし、ただ一人の容疑者を徹底的に調べ上げたんです」

「一つ質問していいかしら?」

「なんでもどうぞ」

「ほかに真犯人がいる可能性についてはまったく検討されなかったの?」

ギャラガーはしばらくためらっていたが、やがて、ため息をついた。俺には嘘はつけない。彼女に対しては。

「そうですね。私が知る限りでは」

「それで、あなたはどうするつもりなの?」

「すでに手は打っていますよ」

「どんな手を?」

「捜査の再開です。もし新しい手がかりが見つかれば、真っ先にあなたにお知らせしますから」

セーラの顔に軽蔑の表情が浮かんだ。

「それはつまり……俺たちの邪魔をするな、こっちから連絡があるまで待っていろ。そういうことね、保安官?」

トニーはセーラの肘に触れた。

「セーラ」

「何よ？」

彼はセーラの後頭部に手のひらを当てた。「保安官は努力しているんだよ」

セーラは身震いし、うなだれた。再び顔を上げた時、彼女の瞳は涙で潤んでいた。

「わかってる」そうつぶやくと、彼女はギャラガーに向き直った。「ごめんなさい。私……」

ギャラガーは彼女の腕に手を置いた。「あなたが謝ることはない。謝るのはこっちのほうだ。とにかく少し時間をください。たとえ町のお偉方全員を怒らせることになったとしても、やるべきことはやりますから」

滑稽（こっけい）なたとえ話に釣られて、セーラはつい口を滑らせた。

「その時はぜひ私も見物させてほしいわ。これ以上お邪魔はしませんから、真相究明に励んでください」

「ええ、そのつもりです」ギャラガーは答え、二人をオフィスから送り出した。

セーラは電話中のマーガレットに手を振り、入り口のドアノブへ手を伸ばした。同時に、トニーが低く悪態をついた。彼女は驚き、トニーを振り返った。

「どうしたの？」

「ほら、あれ」トニーは外の通りを指さした。「マスコミの連中、君がここにいることを嗅(か)ぎつけたみたいだ」

セーラはひるんだ。一瞬、裏口から逃げ出すことも考えたが、急に激しい怒りがわいてきた。

「マスコミくらい平気よ」彼女はきっぱりと断言した。「もう覚悟はできているわ」

「無理はするな」トニーはいさめた。「君はここで待ってろ。ギャラガーと相談して、奴(やつ)らを追い払うから」

「いいえ。私には言うべきことがあるの。それを言ってしまえば、取材攻勢も収まるかもしれないし」

トニーは疑わしげに目を細めた。反論したい衝動を抑えて、ドアを開けた。

とたんに、取材陣がドアへと押し寄せた。三台のカメラがセーラを狙(ねら)う一方、六人のレポーターが彼女の顔にマイクを突きつけた。

「ミス・ホイットマン！　ミス・ホイットマン！　あなたのお父さんの件についてコメントをお願いします。お父さんは共犯者に殺されたとお考えですか？　あなたは——」

トニーはセーラとレポーターたちの間に割って入った。

「下がれ！」彼は厳しい口調で命令した。「これからミス・ホイットマンが声明を発表する。ただし、質問は受けつけない」

「あんた、何者だ？」レポーターの一人が問いかけた。「彼女の弁護士か？」

トニーは質問したレポーターを見返した。「いや。彼女の声明を聞きたいのか？　それとも、保安官にここに来てもらおうか？」

セーラは数歩前へ出た。レポーターたちは後退したが、カメラは彼女の顔に向けられたままだった。

「今日の時点では、父の遺体は検死官事務所から戻ってきていませんが、父が犯人とされた事件に関しては、すでに捜査が再開されたと聞いています。父が濡れ衣を着せられたのは明らかです。真犯人は百万ドルを盗んだばかりか、殺人まで犯しながら、今もその罰を免れているのです」そこで彼女は身を乗り出し、カメラの列を見据えた。「私がどこにいようと、父の汚名が晴らされ、父を殺した犯人が裁かれるまで、私の心が安らぐことはありません。二十年前、この町の善良な人々は私と私の家族にひどい仕打ちをしました。事実が明らかになった以上、せめて謝罪をしてほしいと思います」

レポーターたちは口々に質問を怒鳴りはじめたが、またしてもトニーに遮られた。

「以上だ。では、これで我々は失礼する」彼はセーラの腕をつかみ、車まで誘導した。車のドアを開けて、彼女を促した。「早く乗って」

セーラは立ち止まり、視線を上げた。「いいえ、トニー。私は逃げないわ。二度と逃げたりしない」

トニーは反論しかけてからうなずいた。「決めるのは君だ。町にいる間にやっておきたいことはあるか？」

「スーパーマーケットに寄ってもらっていい？　買いたいものがあるのよ」

「ハニー……今日はなんでも君の望むままだ」

セーラは澄ました笑みを浮かべ、助手席に収まった。トニーは車を回り込み、運転席に座った。ほどなく彼らの乗った車は縁石を離れ、マーメットでただ一軒の食料品店があるダウンタウンを目指して走り出した。

それから三十分後、彼らはそれぞれに食料品の袋を抱えて店を出た。トニーがトランクを開け、セーラの袋を受け取ろうとしていた時、背後から誰かが近づいてきた。

またレポーターかしら。振り返ったセーラの前に立っていたのは、小さな箱を小脇に抱えた長身の老人だった。

「セーラ・ジェーン……君かね？」老人は尋ねた。

「ミスター・ウェザリー？」

ハーモン・ウェザリーはにっこり笑った。「覚えていてくれたか！　あれから二十年もたつし、とっくに忘れられたかと思っておったよ。元気にしていたかね？」

「ええ、ミスター・ウェザリー、元気にしていました。それに、あなたを忘れるわけがないでしょう。あなたは銀行でいちばん優秀な出納係だった。パパがいつも言っていたわ」

老人の笑みがほんの一瞬、苦笑に変わった。

「私も君のお父さんのことは心から尊敬しておった。つねに公正な人でな。最近、ああいう男はめっきり減ってしまった」

「ありがとう。そんなふうに言ってもらえると、本当にほっとします」

ハーモンはうなずいた。それから、トニーに視線を転じ、相手の正体を見定めるような目つきになった。

「君ともどこかで会ったかね？」

「アンソニー・デマルコです」トニーは手を差し出した。

ハーモンは眼鏡の奥で〝ああ〟と言いたげな表情を浮かべた。

「そうか。シルヴェスター・デマルコの息子だな？」

トニーはひるみそうな自分を抑えた。出自を乗り越えるために、彼は何年も努力を続けてきた。その努力が老人の一言で水泡に帰した気がした。

「ええ、そうです」トニーは答えた。

「彼のことはよく知っておった」老人は言った。「君の母親のことも。二人とも亡くなられて残念なことだった」

驚きを隠して、トニーはなんとかうなずいた。両親のことを口にしながら、侮辱的な言葉を吐かなかった人間はこの老人が初めてだ。彼は老人を抱き締めたいとさえ思った。

「今はどこに住んでおるのかね？」

「シカゴです」

ハーモンはうなずいた。「一度行ったことがあるが、どうも好きになれん町だった。なにしろ平らすぎてな」

トニーはほほえんだ。「そうですね。メイン州と比べたら、確かに平らすぎる」

「何はともあれ、また君に会えてよかったよ」そこでハーモンはセーラに向き直り、手にしていた箱を差し出した。「これを君のお母さんに渡そうとしたんだが、家に入れてもらえなくてね。あれはそう、君のお父さんが失踪した一週間後くらいだったか。代わりに君が受け取ってくれるかね？」

「なんですか、これ？」箱を受け取りながら、セーラは尋ねた。

ハーモンは白いもじゃもじゃの眉を寄せて、顔をしかめた。

「君のお父さんが失踪した翌日だったか、融資係のソニー・ロムフィールドが町外れで交通事故を起こして亡くなったんだよ。あれは痛ましい悲劇だった。奥さんとまだ小さな子供二人が残されてな。でまあ、私が彼のデスクと君のお父さんのデスクを片づけることになった。ソニーのデスクの中身をミセス・ロムフィールドに渡し、君のお母さんにも同じことをしようとした。ところが、自宅を訪ねていっても、彼女は出てこなかった。私としては騒ぎが収まったころに出直すつもりだったんだが、そうこうしとるうちに彼女も……

その……亡くなっただろう。それで……とりあえずしまっておいたわけだ。君がマーメットに戻ってきたと聞いた時、私はまず箱のことを思い出した。中身についてはよく覚えておらんのだよ。あの日に封をして以来、一度も開けておらんから。だが、これが君のものであることには変わりない」

セーラは箱を胸に抱き締めた。両手が震えていた。

「ありがとう、ミスター・ウェザリー」

「なんの、なんの」ハーモンはオーバーコートの埃を両手で払い、トニーにうなずきかけた。「では、そろそろ失礼するかな。注意を怠らんことだよ。そうすれば、すべてうまくいく。真実はクリームと同じで、必ず浮き上がってくるものだからね」

二人きりに戻ると、トニーはセーラに目を向けた。彼女は今にも泣き出しそうに見えた。

「大変な一日だったな」

セーラはつんと顎を上げた。「予想していたほどじゃなかったわ。あなた、何かやり残したことはある？　ないなら、もう帰りたいんだけど」

「よし、帰るとするか」トニーは答えた。

数分後、彼らが乗る車は町の外に向かってひた走っていた。セーラはシートベルトを装着し、助手席に座っていた。膝の上に置いた箱を爆弾でも扱うようにしっかりと握り締めながら。

9

「君は中に入って。荷物は俺が運ぶから」ドアの鍵を開けながら、トニーは言った。

セーラは彼の気遣いに感謝し、箱を抱えて、小走りで階段を上がった。自分の部屋に入ると、箱をベッドに投げ出し、数歩下がって見つめた。茶色の包装紙とそれを縛っている埃だらけの紐。この中にはどんな亡霊が潜んでいるのかしら？　保安官の前に座って、パパの遺留品を確認するのはつらい経験だった。これは少しはましかしら？　あまり期待はできないわね。パパが職場に置いていた私物。それが何かはわからないけど、見たらきっと平気ではいられないわ。

とりあえず箱をそのままにして、彼女はコートを脱ぎはじめた。コートをしまうと、次は浴室に入った。しかし、五分もするとやるべきことは尽きてしまった。浴室を出た時も、箱はまだベッドの上にあった。ちっぽけな箱じゃないの。どうせたいしたものは入ってないわ。そう自分に言い聞かせても、まだためらいは消えなかった。ぼんやりと突っ立っているうちに、膝から力が抜けていった。彼女は感情を抑えて生きてきた。ここ数日間の試練にもなんとか耐えてきた。だが、この箱にはとどめを刺されそうな気がした。

ロレットおばさんに相談するべきかしら。迷っていたその時、戸口にトニーが現れた。セーラは彼を見上げた。自分の顔にすべての感情がさらけ出されていることにも気づかずに。

トニーは言おうとしていたことを忘れた。今まで彼はセーラが一人で苦しむ姿を黙って見てきた。彼女が望んだ距離を保ちつづけてきた。しかし、もう限界だった。

体が勝手に動いた。気がつくと、セーラが腕の中にいた。トニーは頭を下げ、唇で彼女の頬に触れた。セーラが身を固くすると、彼女の頬に手のひらを当てて、強引に視線を合わせた。

「俺を敵と思わないでくれ、セーラ。お願いだから、俺を拒まないでくれ。君が望まなくても、俺にはどうしてもこれが必要なんだ」

セーラは近づいてくる唇を見つめた。顔に温かな息を感じた。そして、これから起こることを運命として受け入れた。

トニーは彼女と唇を触れ合わせた。最初はそっと。それから激しく。彼は両腕でセーラをとらえて引き寄せた。セーラは彼が震えるのを感じた。彼の低いうなり声を聞き、自分も理性を失いかけていることに気づいた。それでも、彼女はトニーを押しのけなかった。逆に彼の腰に両腕を回し、セーターをつかんで、自分のほうへ引き寄せようとした。

不意にトニーが唇を離した。彼女を抱き上げて、ベッドに横たわらせた。体と体がもつれ合い、彼女の唇から小さな熱い声が漏れた。

トニーの心臓は早鐘を打っていた。彼の体は自分の下にいる女性と一つになることを求めていた。だめだ。相手の弱みにつけ込むような真似はできない。このまま進むわけにはいかない。彼女も同じ気持ちだとわかるまでは。ブラウスを脱がせかけたところで、トニーは動きを止めた。鎖骨のくぼみにキスをしてから身を引き、セーラの顔を見つめた。

汗ばみ、上気した肌。かすかに震えるまつげ。セーラはあと少しで歓喜の波にのみ込まれそうに見えた。トニーは彼女の唇の輪郭をたどり、サテンのように柔らかな肌の感触を味わった。突然、その唇が開き、彼の指先を歯でとらえた。トニーは目を細め、危うい表情を浮かべた。

「セーラ……俺は鋼でできてるわけじゃない。君がこの先を望まないなら、今そう言ってくれ」

すべてを見通すような危険なまなざしのもとで、セーラは身震いした。この人と一緒なら天国へ行けそうな気がする。でも、その後はどうなるの？

「シルク……？」

トニーは彼女の首筋に顔を埋めた。「なんだ、ベイビー？　なんでも君の言うとおりにするよ」

「自分の望みはわかってるの。でも……でも私、怖いのよ」

「俺が？」

セーラはひるんだ。トニーの打ちのめされた表情。とても見ていられない。でも、この気持ちをどう説明すればいいの？

「あなたじゃない。自制心を失うことが怖いの。もしそうなったら、ここに来た目的を達成できないような気がして」

トニーは動きを止めた。体はまだうずいていたが、期待はたちまちのうちにしぼんでいった。彼はセーラが欲しかった。だが、彼女の気持ちも理解できた。

「いいんだ、セーラ……よくわかった。俺たちは少し急ぎすぎたんだな」

トニーは彼女の首筋に顔を埋め、うなり声をのみ込んだ。セーラは無意識に言ったんだろうが、今の言葉は決定打だ。俺はどんなことにでも耐えられる。でも、セーラを怖がらせることだけは耐えられない。

小声で悪態をつきながら、トニーは体を起こした。寝返りを打ってベッドを下りると、後ろも見ずに部屋を出ていった。

これはセーラ自身が招いた結果だった。それでも、ベッドに一人残された彼女は愕然とした。トニーが行ってしまったことが信じられなかった。彼女は寒気に襲われた。心が空っぽになった気がした。途中で終わってしまったその先が知りたかった。彼女は寝返りを打ち、腹這いになって視線を上げた。そして、ハーマン・ウェザリーからもらった箱が、ベッドの天板と枕の間に挟まっていることに気づいた。自分の臆病さにいらだちながら、彼女は箱をつかみ、脇のテーブルに置いた。昨日はその存在さえ知らなかった箱。だったら、開けるのは後でいいわ。それよりトニーと仲直りしなきゃ。手遅れになる前に。

セーラはベッドを這い出した。廊下に出ると、トニーの部屋へ走った。しかし、彼の部屋のドアは閉ざされていた。中から水の流れる音が聞こえた。おそらくトニーはシャワーを浴びているのだろう。それも冷たいシャワーを。彼女は肩を落とし、ドアに背中を向けた。

「あせって追いかけてきて、ばかみたい」セーラはぶつぶつ文句を言った。そして、これ以上愚かなことをする前に、階段を下りていった。

アナベス・ハロルドはサイドボードにナッツの小鉢を置き、その下に敷かれたレースの皺を伸ばした。毎週火曜日の夜はトランプの集いが開かれることになっており、今夜は彼女が主催する番だった。アナベスは客を迎える準備に張り切っていた。たとえばこのレースだが、曾祖母が使っていた手編みのもので、彼女が十六歳の時に将来の嫁入り道具として譲り受けた一品だ。歳月を経たレースは多少黄ばんでいるものの、この細工のすばらしさを見せびらかさないのはあまりに惜しい。たまには自慢しても罰は当たらないだろう。

こういうものに目ざといタイニー・バートレットなら、きっと気づいてくれるはずだ。

アナベスはドレスの埃を払う仕草をし、マニキュアがはがれていないことを確かめた。鏡をのぞき込み、髪型と襟元をチェックした。そろそろみんなが来るころだわ。準備に大騒ぎしたことを悟られないようにしないと。いかにも一日がかりで準備しましたって感じが出てしまうと、みっともないものね。

キッチンに移動しようとした時、チャイムが鳴った。アナベスはその場で回れ右をし、急いで玄関へ向かった。顔に笑みを浮かべてドアを開けた。そこに立っていたのはいつもと変わらぬ優雅さを漂わせたマーシャ・ファレルだった。

「マーシャ、寒かったでしょう。どうぞ入ってちょうだい」

マーシャはコートを脱ぎ、慣れた手つきでホールのコートかけにかけた。それから、大げさに鼻をくんくん鳴らした。

「あら、アナベス、なんだかいい匂いがするじゃない。もしかして、あなたのお得意のソーセージ・チーズボール？　私、あれが大好きなのよ」

アナベスは澄ましてほほえんだ。「ええ、あれを作ったの。ちょうどオーブンから出そうとしていたところだったのよ」

マーシャはにっこり笑って手を振った。「だったら、遠慮せずに行ってちょうだい。私はほかの人たちが来るまでのんびりさせてもらうから」

「テレビはついてるわ。といっても、とくに何かを見てたわけじゃないけど。暖炉のそばに座ってて。すぐ戻るから」いったん歩き出してから、アナベスは足を止めた。「私がキッチンにいる間にほかの人が来たら、代わりに応対してもらっていいかしら？」

「任せて」そう答えると、マーシャは火のそばの特等席を目指して、そそくさとリビングへ向かった。

ほどなくタイニー・バートレットとモイラ・ブレークも到着した。軽食のトレイをリビングへ運んでいたアナベスの耳に、女たちの驚きの声が飛び込んできた。同時にタイニーが叫んだ。「アナベス！　アナベス！　早くこっちに来て！」

ああ、もう。上品にしずしずと登場する計画だったのに！　内心むっとしながらも、アナベスはリビングに駆け込み、サイドボードにトレイを置いた。

「いったい何事なの？」問いかける彼女に、タイニーがテレビを指し示した。アナベスはテレビを囲む三人のそばに小走りで近づいた。

「ほら、見て！　ホイットマンの娘がテレビに出てるの。あっ！　今通りかかった車！　乗ってるのはデューイ・フランシスじゃない？」タイニーが嬌声(きようせい)をあげた。「ほら、やっぱり！　あの人、とうとう新車を買ったんだわ」

マーシャが眉をひそめた。「あのね、タイニー、デューイの車はこの際、関係ないでしょ！」

「静かに」モイラがたしなめた。「セーラ・ホイットマンの話を聞きましょう」

「どうせろくな話じゃないわよ」アナベスは言った。「彼女はこの町を恨んでいるんだから」

モイラは悲しげな目つきになった。「だからって、彼女を責められる？」

セーラ・ホイットマンに恨むだけの理由があることを進んで認める者はいなかった。そこで、彼女たちは口をつぐみ、父親の遺体の引き渡しを待っているというセーラの言葉に耳を傾けた。マーシャは身震いし、椅子の背にもたれかかった。死ぬことなんて考えたくもないわ。人間、死んだら終わりじゃないの。

しかし、四人の度肝を抜いたのは、〝父を殺した犯人が裁かれるまで、私の心は安らがない〟という台詞（せりふ）だった。彼女たちは一斉に息をのんだ。あんぐりと口を開けて、互いの目を見交わした。

「ねえ、信じられる？」マーシャが問いかけた。「なんなの、彼女？　名探偵か何かのつもり？　こんなのをテレビで流すなんてどうかしてるわよ。まるで私たちの中に殺人犯がいるみたいじゃないの」

モイラはフランクリン・ホイットマンのことを思い返した。いい上司だった。とても家族思いな人だった。あの一家にこんな悲劇が起きるなんて。セーラ・ホイットマンの態度はともかくとして、彼のために、ここは一言言っておくべきだわ。

「でもねえ」モイラは切り出した。「フランクリンが自分でトランクに入って、フラッグスタッフ湖に身投げしたんじゃないことは明らかでしょう」

一瞬、気まずい沈黙が訪れた。アナベスの顔が見る見る赤く染まった。

「それとこれとは話が別よ！」

「フランクリンにとっては同じことよ」モイラはぼそぼそ反論した。

アナベスはテレビに映るセーラの顔を指さし、テレビの向こう側に聞かせるように言い放った。

「私は気に食わないわ！　冗談じゃないわよ！　過去をほじくり返して、なんになるっていうの」

「もう手遅れよ」タイニーがうめいた。「またあの悪夢が始まるんだわ。セーラ・ホイットマンが母親みたいにばかな真似をしないといいけど。つまり、その……自殺するような真似をね。まったく、キャサリンは何を考えていたんだか。娘のことを考えてなかったのは確かね」

アナベスは不服そうに鼻に皺を寄せた。「彼女はもともと情緒不安定だったもの。娘を産んだ時も、一カ月近く床に就いたままだったし」

叔母が病院の看護師だった関係上、マーシャは説明せずにいられなかった。

「でも、あの時は大変な難産だったって話よ。分娩(ぶんべん)に一日以上かかって、結局は帝王切開で産んだらしいわ。だから、回復に時間がかかったのよ」

アナベスは顔をしかめた。彼女は自分の意見を訂正されるのが嫌いだった。「だとしても、あの人は地元出身じゃなかったわ。フランクリンと出会う前はいったい何をしてたんだか。確か、ルイジアナ州の南部で育ったって話だったわよね。ほら、セーラ・ホイットマンを引き取りに来た黒人女を覚えてる？　ああいう女に自分の子供を託すなんて想像もできないわ」

「でも、ほかに引き取り手はいなかったようだけど」モイラはそっけなく言い、話題が変わることを期待してテレビを消した。

彼女の期待に応（こた）えて、タイニーが歓声をあげた。「この匂い。もしかして、あなたの有名なソーセージ・チーズボール？」

アナベスは笑みを浮かべ、トレイが置いてあるサイドボードに歩み寄った。

「ほかにもいろいろあるのよ。どうぞ召し上がれ」

「嬉（うれ）しいわ」タイニーは言った。「私、おなかぺこぺこなの」

「じゃあ、カードテーブルにお皿を持っていったら？」アナベスは勧めた。「ゲームをしながらつまんでちょうだい」

数分後、四人の女はポーカーに興じつつ、チェダーチーズの好みについて意見を戦わせていた。

彼女たちはいつものように笑い、ゲームを続けた。しかし内心では、自分たちの暮らしが脅かされる不安を抱いていた。マーメットのいちばんの魅力は秩序が保たれていることだ。だが、その秩序はすでに乱れつつあった。マーメットの中心的存在を自認する四人は、秩序回復のために自分たちが立ち上がらなければと感じていた。ただし、今夜は別だ。今夜はソーセージ・チーズボールと友好とポーカーの夕べなのだから。

セーラ・ホイットマンのインタビューに気分を害したマーメットの住民は四人の女だけではなかった。ポール・ソレンソンは自宅の暖炉の前にくつろぎ、静かな夜を楽しんでいた。郵便物に目を通しながら、テレビのニュースを聞いていた。その日は銀行の役員会があったため、いつも以上に忙しい一日となった。役員会を無事に終えた彼は、ご機嫌で自宅に戻り、おいしい夕食をとり、暖炉の前に腰を据えた。しかし、ホイットマンの娘のインタビューが彼の満ち足りた夕べをぶち壊した。

ポールは郵便物を投げ出した。痛風の痛みを呪(のろ)いつつ、もたもたと立ち上がり、足を引きずるようにして電話に近づいた。彼は基本的に金勘定しか頭にない男だった。政治への関心は薄く、公務に口出しすることはめったになかった。だが、この件だけは別だ。ギャラガー保安官は来春に再選を控えている。保安官にそのことを思い出させてやる必要があった。

まだオフィスに残っていたロン・ギャラガーを、別室の通信指令係が大声で呼んだ。

「保安官、一番に電話です」

「ああ、わかった」ギャラガーは怒鳴り返し、受話器を取った。「ギャラガー保安官」

「ロン……ポール・ソレンソンだが、今夜のニュースを見たかね？」

「いいえ。北の林道で事故があって、つい今し方こっちに戻ったばかりなんで。ニュースがどうかしましたか？」

「ホイットマンの娘が騒ぎを起こしとる。君はあれをどうするつもりだ？」

ギャラガーは眉をひそめた。「騒ぎというと？」

ソレンソンは唾が飛びそうな勢いでしゃべりつづけた。「あの娘はマーメットの町民たちに喧嘩を売っとるんだぞ。父親を殺した犯人を見つけ出すだと？　あんな言い方をされたら、我々が犯罪者をかくまっとるみたいじゃないか。なんとかしたまえ」

よけいなお世話だ。ギャラガーは一瞬そう口走りかけた。しかし、深呼吸で自分を抑え、より穏やかな言葉を探した。

「いいですか、ポール。我々の国の憲法には言論の自由を保証する条項があるんです。他人を誹謗中傷しない限り、何を言おうと彼女の自由なんですよ。彼女の父親を殺した犯人を見つけ出す件については、私も同じことをするつもりです。何者かが彼を殺害し、二十年間もその罪を免れてきた。これは紛れもない事実だ。そろそろあの一家のために正義がおこなわれてもいいころでしょう」

ソレンソンの顔が真っ赤に染まった。彼は反論されるのが嫌いだった。「今度の件であまり波風を立てるようなら、来春の再選は難しくなるぞ」

ギャラガーはかっとなった。「それは脅しですか?」

ソレンソンは謝罪すべきところを怒鳴り返した。「失礼な。なぜ私が君を脅さねばならんのだ?」

「それはこっちが訊きたいですね。せっかく電話をいただいたんだから、お知らせしておきましょう。私は過去二十年間に際立って羽振りがよくなった人間を片っ端から調べるつもりです」

ソレンソンの心臓がどきりと鳴った。「それはどういう意味だ?」

「説明するまでもないと思いますが」ギャラガーは言った。「フランクリン・ホイットマンが消えた百万ドルを使わなかったのは明らかだ。となれば、ほかの誰かが使ったことになる」

「まさか私を疑っとるんじゃないだろうな?」

「誰も疑ってませんよ……今のところは」

思わぬ反撃にうろたえ、ポール・ソレンソンは無言で電話を切った。デスクの前にたたずみ、優雅なインテリアを見回しながら、自分が築き上げてきたものについて考えた。保安官の言葉を思い返し、彼は怒りに目を細めた。どこぞのつまらない女のせいで、長年の苦労を無駄にしてたまるか。だが、あの女は誰も知らない私の秘密を知っている。何か手を打たなければ。

トニーは新たな木の塊を薪割り台にのせ、斧に手を伸ばした。その木は去年の秋から乾燥処理してあり、薪として使える状態になっていながら、ずっと放置してあったものだった。それが今、彼が家の外で過ごす格好の口実になっていた。

鋼が固い木にぶつかり、振動が手から腕へ、足先へと伝わっていく。こういう重労働は何カ月ぶりだろうか。いくら体を酷使しても、セーラと愛し合う寸前まで行った事実を忘れることができない。忘れたいとも思わない。でも、相手にノーと言われた以上、俺は引き下がるしかないんだ。たとえどんなにその先を望んでいても。

トニーは斧を振るいつづけ、割った薪をかたわらに積み上げていった。新鮮な木の匂いに気持ちを集中させ、暖かな炉辺のくつろぎをイメージした。しかし、そのイメージも徐々に脱線しはじめた。暖炉の前でワインを開けて。チーズとクラッカーを用意して。それから、セーラと……。セーラ？　なんでセーラが出てくるんだ？　この場面にセーラはいらないだろう。それとも、また冷たいシャワーの下で夜を過ごしたいのか？

「ちくしょう」

　彼は斧を振り上げ、木の塊を真っ二つに割った。薪の山が完成すると、母屋の脇にある小さな納屋へ行き、壁に斧をかけた。

　納屋を出たとたん、一気に疲労感が襲ってきた。しかし、それは心地よい疲れだった。我が家にぬくもりを与えるために一働きしたという満足感もあった。彼の別荘にはセントラルヒーティングと空調設備が備わっていたが、自分自身を暖かく保つために火をおこすのは、満ち足りた喜びをもたらす原始的な行為なのかもしれなかった。

　トニーは薪の山の前に戻った。割ったばかりの薪を両腕で抱え、母屋に向かって歩き出した。意外なことに、裏口ではセーラが出迎えてくれた。彼女はドアを押さえて、トニーを中へ通した。

「ありがとう」トニーは微笑した。「君をここに招いた甲斐(かい)があったな」

　彼の思わぬ軽口で、二人の間の緊張感は和らいだ。セーラがドアを閉めて振り返ると、ちょうどトニーがキッチンを出ていくところだった。彼女はトニーの背中の筋肉やセクシーな腰つきを強く意識した。大量の薪を運んでいるのだから、筋肉の動きが目立つのは当然かもしれない。だが、なぜ長い脚や引き締まった尻にまで目が行ってしまうのか？　みぞおちがうずくのを感じ、セーラは自分自身を責めた。私がこんなに臆病じゃなかったら、彼と熱く狂おしい一時を過ごせたのに。でも、それはただのセックスよ。私は彼に恋しているわけじゃない。そんなことはできないし、許されない。シルク・デマルコと恋に落ちるなんて、自ら感情を傷つけるようなものだわ。彼は恋人としては最高かもしれないけど、その先はどうなるの？　それでなくても私の人生は問題だらけなのよ。これ以上問題を背負い込む余裕はないでしょう？

木と煉瓦がぶつかる音が聞こえてきた。トニーが薪を暖炉のそばに並べているのだろう。我に返ったセーラはレンジの前へ戻り、ガンボスープの鍋をかき混ぜた。スープの中では、海老とソーセージとオクラがぐつぐつ煮えていた。温かくなじみ深い匂い。早くニューオーリンズに帰りたい。彼女はレンジの火力を落とし、テーブルの支度に取りかかった。そこへトニーが戻ってきた。

彼は戸口で立ち止まり、セーラの真剣な表情に見入った。もし彼女が料理に注ぐ情熱を俺にも注いでくれたら……。

「くそっ」トニーは悪態をついた。

セーラはぎょっとして振り返った。「ごめんなさい。今何か言った？」

トニーはため息をついた。「いや。ただの独り言さ」そこで、彼は笑顔を作った。「君を料理人として招いたわけじゃないが、それにしてもいい匂いだな」

セーラは肩をすくめた。「私は料理が好きなの。料理していると心が落ち着くのよ」

トニーは彼女の額にかかる髪をふざけて引っ張った。それから、額にかからないようにそっとなでつけた。

「シャワーを浴びる時間はあるかな？」

「また？」口走ると同時に、セーラはうめき声を押しとどめた。「あの、私……」

「いいんだ、セーラ。忘れてくれ」トニーはレンジの上で煮え立つガンボスープを指さした。「すぐ戻るから、熱々にしといて」彼はウィンクし、にっこり笑って、キッチンを出ていった。

一人になったとたん、セーラはうめいた。忘れてくれ？　忘れられるわけないじゃない。熱々にしといて？　これ以上熱くしたら、私は燃え上がってしまうわ。

自分自身と現状にいらだちながら、彼女はテーブルの支度を終え、パンをオーブンに入れた。パンが温まるころには、トニーも戻ってくるはずだわ。そして、私たちは食事をし、当たり障りのない会話を交わす。何事もなかったようなふりをして、いかにも古い知人らしくふるまう。一時的になら自分をだますことも可能よね。パパが殺されたことにも、トニーのことにも、精神的に対処できていると思い込めるかもしれない。

問題は部屋に戻った後よ。あの箱を開ける時だわ。ハーモン・ウェザリーが今まで保管していた箱。二十年もたったんだから、少しは気持ちの整理をしないと。そのためには何をすればいいのか。その答えは箱の中にあるのかもしれない。

10

「小型のナイフはないかしら？」ベッドの上に這い上り、両脚の間に箱を引き寄せながら、セーラは問いかけた。

トニーはズボンのポケットに手を突っ込んだ。ナイフを取り出し、ベッドの端に腰を下ろした。

「手を出すなよ」あらかじめ警告してから、彼はナイフをセーラのほうへ近づけた。ボタンを押すと同時にナイフの刃が飛び出した。

セーラは目を丸くした。トニーが埃っぽい紐の下でナイフを滑らせると、紐は解けたバターのようにはらりと落ちた。

「すごいわね。でも、飛び出しナイフって法律で禁じられているんじゃなかった？」

トニーはにっこり笑った。「若き日の名残ってやつさ。大丈夫、飛行機に乗る時は持ち歩かないようにしてるから」

「それを聞いて、大いにほっとしたわ」セーラはぶつぶつ言い、目の前の箱に関心を戻した。

「セーラ」

「何？」

「心配しなくても平気だから」

セーラはため息をついた。「あなた、私のことをかなりの臆病者だと思っているみたいね」

「とんでもない」トニーはやんわりと否定した。「君は俺が知る中でいちばん勇敢な女性だよ。ほら、そんな紙は引き裂いて、さっさと片づけちまおう。中身は見てのお楽しみ。ひょっとすると、親父さんの事件につながる手がかりが入っているかもしれないぞ」

セーラは顔をしかめた。「それはどうかしら。父の私物は警察がとっくに調べたはずよ。父とお金の行方を突き止めるために」

「でも、警察と俺たちとでは見方が違う」

「それもそうね」セーラは包み紙をむしり取った。「だめで元々よ」そう言うと、思い切って箱の蓋を持ち上げた。

箱の中には種々雑多なものが入っていた。いかにも手当たり次第に箱に放り込んだという感じだった。いちばん上には写真立てがのっていたが、表面に埃が積もっているため、下の写真までは見えなかった。

「ちょっと貸して」トニーは写真立てをハンカチで拭い、彼女に手渡した。「後できれいに拭き取るとして、これでいちおう写真は見えるだろう」

セーラはうなずき、写真立ての表を上に向けた。とたんに喉がつまり、涙があふれそうになった。

「私たちの家族写真よ。最後のクリスマスに撮影して、クリスマスカードに添えて贈ったの」彼女は二十年前の自分の顔に触れ、九歳のころを思い返そうとした。「この緑のドレス、大好きだった。生まれて初めて着たベルベットだったの。自分が大人になった気がしたわ」

セーラは写真立てを脇に置き、次の品に手を伸ばした。

「やだ、これ」彼女の唇からつぶやきが漏れた。

「どうした?」トニーは問いかけた。

セーラは奇妙な形の皿を掲げた。「これは灰皿なの。私が夏の聖書学校で作ったのよ」

彼女はその皿も脇に置いた。声が震えはじめていた。「パパは煙草を吸わなかったのに。私ったら……何を考えていたのかしら?」

トニーは手の甲で彼女の頬に触れた。

「大好きなパパのことを考えていたんだろう?」

セーラは視線を上げた。涙で視界がぼやけた。「本当に？」泣くまいと歯を食いしばりつつ、彼女は二十年前に思いを馳せた。「それなら、なぜパパを泥棒だと思い込んだりしたの？　パパを信じられなかったの？」

「セーラ、君は子供だったんだ。人の話を鵜呑みにしたからって自分を責めちゃいけない。俺は君より六つ上だったから、そう簡単に人の話を信じる気にはなれなかった。それでも、現実にはあらゆる証拠が君の親父さんを名指ししていた」

「あなたの言うとおりかもね」

「もちろん、俺の言うとおりさ」トニーはからかった。「俺は男だからね」

セーラはかろうじて弱々しい笑みを浮かべた。「ありがとう。おかげで気持ちが楽になったわ」

「俺は口八丁、手八丁。シルクのニックネームは伊達じゃないぞ」

セーラはとうとう噴き出した。「あなたってややこしい人ね」

「冗談よせよ、ベイビー。俺はシンプルこのうえなし。嘘だと思うなら、シルクと一声呼んでごらん。俺はいつでもどこへでも駆けつける」

セーラはあきれ顔で天井を見上げ、改めて箱の中身を確認しはじめた。トニーがこの場の雰囲気を明るくしようとしてくれていることはわかっていた。それでも、彼女はトニーの言葉を冗談として聞き流すことができなかった。いつの日か、彼の挑戦を受けてしまいそうな気がした。

　セーラはまた写真立てを見つけた。今度は小さな陶製の写真立てで、中には学校のクラス写真が入っていた。

「五年生のクラスだわ。事件が起きる前に撮った最後の写真」彼女はその写真立てを次第に積み上げがっていく山のてっぺんに置いた。

　父親が大切にしていた品々に、セーラは興味を引かれ、胸をつまらせた。ときにはたまらなく悲しい気持ちになった。職場に家族の記念品を置いていたということは、父親がそれだけ家族を愛していたという証でもあった。

　最後に箱から出てきたのは、昔ながらの日めくりタイプの卓上カレンダーだった。

「パパの卓上カレンダーね」

　セーラはカレンダーを両脚の間に置いた。それが証拠品として押収されなかったことを不思議に思いながら、一枚一枚めくりはじめた。

「トニー、見て。パパが失踪する日までの面会や会合の予定が全部書き込んであるわ。警察はどうしてこれを押収しなかったのかしら？」

「俺に訊かれてもな」トニーは答えた。「当時、警察は彼が泥棒だと決めつけていただろう。彼の行方を突き止めるのに必死で、失踪前の行動まで気が回らなかったんじゃないのか？　それに、マーメットは小さな町だ。隠れて何かをしても、すぐにばれる。だから、カレンダーの情報を軽視したとも考えられる」

「でも……」セーラは反論しかけてやめた。トニーの言うとおりだわ。すんでしまったことをあれこれ推測してどうなるの？　肝心なのは今何をするべきかよ。

彼女は興味深げにカレンダーをめくった。ここには私が知らなかったパパの人生の一部があるのね。私にとって、パパはパパでしかなかった。パパは私たちと一緒に暮らし、私たちを養ってくれた。毎朝、銀行へ仕事に出かけ、毎晩うちに帰ってきた。私が知っていたのはそれだけ。パパは私のパパだけど、それだけじゃなかった。そのことを考えると、なんとなく寂しい気持ちになるのはなぜかしら？

カレンダーを半分以上めくったところで、セーラは共通のメモの存在に気がついた。隔週水曜日の午後一時に〝ムース〟とだけ書き込んである。パパはムース・ロッジの集いに参加していたから、きっとそのことね。そう考えた彼女は、なんの疑問も抱かずにそのまま残りのページをめくり終えた。ムース・ロッジの集いが夜に開かれていたことを思い出したのは、中身を箱に戻しはじめた時だった。

「トニー、これを見て」セーラは彼にカレンダーの日付を示した。「隔週の水曜日に〝ムース――午後一時〟ってメモしてあるでしょう。最初はパパが参加していたムース・ロッジの集いのことかと思ったんだけど、そうじゃないわ。あの集いはいつも夜開かれていたもの」

トニーはページをめくりながら眉をひそめた。それから、無言でカレンダーを返した。

「どう思う?」セーラは問いかけた。

「本当に知りたいのか?」

「知りたいわ。今さら家族の恥を知ることになったってちっともかまわない。それより私は事件の真相のほうが気になるの」

「じゃあ、俺の考えを言おう。まずはこれをギャラガーに見せるべきだ。彼は本気で捜査するつもりのようだし、こういう情報は知らせてやるのがフェアじゃないか?」

「そうね。明日一番に彼のところに持っていくわ」

「私立探偵を雇うのはどうだろう?」

　セーラは目を丸くし、背筋を伸ばした。「それ、名案だわ」そう答えたものの、すぐに表情を曇らせた。「でも私、私立探偵を雇った経験がないのよ。有能な私立探偵を見つけるにはどうしたら――」

「うちの私立探偵は?」トニーが提案した。

「あなた、お抱えの私立探偵がいるの?　ナイトクラブを経営しているんじゃなかったの?」

「そうだよ」

「あなたがなぜ私立探偵を必要としているのか、知りたいような、知りたくないような気分だわ」

トニーはにやりと笑った。「いろいろと副業があるのさ」

セーラは眉をひそめた。「後ろ暗い仕事じゃないんでしょうね？」

トニーは大声で笑い、思わず身を乗り出して、彼女の唇にキスをした。

「心配しないで、セーラ・ジェーン。俺は後ろ暗いことはしていない。ただ用心深いだけだよ」

セーラはキスから身を引いたが、あまり素早い動作とは言えなかった。トニーはベッドから立ち上がり、彼女が握っていた箱を引き取った。

「さてと、これで幽霊探しは終わりだな。出てきたのはいい幽霊ばかり。質(たち)が悪いのはいなかった。そうだろう？」

キスの余韻に浸っていたセーラは、ただうなずくことしかできなかった。彼女は座ったまま、次に起きる出来事を待った。

「じゃあ、デッキから夕日を眺めながらワインで乾杯でもしないか？」

「夕日ならとっくに沈んだわよ」

トニーは手を振って一蹴(いっしゅう)した。「細かいことを言うなよ。夕日がなくてもワインは飲める」

セーラは一瞬ぽかんとした。それから、にっこり笑った。確かにそうね。夕日がなくてもワインは飲めるわ。

「それほど寒くないようなら、昇る月を眺めるのもいいかもね」

「コートを着ればいい。寒空の月もまた一興さ」

気持ちが軽くなるのを感じながら、セーラはトニーの後を追って部屋を出た。

殺人者は暗い木立の間にたたずみ、デマルコの別荘を見張っていた。セーラ・ホイットマンの部屋の明かりが消えた。彼女とデマルコが家の中を移動するにつれて、次々と照明が灯(とも)されていった。やがて、キッチンに光があふれ、ワインのコルクを抜く二人の姿が浮かび上がった。寒い中を辛抱して待った甲斐(かい)があったようだ。ライフルの赤外線スコープがあれば、暗闇(くらやみ)の中でも完璧(かんぺき)に見通すことができる。完璧に狙(ねら)いを定めることができる。ただし、あせりは禁物だ。忍耐強く待たなければならない。この二十年間そうしてきたように。

突然ドアが開き、デマルコとセーラ・ホイットマンがデッキに現れた。殺人者はライフルを手に取った。顔の高さに構え、赤外線スコープをのぞき込んだ。

セーラを見るデマルコの目つき。完全に心を奪われている様子だ。殺人者はスコープの向きをずらし、セーラの表情に注目した。こちらは緊張の面持ちでワインをすすっている。デッキチェアを利用して、二人の間に一定の距離を保とうとしている。殺人者はつかの間、残念な思いにとらわれた。この二人なら似合いのカップルになるだろうに。だが、今はキューピッド役を演じている場合ではない。秘密を守れるかどうかの正念場なのだ。

セーラが向きを変え、スコープに背中をさらした。引き金にかけた指に力が加わる。殺人者は深呼吸をし、絶好のタイミングを待った。


トニーはワイングラスを持つ手を高く掲げた。

「月は出てないな。何に乾杯しようか？」

暗いせいで、彼の表情はよくわからなかった。それでも、セーラは彼の瞳の輝きを感じ取った。無言で空を仰ぐと、月どころか星一つさえ見えない。彼女はグラスを掲げ、トニーに向き直った。

「じゃあ、雲に……古い友人に……幸福な未来に乾杯しましょう」

トニーは二人のグラスを触れ合わせた。クリスタルとクリスタルがぶつかり、独特な音色を奏でた。

「雲に乾杯」彼はつぶやき、ワインを一口すすった。「そして、古い友人に」つけ加えながら、さらに一口。「最後は……幸福な未来に」

彼は再びグラスを触れ合わせた。セーラはため息をついた。本当にすてきな人。彼は信じられないくらいにすてきだわ。

キッチンから届くかすかな光を頼りに、トニーは彼女の瞳に浮かぶ熱い思いを読み取った。飲みかけのグラスを下に置き、彼女のほうへ手を伸ばした。

吸い寄せられるように、セーラは前へ出た。

同時に銃声が響き渡り、彼女の頭をかすめた銃弾が家の外壁にめり込んだ。

二人はその音に驚き、呆然と立ち尽くした。次の瞬間、セーラが悲鳴をあげた。トニーは彼女に飛びつき、全体重をかけて木製のデッキに押し倒した。彼女を抱えた状態で寝返りを打ち、デッキのカウンターの裏に身を隠した。

これで安全とは言えないが、少なくとも狙撃者からは見えなくなったはずだ。トニーはほっと息を吐いた。セーラの上に覆いかぶさったまま、怪我がないことを祈りつつ、彼女の頭を手探りした。

「弾は当たってないか？　当たってないよな？　頼むから、当たってないと言ってくれ」

「大丈夫。当たってないわ」セーラは小声でつぶやき、身震いした。「誰かが私を撃とうとしたの？」

「いや。誰かが君を殺そうとしたんだ。動かないで。今携帯電話を出すから」

「そんな。そんなことって」セーラの体が震えはじめた。

トニーは保安官事務所に電話をかけ、通信指令係に事情を説明し、救急車は必要ないことを伝えた。それから、泣き出したセーラを抱擁した。

数分もしないうちに、かすかにサイレンの音が聞こえてきた。

セーラの震えは止まらなかった。トニーは彼女を放そうとしなかった。保安官助手たちが到着し、やや間を置いてギャラガー本人が到着した後も、セーラは震えていた。トニーは彼女を分厚い毛布でくるみ、暖炉の前に座らせた。すでに熱いコーヒーを一杯飲み干した彼女は、二杯目のコーヒーをすすりながら保安官の質問に答えた。しばらくすると、二人の保安官助手が裏口から家へ入ってきた。

「保安官、外には誰もいませんでしたが、木立に入ってすぐの場所に新しい足跡が残ってました」保安官助手は小さなビニール袋を二つ、ギャラガーに手渡した。袋の中には、使用済みの薬莢（やっきょう）と外壁から採取した銃弾が収まっていた。「あと、こいつを発見しました」

ギャラガーはビニール袋を光にかざした。「三〇口径ってところか。おそらく狩猟用ライフルの弾だな」

セーラはトニーと保安官を交互に見比べ、表情から彼らの考えを読み取ろうとした。

「まさか狩猟事故だったたっていうの？　こんな暗い時間に……人家のすぐそばで狩りをする人間なんている？　野生動物が人家にここまで近づくなんて考えられないわ」

「そこが問題でね」ギャラガーが口を開いた。「このあたりはもともと動物たちの住処（すみか）だったんです。つまり、人間のほうが連中の縄張りに侵入したわけだ。連中は夜、水を飲むために湖にやってくる。今は狩猟シーズンじゃないが、ハンターが鹿（しか）かヘラジカを狙って撃った可能性もないとは言えない。もっとも、発見した足跡から考えれば、この説は怪しくなる。ハンターは人家に向けて発砲したりはしない。でも、この弾を撃った奴がこっちを狙っていたことは明らかです」

「こいつは事故じゃない」トニーは断言した。「もしあの時セーラが動かなかったら、弾は壁じゃなく彼女に当たっていたはずだ」

ギャラガーはうなずいた。「私も同意見だ」

それから、彼はセーラに視線を転じた。青ざめた顔。沈鬱な表情。顎のすり傷はデッキに押し倒された時にできたものだろうか。デッキから家の中へ連れていく間、彼女はずっと震えていた。その震えはまだ止まっていない。彼女のために戦いたいが、顔の見えない敵とどうやって戦えばいいのか。

「それで、あなたはどうするつもりなの？」セーラが尋ねた。

ギャラガーはかぶっていた帽子を押し上げ、耳の上のあたりを掻きながら考えた。

「どうすると言われても。とりあえず夜が明けたら、もう一度ここに来て、足跡をたどってみるつもりです。ただし、前回と同じ奴なら、たいした成果は期待できませんね。奴は足跡をたどられないように万全の注意を払っているから」

「私はどうすればいいの？」

セーラの不安げな声がギャラガーをいたたまれない気持ちにさせた。彼女のヒーローになれたらどんなにいいだろう。でも、今の俺はただのでくの坊だ。

「単独の外出はやめてください。できれば、我々が確かな手がかりをつかむまで、外出そのものを控えたほうがいいでしょう」いったん言葉を切ってから、ギャラガーはつけ加えた。「お父さんの遺体は二、三日中に戻ってくる予定です」

セーラは眉をひそめた。「父の葬儀がすんだら、尻尾をまいて逃げ出せっていうの？」

「誰もそんなことは言ってませんよ、ミス・ホイットマン。ただ、犯人の目星がつくまでは、あなたを保護するにも限界があると言ってるんです」

セーラはあえてトニーと目を合わせないようにした。これから言うことにトニーが賛成しないのはわかっていた。それでも、彼女はここではっきり自分の考えを言っておくべきだと思った。

「私はまたこの町から追い出されるつもりはありません。その時が来れば、自分の意思で出ていきます。家族の名誉をさんざん傷つけられたのに、このまま引き下がれるわけがないでしょう。真犯人は父を殺し、母を自殺に追いやった。銀行のお金を盗んだだけじゃなく、私から家族を奪い、私の人生を破壊しかけた。どうぞ、みんなにこの話をしてください。そのほうが説明する手間が省けるもの」

トニーは暗澹たる気持ちになった。セーラの勇気には感心したが、彼女の身の安全を考えると心臓が縮み上がった。俺はセーラと離れたくない。でも、危険を避けるためには、彼女に早くニューオーリンズに帰ってほしい。それまでに俺にできることといえば……。

「ギャラガー、俺は明日からここに武装した警備員を配置しようと思う。あと、犯人が捕まるまでの処置として、家の中にボディガードを二人置くつもりだ」

セーラは唖然（あぜん）とした。「トニー、何もそこまでしなくても――」

トニーは彼女に向き直り、冷ややかな視線を返した。「もう決めたことだ、セーラ・ジェーン。君にとやかく言われる筋合いはない」

ギャラガーはうなずいて了承の意思を伝えた。セーラは打ちひしがれて椅子の背にもたれた。こんな騒ぎになってしまって。もう私の手には負えないわ。そうだ、パパの卓上カレンダー。

「保安官、明日あなたに渡すつもりだったものがあるんですけど、ついでだから今お渡しするわ」

「カレンダーのことか？」トニーが尋ねた。

セーラは無言でうなずいた。

「君は座ってて。俺が取ってくる」

セーラは反論しかけてやめた。今の彼女に階段を上るだけの気力は残っていなかった。

「カレンダーというと？」トニーの背中を見送ってから、ギャラガーは問いかけた。

「今日ハーモン・ウェザリーから、父のデスクの私物を収めた箱をもらったんです。二十年前に母に渡そうとしたけど、家に入れてもらえなかったので、今まで保管していたんですって。カレンダーはその箱に入っていたものなの。ページをめくってみると、意味のわからない書き込みがあったから、あなたにお渡しするべきだと思って」

ギャラガーは意欲を取り戻した。「それはいい。新しい手がかりになりそうなものならなんでも大歓迎ですよ」

二階から戻ってきたトニーが彼女にカレンダーを手渡した。セーラは素早くページをめくり、謎(なぞ)のメモが書き込まれている部分を開いた。

「事件とは関係ない可能性もあるけど」そう言いながら、彼女は保安官にメモを見せた。「最初はムース・ロッジの集いのことかと思ったんです。父はよくあの集いに参加していたから。でも、あの集いはいつも夜開かれていたことを思い出して。このメモは隔週水曜日のお昼過ぎでしょう」

「なるほど」ギャラガーはつぶやいた。「さっそく調べてみましょう。事件とは無関係かもしれないが、決めつけるわけにはいかない。重要な手がかりになる可能性だってありますからね」

「調べがすんだら、返してほしいんですけど」

「朝一番にコピーを取って、こちらに届けさせましょう。それでいいですか？」

セーラはうなずき、ようやく笑顔を見せた。「ありがとう」それから、トニーや保安官助手たちも含めた全員を見回した。「皆さん、本当にありがとう。言葉では言い尽くせないくらい感謝しています。もしほかに用がないなら、部屋に下がらせてもらってもいいかしら？　一晩のうちにいろいろありすぎて、もうへとへとなの」

その言葉をきっかけに全員が立ち上がった。

「じゃあ、玄関まで送ろう」部屋を出ていくセーラの様子を気にしながら、トニーは男たちに声をかけた。

ギャラガーも彼女の背中を目で追った。彼女に確かな情報を提供できない自分が歯がゆくてしかたがなかった。

「パトロールの連中に指示して、朝まで一時間おきにここをチェックさせるか」

トニーはギャラガーの手を握った。「ありがとう、ロン。こいつは保安官事務所にとっても頭の痛い問題だろうが、あんたたちは本当によくやってくれてるよ」

ギャラガーはうなずいた。「なにしろ二十年前の事件だからな。手がかりを探すだけでも一苦労だ」

保安官助手たちはそれぞれの車に乗り込み、走り去っていった。トニーは玄関のところで保安官を呼び止めた。

「前もって知らせておくが、俺はこの事件で私立探偵を使うつもりだ。でも、あんたの腕を信用してないからじゃない。それだけはわかってほしい」

「協力してもらえるのは大歓迎さ」ギャラガーは言った。「探偵が何かつかんだら、こっちにも情報を回してくれ。こっちもそうするつもりだ。ただし、俺たちの間だけでな。FBIの連中は俺たちをばかにしてやがる。知ってることを何一つ教えてくれない。はっきり言って、あいつらは当てにならないよ」

「俺は当てにしていいぞ」トニーは言った。

ギャラガーは顔をしかめた。

「なんで彼女がこんな目に遭うんだ？　あれだけの美人が苦労ばかりさせられて。ここで彼女の身に何かあったらと思うとぞっとするよ」

「何があったとしても、それはあんたのせいじゃない。誰かが怯えているせいさ。怯えた人間はとんでもない無茶をする。ホイットマンの遺体が発見されたことは、犯人にとっては予想外の事態だったはずだ。そいつは自分の正体と秘密を守るために躍起になっている。だから、今夜のようなことが起きたんだ」

「あんた、町を去るよう彼女を説得できないか？」

トニーは首を横に振った。「彼女はこの町の連中が自分の家庭を破壊し、自分を追い出したと言ってる。今度は絶対に引き下がらないだろう。逃げ出すようなタイプじゃないしな」

ギャラガーはため息をついた。「やっぱりな」

「とにかく犯人を突き止めることだ。あんたには銃弾と薬莢がある。こいつは新たな手がかりだろう？　銃弾を発射した銃を見つけ出せば、犯人はおのずと明らかになる。違うか？」

ギャラガーはむっつりと微笑した。「簡単そうに言ってくれるじゃないか。このあたりじゃ、ほとんどの家庭に最低一挺は狩猟用ライフルがあるんだぞ。熊から身を守るため、迷い込んできたヘラジカを追い払うためにな」

トニーは別荘を取り巻く鬱蒼とした森を見回した。今まではこの孤立した状況が気に入っていたのだが。

「犯人は必死に逃げ切ろうとしている。必死だからミスも犯す。その時がチャンスだ」

ギャラガーはうなずいた。「困った時はいつでも連絡してくれ」

「帰り道で事故るなよ」トニーは注意した。「何かわかったら知らせてくれ」

「任せとけ」ギャラガーは車に向かって歩き出した。

保安官の車のテールライトが見えなくなる前に、トニーは玄関のドアをロックし、階段を上がっていった。

11

浴室のドアがノックされた時、セーラはシャワーを浴びている最中だった。彼女はシャワーカーテンから頭を突き出し、ノックに答えた。

「はい？」

「俺がここにいることをいちおう知らせておこうと思って」トニーは言った。

その声を聞いたとたん、彼女の緊張がほぐれはじめた。

「そう……ありがとう。すぐ出るわ」

セーラは手早く体を洗い流し、シャワーを止めた。分厚いタオルで水気を拭き取った後、用意するのを忘れていたバスローブの代わりにそれを体に巻いた。

浴室を出ると、トニーがすかさずナイトガウンを差し出し、背中を向けた。彼女はそれを頭からかぶって声をかけた。「もうこっちを向いても平気よ」

振り返ったトニーは、どこか怪我をしていないかと彼女の全身を見回した。顎の軽いすり傷を目の当たりにすると、自分のせいだと胸が痛んだ。しかし、何よりも彼を打ちのめしたのは、セーラが殺されかけたという事実だった。

「怖かっただろう」

セーラはうなずいた。

「正直言って、俺も怖かった」

「私はここにいてはいけないんじゃないかしら？　私がこの家にいると、あなたまで巻き添えにしてしまう。だから――」

「そこまでだ」トニーは彼女を抱き寄せた。「今は何も言わないで、俺の腕の中にいてくれ。あの時は君が死んだかと思った。まだショックから立ち直りきれていないんだ」

セーラは彼の胸に頬を寄せた。茶色い縄編みのセーターの柔らかさを肌に感じつつ、彼の心臓の鼓動に耳を傾けた。

「トニー？」

「なんだ？」

「あなたは命の恩人ね」

最初、トニーは何も答えなかった。だが、セーラは自分を包み込む両腕に力が加わるのを感じた。やがて、彼はセーラの髪に顎をこすりつけ、くすくす笑い出した。

「恩人てことは……君は俺に恩義とやらを感じているのか？　俺の気持ち一つで、命までも捧げる覚悟とか？」

「私はルイジアナ育ちよ。そういう東洋的な考え方はしないわ」

「なんだ。期待しすぎて損したな」

「でも、一つだけあなたの望みをかなえてあげる」セーラは言った。「それで貸し借りなしね」

トニーは身を引き、驚きの表情で彼女を見つめた。

「どんな望みでも？」

「それはちょっと」

彼はがっかりしたふりで天井を見上げた。

「やっぱりな。話がうますぎると思った」

「いいじゃないの。あなたが食べたこともないような最高のデザートを作ってあげるわ。トリプルチョコレート・チーズケーキのラズベリーソース添え。秘密の材料を使ったペカンパイ。それに、エンジェルパイ。これはオーブンでじっくり焼いたメレンゲのパイケースにスライスした苺をつめて、ホイップクリームをトッピングしたお菓子なの。さあ、どれにする？」

「やれやれ」トニーはぶつくさ言ったが、明らかに興味を引かれた様子だった。「それ、本気の話？」

「もちろん」

「俺はチョコレートとラズベリーには目がないけど、そのエンジェルパイってのは食べたことがないんだよな。君を選べないなら、エンジェルパイで手を打つか」

セーラは満足げにほほえんだ。「オーケー。これで明日することができたわ。次に何が起きるか、あれこれ考えてたってしかたないもの」

トニーはかぶりを振った。彼女のたくましさ、立ち直りの早さには感心するばかりだ。

「まったく、君はたいした奴だよ」

「どこがたいした奴なの？」

「どんな目に遭おうと自分を見失わないところがさ」

「それは期待を持たないからじゃないの？　期待しなければ、失望することもないでしょう」

トニーは眉をひそめた。「その言い方は引っかかるな。女だったら、期待の一つや二つは持つべきだ」

「あなたが期待を与えてくれる？」

トニーはにんまり笑った。「いや、ハニー、そいつは遠慮しとこう。今俺が考えていることを知ったら、君は死ぬほど怖がりそうだから」

彼の悪戯っぽい目つきに釣られて、セーラは思わずほほえんだ。

「それはどうかしら。あなたってつき合いが長くなればなるほど怖くなくなるタイプみたいだし」

「つまり、俺には君におやすみのキスをする度胸もないと？」

セーラはあきれ顔になった。「命の恩人をかさに着て、そういうことを言い出すわけ？」

トニーはその場にたたずみ、彼女がノーと言うのを待った。彼女はノーとは言わなかった。トニーはそれを承諾と受け取った。

セーラはこれから起きることを知っていた。心の準備はできているつもりだった。こうなるのは初めてではないのだから。前のキスでは理性を失ってしまったけど、今度はもう大丈夫。彼女はかすかにほほえみ、近づいてくる唇を受け入れた。

しかし、唇と唇が出合うと、理性はまたしても吹き飛んだ。

気がついた時には、たくましい胸に押しつけられ、トニーの首に両腕を絡ませていた。彼のうなり声が聞こえると同時に、セーラの足が宙に浮いた。頭の中で立て続けに花火が上がった。しかし次の瞬間、彼女は抱擁から解き放たれた。

トニーは荒い息を繰り返した。なんとか呼吸を整え、正気を取り戻そうとした。このナイトガウンの下にセーラの裸身がある。そのことを考えると、頭がおかしくなりそうな気がした。

「どうやら……気軽におやすみのキスをするのは無理みたいだな。俺は電話をかけてくるから、君はもうお休み」

「まだ九時前よ」セーラは反論した。「休むには早すぎるわ」

トニーは再び彼女に触れたがっている両手を拳(こぶし)に固め、ポケットに押し込んだ。

「だったら、頼むから服を着てくれ。俺は我慢強い男だが、あんなキスをあと何度か繰り返したら、自分を抑えられなくなりそうだ」

「消せない火はおこすな。ロレットおばさんの口癖よ」

トニーはもどかしげに目を細めた。「君のロレットおばさんは人の急所ばかり突いてくるな。じゃあ、俺は書斎にいるから」

立ち去りかけたその時、電話が鳴り出した。彼はテーブルの上の電話を振り返り、それからセーラに視線を移した。

「あなたが出て」セーラは言った。

トニーは受話器を取り、そっけなく答えた。

「デマルコ」

「あたしの娘に何があったんだい？」

トニーは大きく息を吸い込んだ。柔らかなメロディーを奏でるようなフランス語訛(なまり)の声で、相手の正体はすぐに知れた。

「ロレット・ブードロー？」

短い沈黙の後、相手は露骨に鼻を鳴らした。

「超能力者ごっこかい？」

トニーはにやりと笑った。「とんでもない。本物相手にそんなふざけた真似はしませんよ。ただし、俺だってばかじゃない。あなた以外にそういうしゃべり方をするのは、目の前に立っている人間だけだ。それで知恵を絞って推測したわけです。この人がセーラのロレットおばさんに違いないとね」

受話器の向こうから、くすくす笑う声が聞こえてきた。その声がため息に変わった。

「で、あたしのベイビーに何があったの？」

「なんであなたがすでに知っているのか。その疑問はこの際おいときましょう。詳しくは本人から聞いてください。ただ、これだけは断言できる。彼女は無事ですよ」

「それは私が判断するよ」ロレットは言った。

トニーはセーラに受話器を渡した。「ロレットおばさんだ。俺は早くも減点を食らったらしい。うまくとりなしといてくれよ」

彼はセーラにウィンクすると、遠慮して部屋を出た。電話連絡は携帯電話ですませよう。明日の朝までに警備態勢を整えなくては。

「ベイビー・ガール……何があったのか、ロレットおばさんに話してごらん」

懐かしい声。気遣わしげな口調。セーラは胸がいっぱいになった。男たちの前では気丈にふるまいつづけてきた彼女だったが、養母の声を聞いたとたん、緊張の糸が切れてしまった。

「今夜、誰かが私を狙って撃ったの。トニーがいてくれなかったら、きっと死んでいたわ」声がかすれ、セーラは泣き出した。「ロレットおばさん、私一人じゃもう限界よ。おばさんが必要なの。ねえ、こっちに来られない？」

「明日の日暮れまでにそっちに行くよ。あんたの居場所を見つけるにはどうすりゃいいんだい？」

「マーメットの保安官事務所を訪ねて。ここまでの道を教えてくれるはずよ。いいえ、もっといい方法があるわ。マーメットに着いたら、ここに電話して。すぐ迎えに行くから」

「いいや、こっちから行くよ」ロレットは言った。「安心してお休み。ロレットおばさんがいる限り、誰にもあんたに手出しをさせないからね」

電話を終えると、セーラはベッドの端に腰を落とした。おばさんがそばについていてくれる。そう考えただけで、安堵の波が押し寄せてきた。おばさんとトニー。二人がいてくれれば、なんとか乗り切れそうな気がするわ。

玄関のチャイムが鳴った時、トニーは新しいコーヒーを用意していた。彼は時計を見やり、眉をひそめた。九時十五分前。不意の来客にしては少々遅い時間だ。いや、保安官事務所の人間かもしれないぞ。そう考えながら、彼は玄関へ急いだ。だが、チャイムを鳴らしたのは保安官でも保安官代理でもなかった。

「モイラ！　こんな時間にどうしたんだ？」

モイラ・ブレークはあわてふためいた様子で家の中へ入ってきた。こわばった顔には不安げな表情があった。

「サイレンが聞こえたのよ。裏庭に出てみたら、あなたの家の前でライトが点滅してるじゃない？　先に電話で確認すればよかったんだけど、もう心配で、心配で。何かあったの？　誰かが急病で倒れたとか？」

トニーはモイラのコートを受け取った。それをホールのコートかけにかけ、彼女をリビングへ案内した。

「暖炉の前へどうぞ。寒い玄関で立ち話もなんだし」

「セーラの具合が悪いの？」モイラは尋ねた。「食事に招待すると言っときながら、ぐずぐずしててごめんなさいね。私としては遠慮してるつもりだったのよ。セーラがいろいろと忙しいのはわかっていたし」

「心配してくださってありがとう。でも私、病気じゃありませんから」セーラの声が聞こえた。

二人は同時に振り返った。トニーは即座に立ち上がり、彼女に駆け寄った。

「火のそばに座って。俺はコーヒーを用意するから、君からモイラにさっきのことを説明してくれ」

セーラは感謝の笑みを浮かべて、椅子に腰を下ろした。

モイラは身を乗り出し、セーラの手を握り締めた。

「いったい何があったの？　点滅するライトを見た時は、救急車が来てるのかと思ったわ」

「いいえ。あれは保安官事務所の車です」

モイラの眉間(みけん)に皺(しわ)が寄った。「でも、なぜ？」

「誰かが私を殺そうとしたから」

モイラは息をのんだ。「まさか！　冗談でしょう？　不審者でも見つけたの？　泥棒と鉢合わせしたの？」

「だったら、よかったんですけど」そう言って、セーラは説明を始めた。話を聞き終えたモイラは愕然(がくぜん)とした表情を浮かべつつ、トニーからコーヒーカップを受け取った。

「まったく信じられないような話ね」モイラはつぶやき、コーヒーをこぼさないためにカップをテーブルに置いた。「こんなことになるなんて、本当になんと言ったらいいか」

「ありがとう」セーラは答えた。「でも、あなたが気になさる必要はありません。誰かが私の死を願っているとしても、あなたのせいじゃないんですから」

「だとしても、理解に苦しむわ」モイラは納得のいかない表情でトニーに視線を転じた。

「なぜセーラを狙うのかしら?」

セーラをちらりと見やってから、トニーは肩をすくめた。「どういうつもりなんだか。セーラを殺したところで、彼女の親父さんが殺された事件の捜査がストップされるわけじゃないのにな。捜査はとっくに始まっていたんだ。親父さんの遺体が見つかったことをセーラが知る前から」

「ほんと、そうよね」モイラはつぶやいた。「だからこそ、よけいに理解に苦しむのよ」

「私がマーメットに戻ってきたことを快く思ってない人がいるんでしょう」セーラは言った。「でも、父を殺した男はあまり利口じゃないと思うわ」

モイラは眉をひそめた。「どういうこと?」

「もしその男が本当に利口なら、私のことなんか無視したはずよ。父がフラッグスタッフ湖から引き揚げられた時も、みんなと一緒にショックを受けたふりをしたはずだわ。当局は何も知らなかったのよ。真犯人がまだ生きているのかも、まだこの近くにいるのかも。でも、私を襲ったことで、彼は自分の存在を明かしてしまった」

モイラは考え込む表情でうなずいた。「なるほどね。もしかしたら、本人もそのことに気づいて、手を引くんじゃないかしら」

「そう願いたいですね」セーラは相槌を打った。

「何はともあれ」モイラはトニーとセーラの両方に目をやった。「あなたたち二人が無事で本当によかったわ。そのお祝いも兼ねて、明日の晩、うちに食事に来てちょうだいな。八時ごろでどう？　ほかにも何人か招待してるけど、みんな、私と同じようにあなたに同情してる人ばかりよ。だから、あなたに気まずい思いをさせることはないと思うわ」

「さあ、どうかしら」セーラは返事に困り、トニーを見やった。ロレットが来ることを彼はまだ知らないのだ。

「行きたくないなら、行かなきゃいい」トニーは言った。「俺の最大の目的は君の負担をできるだけ軽くすることだ。出かけるのが不安だっていうなら、その心配はもういらないよ。明日の夜にはボディガードたちも到着しているはずだから」

「ボディガード！」モイラが驚きの声をあげた。

「あと、屋外を見張るガードマンたちもね。次に俺の土地に侵入する奴がいたら、必ず捕まえてみせる」

モイラは微笑を浮かべた。「気持ちはわかるわ。身勝手かもしれないけど、そうしてもらえたら私も大いに安心できるし。ほら、お宅とうちはそう遠くないでしょう。一人暮らしの女はどれだけ用心してもしすぎることはないのよ。それで、明日の晩は来てくれるかしら？」

セーラはなおもためらった。「トニー、まだ話してなかったんだけど、明日、ロレットおばさんがここに来ることになったの」

「そいつはよかった。いよいよ噂(うわさ)のおばさんとご対面だな」

トニーは泊まり客が増えることをいやがっていないみたいだわ。セーラは安堵し、肩の力を抜いた。そして、モイラに視線を戻した。

「もう一人客が増えてもかまいませんか？　着いたばかりのおばを残して出かけられないので」

「もちろんよ」モイラは即答した。「ぜひ三人で来てちょうだい。お客様が一人増えるくらい、どうってことないわ」

「だったら、とりあえずはイエスってことにしとこう。もしロレットおばさんの到着が遅れるようなら、電話で知らせるよ」トニーは言った。

「これで決まりね」モイラは話を締めくくった。

彼女は急いでコーヒーを飲み終え、おやすみの言葉を残して帰っていった。

「勝手におばさんを呼んだりして、気を悪くしたんじゃない？」セーラは尋ねた。

「いや。君が何をしようと、俺はかまわないよ。ただし、危ない真似だけはしないでくれ」

「ええ、しないわ」

「よかった。君が俺の人生から消えるのはいやだからね。今すぐにとは言わない。でも、この問題が片づいたら……わかるだろう？」

セーラはうなずいたが、本当はよくわかっていなかった。トニーが求めているのは友情なのか、それ以上の何かなのか。しかし今は、それを確かめるだけの体力が残っていなかった。

「あなた、さっき私をベッドに追いやろうとしたわよね？」

「それがどうした？」

「今なら追いやられてもいいかも」

トニーはにやりと笑った。「俺に寝かしつけてほしいのか？」

「私が望んだからって、現実にそうなるとは限らないでしょう」セーラは言った。「命を救ってくれたこと、改めてお礼を言うわ。じゃあ、おやすみなさい」

「どういたしまして。おやすみ」

一人きりになってから、トニーははたと気づいた。考えてみれば、セーラは俺を望んでないとは言わなかった。今はまだ欲望に屈するつもりはないと言っただけだ。喜びがこみ上げ、彼は頬を緩ませた。暖炉に新しい薪を放り込み、二日前から読み進めてきた本を手に取った。前向きな思考が持つパワーについて書かれた本。俺の読み方が足りなかったんだろうか？　もし俺の思考にパワーがあれば、今ごろはセーラと愛し合っているはずなんだが。

それた銃弾と運の悪さを呪いながら、殺人者は腹立たしげに歩き回った。もしあの時、二人がキスをしようとしなければ。あの娘さえ死ねば、騒ぎもじき収まったものを。今では警察があちこちを見張っている。もうあの娘に近づくことは不可能だ。

いや、あきらめるのはまだ早い。不可能と思えることでも起きる時には起きる。運命もすべてを奪い去りはしないだろう。これだけ多くの犠牲を払い、これだけ多くのものを失ったのだから。

二十年の歳月の中で一つはっきりしたことがあるとすれば、どんな時にも明日はある、やり直しはきくということだ。

セーラはすぐに眠りに就いたが、熟睡することはできなかった。夢の中で、彼女は銃声を聞いた。トニーに押し倒された時の自分自身の悲鳴を聞いた。それは巻き戻しの途中で故障したビデオのように、何度も何度も繰り返された。寝返りを打つうちにカバーが体に絡まり、悪夢はさらに恐ろしいものへと変化した。ついに彼女は銃声の響きとともに本物の悲鳴をあげた。自分の声にぎょっとして目を覚まし、ベッドの上で体を起こした。それから数秒とたたないうちに、トニーが部屋へ駆け込んできた。彼は半裸の状態だった。まなじりを決し、飛び出しナイフを握り締めていた。その姿は乱闘に突入しようとする育ちすぎたティーンエージャーのようだった。

「違うの！　ごめんなさい！」セーラは叫び、とっさにベッドを下りて、彼のほうへ駆け寄った。「なんでもないの。ただの夢だったの」

「夢か！」トニーはナイフの刃を引っ込め、ぐったりと戸口の柱にもたれかかった。「心臓が止まるかと思った」

セーラは笑みを噛み殺した。髪がぼさぼさ。それに、このスウェットパンツ。前後が逆になっているみたい。

「わかるわ。本当にごめんなさい」

トニーは視線を上げ、彼女をにらみつけた。

「笑ってるのか？」

セーラは頬の内側を噛み、首を横に振った。

「嘘つけ。笑ってるじゃないか」トニーはぶつぶつ言った。「いったい何がそんなにおかしいのか教えてほしいね」

「だって……その……髪がぼさぼさなんだもの。スウェットパンツも後ろ前よ。それに……裏返しになってるみたい」

トニーはスウェットパンツの前に下がっているタグを見下ろした。ちくしょう。セーラの言うとおりだ。

「君が悪いんだぞ」彼はぼやいた。

「ええ、そうね」セーラは言った。しかし次の瞬間には、ベッドにひっくり返って大笑いしていた。ここ数日間の悲しみや苦痛がいっぺんに吹き飛んだ気がした。彼女は笑いながら寝返りを打った。トニーの顔つきを見ると、また笑いの発作が襲ってきた。彼女は枕をつかんで自分の顔に押し当て、必死に笑い声を止めようとした。

「セーラ……」

枕を通して、トニーの警告が聞こえた。それでも、彼女の笑いの発作は収まらなかった。

「いいかげんにしろよ」

セーラは唇を噛み、くすくす笑いつづけながら、枕の下からトニーの顔をのぞき見た。ロレットおばさんの鶏を思い出すわ。まるで尾羽を切り取られたばかりの雄鶏みたい。

彼女と一緒に笑えばいいのか。それとも、彼女に笑ったことを後悔させてやるべきなのか。戸惑っていたトニーは不意に決心した。

「これがそんなにおかしいか?」彼はスウェットパンツのウエスト部分に両手の親指をかけ、わずかに押し下げた。

「私を責めるのはお門違いよ、トニー。だって――」

「誰も君を責めちゃいないよ。それどころか、間違いを指摘してくれて感謝したいくらいだ。ちょっと待って。今、ちゃんと直すから」

トニーは親指をさらに下へずらし、彼女が目を丸くするのを見て、にやりと笑った。

「まさか私が考えているとおりのことをするつもりなの？」

「俺がどうすると考えているんだ？」

「スウェットパンツを脱ぐんじゃないかと」

「まあ、そんなところだ。手伝いたい？」

セーラは上体を起こして考えた。今夜、自分が危うく死にかけたことを。本当はこうなってほしいと望んでいたことを。彼女はベッドから立ち上がった。

「シルク」

トニーの心臓がどきりと鳴った。「なんだ？」

「明かりを消して」

部屋の中が暗くなった。しばらくはどちらも動かなかった。やがて、セーラはゴム紐がはじける音を聞いた。トニーがスウェットパンツを脱いだのだ。期待に身を震わせつつ、彼女は再びベッドに横たわった。

「あなたがシルクと呼ばれるようになった理由を教えて」

「永遠に訊いてくれないかと思った」

トニーの重みでマットレスがへこむのを感じ、セーラは息をつめた。トニーはナイトガウンを脱がせ、彼女をマットレスに押しつけた。

「ああ……私――」

「何も言わないで」トニーはささやいた。「俺に君を愛させてくれ、セーラ。目を閉じて、ただ感じてくれ」

ただ感じればいいの？　それなら私にもできるわ。

確かに、シルクというニックネームは伊達ではなかった。彼は恐るべき技術とスピードでセーラを狂気の際まで誘った。セーラは肌を這う彼の唇の感触を味わった。次の瞬間には、彼の舌先を乳房の間に感じていた。しかし、トニーの動きを把握できたのはそこまでだった。

セーラは熱い炎にのみ込まれた。彼女の体は完璧な喜びを生み出す道具の一部となった。シルク・デマルコはその道具の扱い方を心得ていた。セーラを三度絶頂へ導いてから、自らも喜びの行為に加わった。

彼は上体を起こし、震えるセーラの体と一つになった。セーラの唇からうなり声にも似たため息が漏れた。この喜びがまもなく終わってしまうことが信じられなかった。

温かく締めつけてくる彼女の肉体に、トニーは早くも屈しそうになった。彼は歯を食いしばり、動きはじめた。セーラの両腕と両脚が絡みついてきた時、彼は自分の敗北を悟った。俺はもう彼女から離れることはできない。彼は動きを速めた。セーラはそれをすべて受け止め、その先を求めてきた。

恍惚の中で、汗に濡れた肌と肌がぶつかり合った。二人の間の情熱は極限まで高まり、今にも爆発しそうに思われた。

　不意にセーラが体をこわばらせ、うめきはじめた。彼女が締めつけてくるのを感じながら、トニーは意志の力でなんとか持ちこたえようとした。これ以上は無理だ。彼が降参しかけたその時、突然、セーラの全身から力が抜けた。セーラは絶頂に全身を震わせながら、彼の名前を叫んだ。

　トニーはほっそりした首筋に顔を埋め、彼女の後を追った。それは彼にとって人生を決定づける恐るべき体験だった。セーラ・ホイットマンと愛し合うことで、彼は一つの確信を得た。しかし、その確信をセーラが受け止めてくれるかどうかはわからなかった。

　俺はセーラに恋をしている。でもセーラから見れば、これはただの情熱的なセックスにすぎない。トニーは寝返りを打ち、セーラを自分の重みから解放した。それから、改めて彼女を抱き寄せた。なんてことだろう。俺は生まれて初めて、愛を返してくれそうにない女を愛してしまった。

12

セーラはトニーの腕の中で横たわり、彼の安定した寝息に耳を傾けながら、これからのことを考えた。二度と男に心を許さない。数年前そう誓ったのに、このざまだわ。しかも、殺されかけた直後だというのに。いったい私は何を考えているの？　そこで彼女はため息をついた。それが問題なのよね。私がシルク・デマルコとこういう関係になったのは考えた結果じゃない。体が勝手に反応したのよ。厄介なのは、私がそれを微塵も後悔してないこと。彼と愛し合った時の激しさは怖いほどだった。でも、私はすぐにまた同じことをしてしまいそうだわ。優しさと力を感じるそれだけのために。

「ああ、シルク」セーラは小さくつぶやいた。「私は何をしてしまったの？」

トニーからの返事はなかった。だが、それでよかったのかもしれない。今さら彼が何を言ったところで、起きてしまった事実は変えられないのだから。

夜明け近く、セーラは彼の腕から滑り出た。シャワーを浴びることで心の迷いを洗い流そうとした。私はシルク・デマルコと愛し合った。それはそれでしかたのないことだわ。

こういうことはまた起きるかもしれない。だとしても、私がマーメットに戻ってきた目的が変わることはないのだ。

一人きりで目覚めたトニーは、セーラが何をしたのかを知った。昨夜、彼女は魔法をかけた。だが一夜明けた今、彼女はすでに二人の間に距離を置こうとしていた。トニーは襲ってきた落胆を振り払った。これで二人の関係が終わったわけじゃない。俺の中では、これは始まりにすぎない。

彼はベッドを抜け出し、廊下を横切って、自分の部屋へ戻った。手早くシャワーを浴び、慎重に着替えをすませた。死んだ親父の言い草じゃないが、今日はてんやわんやの一日になるだろう。二時過ぎには私立探偵がやってくる。夕方までにはボディガードと警備の連中も到着するし、セーラのおばさんも来るはずだ。夜にはモイラ・ブレークの家で食事会がある。本音を言えば、事件が解決するまでセーラを安全な場所に閉じ込めておきたいくらいだが、たまには外出して、良心的な普通の人たちと交流するほうが彼女のためになるかもしれない。少なくとも、誰彼かまわず犯人じゃないかと疑う状態よりはましだ。

トニーが階段を下りていた時、チャイムが鳴った。彼が止めるより早く、セーラが応対に出た。幸い、来訪者は昨夜のしくじりを埋め合わせに来た狙撃者ではなく、卓上カレンダーを返しに来た保安官助手だった。

「ミス・ホイットマン、ギャラガー保安官からこれをお渡しするように言われました」保安官助手は言った。

帽子を軽く傾けた保安官助手に、セーラは笑みを返した。

「ありがとう。よかったらコーヒーでもいかが？」

少しためらった後に、保安官助手はうなずいた。「テイクアウトって形でもいいですか？　車にカップがあるんで」

「もちろん」セーラは答えた。「じゃあ、キッチンにカップを持ってきて。ゆうべ来たから、場所はご存じよね」

保安官助手はいったん車に引き返した。セーラは冷気が入り込まないようにドアを閉めた。振り返ると、階段の下にトニーが立っていた。

「今後、客の応対は俺がやる。いいね？」

私が応対に出て、何がいけないの？　セーラは疑問を抱いたが、すぐに昨夜のことを、自分が殺されかけたことを思い出した。

「そうね。うっかりしてたわ。保安官助手が戻ってきたら、キッチンに案内してくれる？私はマフィンをオーブンから出さなきゃならないの」

トニーは両腕を差し出した。「ああ、案内してやるよ。ただし、朝の挨拶が先だ」

セーラはためらいがちに彼の抱擁を受け入れた。しかし、自分から抱き返そうとはしなかった。

「冷たいふりをしても無駄さ」トニーはささやいた。「その冷たさの下に何が隠されているか、俺は知ってるからね」

「別に駆け引きをしているつもりはないわ。ただ、マフィンを焦がしたくないだけ」

「好きに言ってろよ、セーラ。でも、俺には通用しない。俺の目はごまかせない」トニーは彼女にキッチンのほうを向かせ、軽く押しやった。セーラが反論する暇もなかった。

「ほら、マフィンの世話を焼いておいで。といっても、君ほどおいしくはないと思うけどね」

頬が赤らむのを感じ、セーラはあわててキッチンへ逃げ込んだ。罪深いほどハンサムな自惚れ屋の男たちについてぶつぶつ文句を言いながら、焦げかけたマフィンを救出した。


タイニー・バートレットはマニキュアを乾かすために片手を振りながら、もう一方の手で電話をかけた。今夜はモイラの家で食事会が開かれる。彼女はこのイベントを楽しみにしていた。トニー・デマルコとセーラ・ホイットマンが招待されたと知って、期待はさらに膨らんだ。ロレット・ブードローが来るという事実も彼女の好奇心を刺激した。

デスクの電話が鳴った時、アナベス・ハロルドは仕事の真っ最中だった。彼女はコンピュータの作業データをいったん保存し、受話器を取った。

「はい、デューイ、デューイ・アンド・クラインですが」

「アナベス、私よ。タイニーよ。今忙しい？」

アナベスは苦笑した。仕事がどういうものか、タイニー・バートレットにはまったくわかっていないのだ。

「仕事中はいつだって忙しいけど、ちょっとだけなら話せるわ。なんなの？」

「今夜のモイラの食事会だけど、あなた、何を着ていく？」

アナベスは鼻を鳴らしたい衝動を抑え、天井を仰ぎ見た。レディにあるまじきふるまいだけど、ほんと、鼻でも鳴らしたい気分だわ。何を着ていくかですって？　私が何を着ていこうがどうだっていいじゃない。

「さあ、まだ決めてないけど。どうして？」

「どうしてって……今夜はばっちり決めたいじゃない？　だって、シルク・デマルコが来るのよ」

「タイニー、年のことはあまり考えたくないけど、私は彼より十五は年上なのよ。いいえ、もっとかも。だから、彼にどう思われようと関係ないの」

タイニーはショックを受けたように息をのんだ。「関係ないわけないじゃない、アナベス。ねえ、ワインカラーのパンツスーツにしたら？　ほら、先月ポートランドに食事に行った時、あなたが着てたあれよ」

あれはクリーニングに出したんだったかしら？　アナベスは眉間に皺を寄せ、記憶を呼び覚まそうとした。

「そうね……クリーニング屋から戻ってきていたらね」

「そうこなくちゃ」タイニーは言った。「で、マーシャとはもう話した？」

「いいえ、ゆうべは出かけてたから」

「出かけてた？　どこに行ってたの？」

アナベスの眉間の皺がさらに深くなった。「別に。ちょっと用事があっただけよ」

「へえ、そういうことは明るいうちにすませるもんじゃないの？」

「しょうがないでしょ」アナベスは冷淡に言い返した。「私は五時まで仕事があるんだから。それにこの時期だと、仕事が終わるころにはもう暗くなりかけているわ」そこで彼女はくすりと笑った。「タイニー、あなた、本当に実社会ってものがわかってないのね」

相手に見えないのをいいことに、タイニーは下唇を突き出した。彼女は自分の恵まれた環境を指摘されることが大嫌いだった。〝一般庶民〟に混じるために、彼女なりに懸命の努力をしていた。

「ごめんなさい」タイニーは謝った。「ばかなことを言っちゃって。もちろん、あなたの言うとおりだわ。早く春が来るといいのにね」

「春って、まだ冬も来ていないのに。でも、そうね。私も暖かい季節のほうが好きよ。そろそろ仕事に戻らなきゃ。じゃあ、今夜」

タイニーはにっこり笑った。「ええ、そうね。今夜会いましょう」

電話を切ると、彼女は書斎に駆け込んだ。書斎のコンピュータの前には、夫のチャールズが座っていた。

「チャーリー、今夜のモイラの食事会、忘れないでね」

「ああ」チャールズは視線を上げずにぼそりとつぶやいた。

タイニーはしばし夫を見つめた。そこに自分が結婚した向こう見ずな青年の姿を見いだそうとしたが、どうしても見つからなかった。ふと目を上げたチャールズは妻の憂い顔に気づいて、微笑した。

タイニーはため息をついた。すっかり真面目(まじめ)人間になっちゃって。まるでパパみたいだわ。パパへの当てつけのつもりで、この人と結婚したのに。

「私、髪を整えなきゃ」

チャールズは妻の全身をチェックした。いつもどおり、非の打ちどころがなかった。

「君はいつもきれいだよ」

タイニーは満面の笑みを浮かべ、夫の首に両腕を巻きつけた。

「愛してるわ、チャーリー・バートレット」

チャールズは彼女を膝に座らせ、たっぷりとキスをした。仕事よりも人生のほうが大切だと自分を戒めるために。

タイニーはくすくす笑いながら書斎をあとにした。夫の表情がしかめ面に変わったことにまったく気づいていなかった。できれば今夜の食事会には行きたくないというのがチャールズの本音だった。だが、妻をがっかりさせることはできない。なにしろ、妻とモイラ・ブレークは親友なのだから。それでも、シルク・デマルコと同席することを考えただけで気持ちが萎えた。彼らは同じ貧しい地区で生まれ育った。どちらも成功を手に入れたが、チャールズは自分の過去を忘れたがっていた。山ほどある古傷をほじくり返されたくはなかった。

二時を二分過ぎた時、再び玄関のチャイムが鳴った。トニーはすでに玄関へ向かっていた。私道を近づいてくるぽんこつ車に見覚えがあったからだ。

「モーリー、時間どおりだな」玄関ロビーに入ってきた猫背の小男にトニーは言った。

「一晩じゅう飛ばしたんだぜ」モーリーは建物と調度をしげしげと眺め、トニーに視線を転じてにやりと笑った。「けっこうなねぐらじゃないか、シルク」

そこへセーラがやってきた。モーリーの視線がトニーを通り越し、彼女の上で止まった。

「ついでに眺めも抜群ときたもんだ」

「やめとけ、モーリー。彼女には手を出すな。あんたと彼女じゃ釣り合わない」

セーラは身震いしたい衝動を抑えた。これが私立探偵？　言葉遣いに品がないし、身なりもひどいものだわ。

セーラの表情を見て、トニーは彼女が考えていることを察した。実は彼自身も初対面の時は同じ感想を抱いた。だが、モーリー・オーヴァストリートは探偵としては超一流だった。だからこそ、彼はモーリーを雇ったのだ。

モーリーはセーラににやりと笑いかけ、それから肩をすくめた。「試してみたって罰は当たらないさ。なあ、愛する人（ドール）？」

「ドール？　ドールですって？」セーラはトニーを見やった。「この人をどこで見つけてきたの？　昔のテレビドラマ？」

モーリーは太腿をたたいて大笑いした。

「おい、シルク……こいつはあんたの手に負えるタマじゃなさそうだぜ」

「よけいなお世話だ」トニーは切り返した。「行儀よくしてろよ。彼女は地獄の一週間をくぐり抜けてきた。これ以上苦しませたくないんだ」

とたんに、小男の顔からにやにや笑いが消えた。

「申し訳ない、お嬢さん」モーリーは言った。「あんたをばかにしたわけじゃないんだ」

「気にしないで」そう答えてから、セーラはトニーに視線を転じた。「ちょうどコーヒーをいれたところなの。よかったら――」

「ありがとう、セーラ。でも、俺に気を遣うのはやめてくれ。わかった？」

「何かしていないと、頭がおかしくなりそうなのよ」セーラは反論した。「わかった？

それで、コーヒーはいるの、いらないの？」

トニーはほほえんだ。「では、お言葉に甘えて。ついでに今朝君が焼いた林檎（りんご）入りのシナモンマフィンを二つばかり頼むよ。モーリーは甘いものに目がなくてね」

モーリーは目を細めて考える表情になり、セーラからトニーに視線を移した。セーラが立ち去るのを待って、トニーににたにたと笑いかけた。

「彼女に食わせてもらってるのか？」

トニーは探偵の顔に指を突きつけた。「そこまでだ、モーリー。コートをそこにかけて、俺についてきてくれ。これまでの状況を説明するから」

モーリーは即座に仕事の顔になった。コートを脱ぐと、三十年近く着つづけてきたスーツの襟をいじりながら、トニーの後に続いて書斎へ入った。

セーラがコーヒーとマフィンのトレイを運んできた時には、小男はワイシャツ姿になり、ベテラン秘書も顔負けの手際のよさでメモを取っていた。

「座って」トニーは声をかけ、腰を下ろしたセーラに彼女の分のコーヒーカップを手渡した。「モーリーが君に訊（き）きたいことがあるそうだ」

セーラはうなずいた。

「最初の事件が起きた時、あんたはまだ子供だったわけだが」モーリーは切り出した。「子供ってのは自分で思ってるより多くのことを知ってるもんだ。だろ?」

「そうね」

「まず……あんたが手ぶらだってことを確かめさせてくれ。あんた、ニューオーリンズでなんかの荷物を背負い込んでなかったか?」

セーラはぽかんとした表情で相手を見返した。この人、頭がどうかしちゃったのかしら? 「なんですって?」

トニーは噴き出しそうになるのを我慢した。「モーリーはあらゆる可能性を視野に入れて考えているのさ、ハニー。彼が訊きたいのは、君がこっちに来る前、ニューオーリンズで何かトラブルを抱えてなかったかってことだ。向こうで誰かともめてなかった?」

「いいえ」セーラは憤然とした口調で断言した。「私はまっとうな人間よ、ミスター・オーヴァストリート。ちゃんとしたお店のオーナーだし、税金も納めてる。毎週日曜日には教会へも通っているわ」

「それはそれは……ジョン・ゴッティと同じだな。もっとも、奴(やつ)は聖人じゃなくてマフィアのボスだったが」モーリーは言った。

セーラは微笑を隠した。トニーがこの人を買っている理由がだんだんわかってきたわ。マナーには少々問題ありだけど、この粘り強さはブルドッグ並みね。

「オーケー、降参よ。あなたには負けたわ。なんでも訊いてちょうだい。できるだけ正直に包み隠さず答えるから」

モーリーはメモを取りながらマフィンをかじった。ふとセーラを見上げ、マフィンをのみ込んでからうなった。

「こいつはたまげた。あんたの料理の腕は本物だ。レストランを経営してるって？」

「ええ」

モーリーはトニーに目を向けた。「この娘を手放すなよ、シルク。この先、彼女がぶくぶくに太ろうが、不細工になろうが、うまい食い物で充分にお釣りが来る」

セーラはあんぐりと口を開けた。一瞬、言葉を失い、トニーを見やった。トニーは複雑な表情をしていた。モーリーを絞め殺すべきか、それとも笑うべきか困っているようだった。その様子がおかしくて、彼女はつい口走ってしまった。「そうよ、シルク……たとえこの身は地獄に堕ちたとしても、あなたがいつもおいしいものを食べられるようにしてあげる」

トニーは頬を真っ赤に染め、二人をにらみつけた。

「二人とも、いいかげんにしろ」

セーラはにやにや笑った。モーリーはまたマフィンにかじりつき、至福の表情を浮かべた。

「質問はどうなった？」トニーが促した。

モーリーは指についたシナモンシュガーを払い、再びペンを握った。

「さてと。てことは……トラブルが始まったのは、あんたの親父さんの骨が湖で見つかった時からと考えていいわけだな？」

セーラはひるんだ。身も蓋もない言い方。でも、それが事実なんだわ。

「ええ。それに、私の発言も関係していると思うわ。父を殺した真犯人が見つかるまで、ここを離れるつもりはないと言ったの」

モーリーは感心した顔つきになった。

「おい、シルク……彼女、けっこうあんたに似て――」

「モーリー……無駄口ばかりたたいてると、情報不足のまま調査を始めることになるぞ」

モーリーはあわててうなずいた。彼は調査が行きづまることが何よりも嫌いなのだ。トニーはそのことを承知していた。

「まあ、それはそれとして」モーリーはマフィンを口に押し込み、コーヒーで流し込んだ。それから、自分のメモをチェックした。「で、銀行の金が消えた時、あんたは十だったんだよな？」

セーラはうなずいた。

「あんたのお袋さんだが……彼女はあんたにそのことをどう言ってた？　親父さんがうち

に戻ってこなかった時、彼女は何をした？」

セーラはあからさまに身を固くした。もはや笑っている余裕はなかった。

「パパは何も悪いことをしていない。そう母は言ったわ。それから二カ月くらい後、自分の手首を切り、ベッドに這(は)い戻って、失血死したのよ」

トニーは彼女の感情を排した冷たい口調にたじろいだ。モーリーでさえも、そういう場面を目撃してしまった十歳の子供の心境を想像せずにいられなかった。二、三、メモを書き込むと、彼はコメント抜きで次の質問へ移った。

「このカレンダーだがね」モーリーは今朝戻ってきたカレンダーを手に取った。「この時期の親父さんの行動について、何か知ってることはないか？」

「何も」セーラは答えた。「十歳の私にとって、父は父でしかなかったわ。父は銀行に仕事に行って、五時過ぎには帰ってきた。私の世界はうちと学校と近所がすべてだった。昼間、父が誰かと会っていたとしても、私は何も知らなかった。でも、ムース・ロッジの集いがいつも夜に開かれていたことは確かよ。だから、午後一時にムースという書き込みがどうにも理解できないの」

「ああ、それね」モーリーは言った。「そのあたりは俺が調べるから」

セーラは彼を見つめ返した。「あっさり言うのね。二十年も前のことだし、手がかりもまるでないのに、あなたなら調べられるっていうの？」

モーリーは肩をすくめた。「それが俺の仕事だ」

「俺が彼を雇ってる理由がわかるだろう」トニーが口を挟んだ。

モーリーはうなずきながら、残ったマフィンを見据えた。「そのマフィン、誰も食わないのか？」

「遠慮せずに食えよ」トニーは言った。

こうして情報収集は進んでいった。

それから約一時間後にモーリーは立ち去った。しかし、帰り際にもう一度セーラを口説くことを忘れなかった。彼が玄関を出て、私道を進んでいくころ、セーラはようやく声を取り戻した。

「あきれたわ、トニー！　いったいどこで彼を見つけたの？」

「刑務所」

彼女は唖然（あぜん）としてトニーを見つめた。それから、両手を掲げた。

「情報過多でもうお手上げ」

「君が訊いたんだぞ」

「それは失礼。次は好奇心を抑えるように警告してちょうだい」

「その時は、君のリクエストだってことを忘れるな」

セーラはにやりと笑い、トニーの腕にパンチを食らわせた。トニーは素早く彼女をつかまえた。彼女を抱き上げて振り回しながら、音をたててキスをした。

「こいつも忘れるなよ」そう言って、彼はセーラを床に下ろした。「ベイビー、君にとっては重い負担かもしれないが、俺にも協力させてくれ。俺を締め出さないでくれ」

セーラはその場にたたずみ、適当な言葉を探した。しかし結局は、思ったままを口にすることになった。

「私たち、こうなるのが早すぎたんじゃないかしら」

「後悔してる？」

彼女のためらいは一瞬だった。「いいえ。人生最高の情熱的な夜を後悔できるわけないでしょう？」

「あれはただのセックスじゃなかった」トニーは言った。「俺にとっては」

「ただのセックスよ」セーラは否定した。「セックスじゃなかったら、なんだっていうの？　出会って一週間もたたないうちに恋に落ちる人間なんていないわ」

「そんなの誰が決めた？」トニーは問い返した。「それに、俺はずっと昔から君に恋していた気がする。君は十歳でも最高に魅力的だったからな」

セーラは微笑した。「よく言うわ。当時の私は鏡を見ながらよく考えていたのよ。だめだわ。目が大きすぎる。髪もストレートすぎるって」

「俺は昔から梟（ふくろう）が好きでね」

セーラは声をあげて笑い、彼の首に両腕を巻きつけた。

「神様、教えて。こんな口の達者な男にどうやって抵抗すればいいの？」

「抵抗しなきゃいいのさ。出会ってからの日数なんて問題じゃない。大切なのはこれから二人で過ごす年数だ」

セーラは首を横に振った。「今のは聞かなかったことにしておくわ。そうすれば、今度のことが終わった時、あなたはきっと私に感謝する。さっさとシカゴに戻って、私を忘れることになるのよ」

トニーの瞳から笑みが消えた。「そんなことはありえない」

セーラが答えるより早く、電話が鳴り出した。トニーは彼女の頬を手の甲でなでてから、電話に出るためにその場を離れた。一人になったセーラは、肌に残る彼の手の感触を味わった。

数秒後、トニーが彼女の名前を叫んだ。

「セーラ、君のおばさんだ」

セーラは電話に駆け寄った。「ロレットおばさん！　今どこなの？　もうこっちに着いた？」

「それが明日まではそっちに行けそうにないんだよ」

セーラは落胆を声に出さないようにしたが、そう簡単にはいかなかった。

「何かあったの？」

「ああ。ミシェルが交通事故に遭ってね。軽い打ち身ですんだけど、えらいショックを受けてるのさ。だから、フランソワが到着するまで、あたしがついてないと」

「事故！　大変じゃない。ミシェルにお大事にって伝えて。早く怪我が治るよう祈ってるって」

「ああ、伝えとくよ」ロレットは答え、いったん言葉を切ってからつけ加えた。「あんたのほうは大丈夫かい？」

「ええ、大丈夫よ、ロレットおばさん。私のことは心配しないで。トニーがボディガードと警備員を雇ってくれたの。それに、事件を調査する私立探偵も。こっちに来てなんてわがまま言ってごめんなさい。おばさんは自分の娘のそばにいてあげて」

「あんただってあたしの娘だよ、セーラ・ジェーン。明日、そっちに行くから。わかったね」

セーラの瞳に喜びの涙があふれた。

「ありがとう、ロレットおばさん。私にとって、おばさんがどんなに大切な存在か」

「あんたの隣に立ってるいかした男と同じくらい大切かい？」

セーラは目をしばたたいた。おばの不思議な力には慣れていたが、それでもときどき驚いてしまうのだった。

「どうして彼の見た目がわかるの？」

ロレットはいきなり笑い出した。「インターネットで調べたのさ。なんとかいう小じゃれた雑誌に坊やのナイトクラブの記事が載ってたよ。けど、写真より本物のほうがよさそうだ」

セーラも釣られて笑った。「おばさんたら意地悪ね」

「なんとでもお言い。もっとひどい呼び方もされてきたからね。とにかく、その男のそばにいることだよ。一人で外に出るんじゃないよ」

「はい、かしこまりました」

「じゃあ、明日」

「はい、お待ちしております」

「あたしをからかうんじゃないよ、セーラ・ジェーン。大人は叱られないなんて思ったら大間違いだからね」

セーラはほほえんだ。「おばさんをからかうわけないでしょう。ひきがえるにされたら大変だもの」

ロレット・ブードローの豪快な笑い声を最後に電話は切れた。

「何かあったのか？」トニーは尋ねた。

「ロレットおばさんの末娘のミシェルが交通事故に遭ったの。怪我はたいしたことないんだけど、かなり動揺しているんですって。だから、ミシェルのご主人のフランソワが戻るまで、おばさんがそばについていることになったの」

「そのフランソワは今どこにいる？」

「たぶん、ニューヨークとロサンゼルスの間のどこかを飛行機で移動中じゃないかしら」

「彼は何をやってるんだ？」

「プロのフットボール選手。ニューオーリンズ・セインツに所属しているのよ。でも、今日じゅうには戻ってくると思うわ。彼が戻ってくれば、ロレットおばさんはこっちに来られるの」

「がっかりしてる？」

鋭い指摘にセーラは虚を突かれた。

「まあ、がっかりするかなとは思ったけど、それは事情を知る前の話よ。事故じゃしかたないもの」そして、彼女はつけ加えた。「ロレットおばさんが言ったの。あなたのそばにいろって」

トニーはたちまち好奇心むきだしの表情になった。「おばさんはほかになんて言った？　俺のことをどう言ってた？」

「あの……あなたをいかした男って呼んでいたわ」

トニーは危うく頬を赤らめかけた。「ちくしょう。君のおばさんは声を聞いただけで人すって」

「いいえ。おばさんなりに調査をしたのよ。インターネットであなたのことを調べたんで

「インターネットに俺のことが出てるのか?」トニーはぶつぶつ言った。「全然知らなか

ったぞ」

「あなたのナイトクラブに関する記事が出ていたみたい」

「やれやれ」トニーはぼやき、それからにやりと笑った。「君のおばさんは凄腕だな?」

「この程度は序の口……まあ、見てらっしゃい」

「俺、心配するべきなのかな?」

セーラは視線を上げ、大切な存在になりつつある男の顔を見つめた。

「さあ、どうかしら。気になる?」

トニーは彼女の顔に、髪に触れた。「おばさんが俺の恋路を邪魔しない限りは、うまく

やっていけると思うよ」

セーラは顔を上げ、彼のキスを受け入れた。本当はわかっていた。少なくとも今度の問

題が片づくまでは、精神的な距離を保つべきだと。彼女は幼いころから麻薬や喫煙、飲酒

運転はいけないと教わってきた。しかし、シルクのような男に近づくなと教えてくれた人

間は一人もいなかった。

13

ボディガードと敷地内の警備を担当する男たちが到着したのは午後四時を回ったころだった。セーラはダンとファーリーと呼ばれている二人のボディガードに引き合わされた。どちらもたくましい大男で、胸板が厚く、首が筋肉に埋もれていた。ダン・アンド・ファーリー。なんだか法律事務所の名前みたい。セーラは密かに考えた。彼らはモーリー・オーヴァストリートと違って、セーラのことを片づけるべき仕事としか見ていないようだった。警備担当の男たちはトニーと短い言葉を交わしただけで、すぐに森の奥へ消えていった。トニーはダンとファーリーを一階の部屋へ案内した。その部屋には二つのベッド以外に応接セットとテレビが用意されていたが、彼らがテレビを見ることはなさそうに思えた。何度もこういう経験をしているのか、彼らはすっかり落ち着いた様子だった。彼らはセーラに、自分たちのことは無視して好きにふるまうように言った。合計体重が優に二百キロを超える大男たちを無視するのは不可能に近かったが、彼女はできるだけ努力してみるつもりだった。

その夜、トニーとともにモイラ・ブレークの食事会へ向かいながら、セーラはくすくす笑いつづけた。彼らが巨漢二人を従えて到着した時、ほかの客たちがどんな顔をするのか。その場面を想像しただけで笑いが止まらなかった。

トニーは彼女のジョークに調子を合わせた。彼女が現実に存在する危険に萎縮(いしゅく)するよりは、この状況を面白がるほうがいいと考えたからだった。

「彼女、なんて言うかしら?」モイラの家の前に到着すると、セーラは言った。

「何も言わないんじゃないのか。彼女はちゃんとしたレディだ。きっと涼しい顔で二人を歓迎するだろう。腹の中で何を考えていようとね」

セーラは微笑した。「そうね。でも、あれだけの大男二人を満腹にさせるのはかなりの大仕事よ」

「彼らは任務中だ。飯は食わないよ」

「それじゃ気の毒だわ」

「いや。モイラが何を出そうと、彼らは手をつけないと思うね」

「どうして?」

「二人とも、健康食品マニアだからさ。といっても、筋肉増強剤はのんでいそうだが」

「本当?」セーラが興味津々で訊(き)き返したその時、ダンが助手席側のドアを開けた。ファーリーは見張りに立ち、ブレーク家の庭の向こうに広がる木立に目を配っていた。

振り返ると、モイラが戸口に立っていた。二人の大男の出現に戸惑いつつも、彼女はセーラたちを愛想よく歓迎した。

「あなたのおばさんも一緒じゃなくて残念だわ。でも、あなたが来られて本当によかった。そこに並んだ車を見てもらえばわかると思うけど、みんな、もうそろっているのよ。あなたたちの到着を今か今かと待っていたの」

「こちらの紳士たちは食事の席には着きませんので」トニーが澄まして言うと、モイラの顔に安堵の表情が広がった。彼はにやにや笑いたいのを我慢した。

「あまりお待たせしたんじゃないといいけど」セーラは言った。その間に、ダンとファーリーは彼らのそばを離れていった。「確か八時の約束でしたよね？」

モイラはセーラの肩に腕を回し、客たちがカクテルを飲んでいるリビングへ案内した。

「ええ、八時でぴったりよ。ほかの人たちはうちの食事会の常連なんだけど、どうも私が作るメニューの中では主菜より前菜のほうが気に入ってるみたいね」

セーラは感心した顔つきになった。「私も早く食べてみたいわ」

「セーラはレストランを経営しているんだ」トニーは説明した。「だから、厳しい評価を覚悟しといたほうがいいよ」

「トニー、やめてよ」セーラは言った。「私、彼に特別なデザートを作ってあげると約束したんです。でも、彼がこういう態度をとるなら、約束を破ってもいいですよね？」

「わかった。行儀よくする。だから、餌づけはやめないでくれ」

モイラはセーラに目を向けた。「あなた、かなりの腕前に違いないわ」

「どうして？」セーラは問いかけた。

「シカゴでトニーくらいに成功した人なら、いい暮らしはごく当たり前のことなのよ。彼があなたの料理を褒めるってことは、よっぽどおいしいんだわ」

「実際、セーラはすごいシェフだよ」トニーは断言した。「でも、俺はいい暮らしをしているんだろうか。俺が育った環境から考えれば、どんな暮らしもましだからな」

「謙遜しすぎよ」モイラは言った。「私は青年だったころのあなたをよく覚えているわ」

「ええ、私も」セーラはトニーにほほえみかけた。トニーは彼女にウィンクを返した。

モイラは二人の無言のやり取りを見て、ため息をついた。ああ、もう一度若いころに戻れたら。彼らがリビングに入るやいなや、紹介が始まった。

「トニー、あなたはここにいる全員を知っているわね。皆さん、こちらが大人になった我らがセーラ・ホイットマンよ。セーラ、ここにいるのは私の大切な友人たちなの。タイニー・バートレットとご主人のチャールズ。チャールズは公認会計士として大成功を収めているの。ソファに座っている赤毛の女性はマーシャ・ファレルね。彼女はありとあらゆる慈善事業で活躍している町の中心的な存在なのよ。マーシャの隣にいる紳士は、マーメット・ナショナル銀行頭取のポール・ソレンソン。アナベス・ハロルドは暖炉のそばにいるわ。アナベスは法律事務所にお勤めなの。そして、彼女の隣にいる男性が銀行を退職したハーモン・ウェザリーよ」

セーラはハーモン・ウェザリーに視線を向け、にっこりとほほえんだ。

「ミスター・ウェザリーとはもうお会いしたわ」

「あら、ほんと？」モイラは訊き返した。

ハーモンが代わって答えた。「昨日、スーパーマーケットの外で会ったんだよ」

セーラは説明を補足した。「たまたまじゃないんです。彼は父の私物をずっと預かっていてくれて、それを私に渡すためにわざわざ捜してくれたんですよ」彼女はハーモンが座っている椅子の上に視線を投げ、壁に飾られた写真を指さした。「あれとよく似た写真も交じっていたわ」

モイラは悲しげにうなずいた。「あの写真は焼き増ししてみんなに配ったから。あれは確か、銀行の創立七十五周年の時に撮ったのよ。あの日、私は得意客の皆さんにパンチを配る役を担当したんだけど、エマ・トラーが抱いてたミニチュア・プードルがパンチボウルに飛び込んじゃって」

犬の白い毛からパンチの赤い色を洗い落とすのに数カ月かかった、という落ちが披露され、リビングは笑い声で包まれた。

マーシャ・ファレルは写真に近づき、若き日のハーモン・ウェザリーの右側に立つ金髪の青年を指さした。

「これ、気の毒なソニー・ロムフィールドじゃない？　そういえば、彼のことはすっかり忘れていたわ」

「気の毒って、何があったんです？」セーラは尋ねた。

「交通事故で亡くなったのよ。あなたのお父さんが……その……失踪(しっそう)した数日後に」

「あれは銀行にとってつらい時期だった」ハーモンがつぶやいた。

「彼には奥さんとまだ小さな子供が二人いたわよね」タイニーが言った。「彼女たちはあれからどうなったのかしら？」

「葬儀がすむと、すぐに引っ越していったわ」モイラは答えた。

「けっこう慌ただしかったわよね？」アナベスが同意を求めた。

「まあ、離婚の話も進んでいたから」モイラはつけ足した。

「それ、ほんと？」タイニーが叫んだ。「なんで教えてくれなかったの？」

モイラは眉をひそめ、肩をすくめた。「なんでって、はるか昔のことだもの。ロムフィールド一家のことなんてすっかり忘れていたし」

セーラは熱心に耳を傾けていたが、ポール・ソレンソンが会話にまったく加わっていないことに気づいた。不思議に思った彼女は振り返り、鋭いまなざしでソレンソンを見据えた。

「あなたも写っているんですか？」彼女は問いかけた。

ソレンソンは写真を指さした。「君のお父さんの右にいるのが私だ」

「まだ髪がふさふさしていたころね」アナベスはすっかり寂しくなった彼の頭を親しげにたたいた。

皆に笑われ、ソレンソンは顔をしかめた。

「髪を失うよりつらいこともあるわ」セーラがぽつりとつぶやいた。

笑い声は勢いをなくし、神経質なくすくす笑いに変化した。セーラが何を言おうと、彼らはそれをフランクリン・ホイットマンを有罪と信じた自分たちへの批判と受け取っているようだった。

ソレンソンは生きた心地がしなかった。セーラ・ホイットマンの視線を感じるたびに、自分の秘密を暴露されるのではないかと肝を冷やした。くそ。この歳(とし)になって、自分の性癖が知れ渡る心配をせねばならんとは。噂(うわさ)では、この娘はマーメットに相当な恨みを抱いているらしい。私の秘密とフランクリンの死にはなんの関係もないが、彼女が仕返しに私を狙(ねら)う可能性は大いにありうる。

トニーはセーラにカナッペを勧めた。セーラが口を開けると、彼はそこにカナッペを押し込み、自分の指をなめた。この親密な仕草に居合わせた客たちが気づかないはずはなかった。

セーラは振り返り、ハーモンを抱擁した。ハーモンは驚いた様子だったが、もっと驚いていたのは彼女自身だった。

「ミスター・ウェザリー、あの箱の中身が私にとってどれほど大切なものだったか、とても言葉では言い尽くせません。あなたのおかげです。あなたが箱をずっと持っていてくれたから」

「いや、あれしきのことで」口では否定しつつも、ハーモンは嬉しそうにほほえんだ。

タイニー・バートレットは椅子の上でそわそわしていたが、会話が途切れたと見るや、いきなり声を張り上げた。「偉いわ！　形見の品を取っといてあげるなんて！」

トニーはセーラの表情をうかがった。彼女が話題を変えたがっていることを感じ取り、自らその役を買って出た。

「まあ、形見以外にもいろいろと」彼は曖昧な言葉を口にし、サイドボードのトレイから二つ目のカナッペを取ると、それをナプキンの上に置き、セーラに差し出した。「ワインを注いであげようか？」

セーラはカナッペを受け取り、うなずいた。「赤でも白でもかまわないわ」

「いろいろとっていうのはなんのこと？」アナベスが質問を発した。

セーラは初めて周囲にいる人々の顔を直視した。客の集団としてではなく、個人個人として認識した。アナベス・ハロルドの顔には見覚えがあった。アナベスが彼女の母親に秋祭りの実行委員長を辞任するよう迫った時、彼女もその場にいたからだ。

「あなたのこと、思い出したわ」セーラは言った。

アナベスは微笑した。

「父が失踪した後、母に秋祭りの実行委員長をやめさせた人ね」さらりと言ってのけると、セーラはモイラに視線を転じた。「このカナッペ、おいしいわ。どうやって作ったんです？」

トニーは噴き出したいのを我慢した。さすがセーラ。確かに彼女はこの連中と食事することに同意した。でも、だからといって礼儀正しくふるまう義理はないわけだ。

「それはその……ライ麦のラスクにスモークサーモンをのせて、ディルを加えたヨーグルトをトッピングしたのよ」

「最高のカナッペね」セーラは褒め言葉を繰り返した。「主菜をいただくのが待ちきれないわ」

「セーラはニューオーリンズでレストランを経営しているのよ」話題を変えたい一心で、モイラは説明した。

「本当かね？」ポール・ソレンソンが尋ねた。

セーラはワイングラスの縁ごしに年配の男を見返し、うなずいた。「本当です」

ソレンソンの顔が赤く染まった。この目つき。彼女は私を覚えている！　具合が悪くなったふりをして、今すぐ帰ってしまおうか。いや、それでは礼を失するか。待て待て。私が帰った後に、彼女が秘密をばらしたらどうなる？　私は知らないままコミュニティから除外され、ゴシップが広まって、やっとその事実を知ることになるんだぞ。彼が考えあぐねていた時、玄関のチャイムが鳴った。

「最後のお客様の到着だわ」モイラは言った。「皆さん、ちょっと失礼」

「最後のお客様って誰かしら？」マーシャが疑問を口にした。「これで全員そろったと思ってたのに。一人増えると奇数になっちゃう」

「その時はダンかファーリーを加えればいいわ」セーラは冗談を言い、ほかの客たちがぎょっとするのを見てくすくす笑った。

「誰が最後の客でもいいじゃないかね」ソレンソンはたしなめた。「どうせすぐにわかることだ」

数秒後、モイラはエレガントな長身の女性とともに戻ってきた。その女性は一見しただけでは年齢がわからない感じだった。明らかに染めたとわかる黒髪に、黒いシルクのドレスを着ている。首に輝く宝石はどうやら本物のダイヤモンドらしかった。

「皆さん、ローラのことはご存じね」全員に声をかけてから、モイラはトニーとセーラに向き直った。「セーラ、こちらはローラ・ヒリヤードよ。ローラ・キングといえば思い出すかしら」

ローラ・ヒリヤードはセーラを無視し、誘惑的な笑みを浮かべながら、マニキュアをした優雅な手をトニーに差し出した。

「シルク、ダーリン、おひさしぶり」

トニーは微笑を返した。「ローラ、君がマーメットに戻っていたとは知らなかったな」

「あら、そう？　湖を挟んで、お宅の向かいにあるのが私の家よ。私の寝室からお宅の明かりが見えるわ。本当に気づいてなかったの？」

セーラはまじまじとローラを見つめた。「あの赤い屋根の家ね」

ローラは振り返った。セーラをじっくり観察してから、微笑とともにうなずいた。

「ええ。あなたはなかなか観察力がある女性のようね」

「ええ、まあ」セーラは答えた。「でも、あなたのことは全然覚えてないんです。ごめんなさい」

「無理もないわ」ローラは気取った口調で言った。「私は主に町の外で働いてたから」

トニーはローラにワインを勧めた。客の一人の口から〝商売女〟という言葉が漏れたが、小さなつぶやきだったため、誰が言ったかはわからなかった。セーラは笑みを噛み殺した。

どうやらモイラ・ブレークは種々雑多な客を食事会に招待したらしかった。

「外でブックエンドみたいに突っ立ってる二人組は誰が連れてきたの？」ローラが質問し

た。

「ああ、俺だ」トニーは答えた。

ローラは探るような目つきで彼を見つめ、セーラに視線を投げた。

「なるほど、そういうこと」ワインを一口すすってから、彼女はセーラに向かって乾杯の仕草をした。「あなたのことは聞いてるわ。私からもお悔やみを言わせてちょうだい」

セーラは冷ややかに相手を見返した。真心の感じられない言葉に感謝する気にはなれなかった。

「食事の準備ができたわよ」モイラが宣言した。「皆さん、こちらへどうぞ。セーラ、あなたにはポールとタイニーの間に座ってもらうわ」

トニーはさりげなくセーラの肘をつかんだ。

「彼女は俺の隣にしてくれないか。ポールには席を替わってもらうことになるが」彼はすまなそうに肩をすくめた。「でなきゃブックエンドを同席させるしかないな」

「あらあら」セーラを横目で見やりながら、ローラはつぶやいた。「よっぽど彼女が大事なのね」

「彼女は殺されかけたんだ。万が一ということもあるしね」

客たちの間でざわめきが起こった。どうやら昨夜の出来事はすでに全員が知っているらしく、ここぞとばかりに困惑を表明しているようでもあった。続いて、気まずい沈黙が訪れた。モイラは神経質なくすくす笑いでその沈黙を破った。

「もちろん、あなたはセーラの隣でけっこうよ。なんでも好きにしてちょうだい。なんといっても、あなたたちは主賓なんだから」モイラはセーラの腕を軽くたたいた。「じゃあ、ついてきて」

モイラを先頭に、一同は魅惑的な匂(にお)いがするほうへ移動した。こうして食事会は進行していった。

ずっと妻の左に控えていたチャールズ・バートレットが口を開いたのは、デザートが出されるのを待っていた時だった。

「シルク……二軒目のクラブを建築中だそうだな。工事の進み具合はどうだ?」

トニーはチャールズに目を向け、うなずいた。

「ああ、あと少しで完成だ。クリスマス前にはオープンする予定だが、グランドオープンは大晦日(おおみそか)にやろうと思ってる」

チャールズは思わずにやりと笑った。「相変わらず金儲(かねもう)けに血道を上げているわけか。どれだけ稼げば満足するんだ?」

会話が途切れ、客たちは居心地の悪そうな表情でトニーとチャールズを見比べた。だが、トニーに助け船を出したのはセーラだった。

「チャールズ……あなたが考える満足の基準をうかがいたいわ。あなたにはとてもチャーミングな奥様がいらっしゃる。それに話を聞いていると、かなり成功している様子だわ。あなたもトニーと同じように、長い歳月をかけて今の地位までたどり着いた。それでもまだ自分の人生に満足していないの？」

チャールズは自分の負けを悟った。セーラに向かってグラスを掲げ、苦笑しながら妻の手に自分の手を重ねた。

「いやいや。私はこの上なく幸せだよ。タイニーのような女性と出会えたんだ。これ以上望んだら罰が当たる」

「ええ、ほんと」セーラは相槌を打った。衝動的にグラスを掲げ、タイニーに向かって乾杯の仕草をした。「幸福な結婚に」

「幸福な結婚に」全員が唱和した。

「あらまあ、何事？」部屋へ戻ってきたモイラが叫んだ。彼女はラズベリーソースがたっぷりかかった巨大なチョコレートケーキを抱えていた。

「ただの乾杯よ」疎外感を振り払いつつ、アナベスは答えた。彼女には乾杯を捧げる夫がいなかった。別れた夫も。死別した夫も。

「デザートが欲しい人は？」モイラの問いかけに、ローラ以外の全員の手が挙がった。

「私、自分を甘やかさない主義なの」ローラはほっそりとした脇腹を両手でなで下ろした。

セーラはローラ・ヒリヤードのことを好きになれなかった。出会って五分とたたないうちに反感を抱いた。その反感の裏には、トニーとローラの過去の関係を疑う気持ちもあったかもしれない。彼女は嫉妬深い性格ではなかったが、自分がローラより二十歳は若いことを強く意識した。それに、ローラのいやみな発言にはもううんざりだった。

セーラはにっこりとほほえみ、わざとらしくトニーの顔を見やってから答えた。

「私はいただくわ。自分を甘やかす主義だから」そう言うと、彼女はモイラが切り分けているケーキにことさら関心があるふりをした。

ローラはむっとしながらも平然とした態度を装った。南部から来たつまらない女に容色の衰えを指摘されたところで、老化という避けがたい運命は変えられないのだ。

「そんな調子だと、いつかきっと後悔するわよ」彼女は切り返した。

モーリー・オーヴァストリートがトニーに放った警告の言葉を思い出し、セーラは笑い出した。

「ある人も似たような警告をしてくれたわ。もっと身も蓋もない言い方で。でも、私には奥の手があるから」

「奥の手ねえ」ローラはつぶやいた。「それがどんな手なのか、皆さん、知りたがってるんじゃないかしら」

今度はトニーが助け船を出す番だった。彼はくすくす笑いながらセーラの肩に腕を回した。

「ああ、それなら俺が教えよう。つい最近、彼女はその道の専門家に太鼓判を押されたのさ。太って不細工になっても、男に逃げられる心配はないって。なあ、ハニー？」

セーラはにんまり笑った。

「理由は？」ローラがたたみかけた。

「彼女が料理の天才だから。男心をつかむには胃袋から攻めろっていうだろう」

ローラは冷笑を浮かべた。「それは腕のいいシェフを雇うお金がない場合の話ね。お金さえあれば、なんだって手に入るもの」

「あなたの話を聞いていて、一つ興味深い疑問がわいてきたわ」セーラは言った。

トニーは息をつめて成り行きを見守った。ローラが金の話を出した時点で、こうなることはわかっていた。一瞬、彼はローラに同情しそうになった。

「あら、どんな疑問かしら？」ローラは気取った口調で問い返した。

「あなたは昔、商売をしていたと言ったわよね？」

ローラの顔が怒りの色に染まった。「町の外で仕事をしていたと言ったのよ」

「あら、そう。それはごめんなさい」セーラは謝ったが、内心では少しも悪いと思っていなかった。「お金のことだけど……あなたは今持っているお金をどこで手に入れたの？」

テーブルのあちこちで息をのむ音が起こった。チャールズがすでに金の話をほのめかしてはいたが、上品な集まりであからさまに金銭の話をするのは礼儀に反する行為だ。

「あなたには関係ないことだと思うわ」ローラは言い返した。

セーラは身を乗り出し、テーブルを囲む客たちの顔を見回した。

「父が勤めていた銀行から消えた百万ドルはまだ見つかっていないのよ。父が盗んだんじゃないことは明らかだわ。だから、私は大いに関心があるの……あの後、羽振りがよくなった人たちのことが」

タイニーは鼻白んだ。「私たちの中に犯人がいるっていうの？」

「ギャラガー保安官が真犯人を突き止めるまでは、誰一人無実とは言えないわ」

「聞くところによると、君は仕返しを求めているとか」ソレンソンが言った。

「仕返しじゃありません、ミスター・ソレンソン。私が求めているのは正義です」セーラは答えた。それから、ケーキを配ってくれたモイラににっこり笑いかけた。「ほんと、おいしそう。早くいただきたいわ」

モイラはかろうじて微笑を返し、続いて、ため息をついた。これも自業自得ね。殺人事件で町全体ががたついている時に、みんなに仲良くなってもらおうと画策した私がばかだったんだわ。

「なかなかいい食事会だったわね」セーラは感想を口にした。車は別荘の手前のカーブを曲がろうとしていた。

トニーはあきれ顔になった。「俺は芝居の引き立て役の気持ちがよくわかったよ」

セーラは笑った。「あら、どうして？　私に無視された気がしたの？　私は今夜集まった人たちに揺さぶりをかけたかっただけ。でも、それであなたが無視されたと思ったのなら謝るわ」

トニーは声をあげて笑った。「君を敵に回さないように気をつけなきゃ」

「そんなことを言われても、身に覚えがないもの」セーラは澄まして言った。

「かまととぶっても無駄だぞ。君が一筋縄ではいかない女だってことはわかってるんだから」

セーラは運転席を振り向いた。彼女の顔を照らすのはダッシュボードのライトだけだ。それでも、トニーは彼女の熱いまなざしを感じ取った。

「私はかまととじゃないし、かまととぶるつもりもないわ」

「それは俺への挑発？」尋ねるトニーの声が急にかすれた。

「好きなように受け取って」

「言われなくても、好きなように解釈するさ」

トニーの表情を見れば、これから何が起きるかは明らかだった。セーラは突然、身震いした。不安を感じたからではない。期待に体が震えたのだ。今日一日、彼女はトニーとともに行動した。それでも夜を迎えた今、彼女はシルクとともにベッドに入りたかった。

「ダンとファーリーを休ませたら、私のところに来て」セーラはささやいた。

「彼らは眠らないよ」

「吸血鬼なの？」

トニーはやれやれという表情を浮かべた。

セーラはにっこり笑った。「ちょっとからかっただけよ」

「今のは訂正……少なくとも二人同時には眠らない」

「とにかく彼らが二階に来ないようにして」

「なぜ？」

「理由はいいから」

「わかった」トニーは答え、猛スピードで車を私道へ乗り入れた。

14

背後でトニーが寝息をたてていた。セーラも情熱的な愛の行為で疲れ果てていたが、どうしても眠ることができなかった。食事会の緊張感が残っているのか、リラックスすることができなかった。彼女はしぶしぶトニーの腕を抜け出し、暖かなベッドを離れて窓辺に立った。

いつもどおり、敷地内では防犯灯が光っていた。だが、光の範囲は狭く、その先にはただ闇があるだけだった。私はこの窓から侵入者の影を目にした。デッキに立っていて、危うく殺されそうになった。でも、もう怖くはないわ。警備の人たちがいるもの。私とトニーが安眠できるように、彼らが夜を徹して見張っているもの。

セーラはトニーを振り返り、ため息をついた。私も眠ることができたら。今夜一晩だけでもすべてを忘れることができたら。

しばらくすると、雲間に隠れていた月が現れ、湖を照らし出した。木立に邪魔されて湖全体を見渡すことはできなかったが、水面に映る月の輝きははっきりと見て取れた。

この湖を見ると、いやでも考えてしまう。ここは秘密と恐怖が潜む場所。ここで泳ぐことは、パパのお墓で遊ぶようなものだわ。マーメットに住んでいなくてよかった。ここには秘密が多すぎるもの。今夜のモイラ・ブレークの食事会でも、秘密の匂いを強く感じた。心に秘めた嫉妬。過去の罪。世界じゅうのお金と名誉を手に入れたとしても、それを完全に隠すことは不可能なのかもしれない。

チャールズ・バートレットは強い人だわ。あれは自ら鍛えて強くなったという感じね。でも、彼がトニーに羨望を抱いているのは明らかだった。それに、ポール・ソレンソン。理由はわからないけど、あの人は私を嫌っている。いいえ、憎んでいると言ったほうがいいかもしれない。ハーモン・ウェザリーは親切で感じのいい人ね。町で会った時からそう思っていたけど、今夜の食事会でも、彼は会話が気まずい方向へ流れないように精いっぱい気を遣っていたわ。

このじめじめした寒さ。ニューオーリンズの明るい日差しと活気が恋しい。身震いしたセーラは、ふとニューオーリンズの街角に立つ美しい娼婦たちのことを考えた。彼女たちはときに仲間同士で〈マ・シェール〉を訪れ、コーヒーとベニエを楽しんだ。〝客〟と同伴で来ることもあった。私は今まで彼女たちについて深く考えたことがなかった。でも、ロレットおばさんがいなかったら、私自身そうなっていた可能性もあるのね。

食事会に来ていた女性客にもいろいろな人がいたわ。タイニー・バートレットはかわいい女性だけど、肩に力が入りすぎている感じがした。そういえば、トニーがチャールズ・バートレットとは同じ地区の出身だと言っていたわ。つまり、タイニーは身分違いの結婚をしたわけね。でも、その甲斐はあったみたい。チャールズは明らかに商才があるようだし、自分が築き上げたイメージを守ろうと努力していたもの。手入れされた爪。きちんとカットされた髪。スーツも靴も最高級品だった。ただし、それは表向きの顔で、一皮むけば昔どおりの不良青年という感じがしたけど。

アナベス・ハロルドはあの中では場違いな存在だったわ。結婚歴がなく、いまだに働いていて、ほかの人たちほど裕福ではなさそうだった。今夜の彼女が何度か見せた表情。あれは羨望の表情のように思えたけど、私の思い過ごしかしら？　彼女が羨望を抱いたとしても無理はない。でも、あそこにいた人たちは彼女の友達でしょう？　みんなはありのままの彼女を受け入れているのに、どうして彼女は自分自身を受け入れられずにいるのだろう。

マーシャ・ファレルは未亡人なのよね。少なくとも私はそう聞かされたけど、小耳に挟んだタイニーとアナベスの内緒話が気になるわ。マーシャは昔、マーメットを離れた時期があった。町を出た時は簡単な秘書の技能があるだけの普通の女性だったのに、数年後に戻ってきた時は子供連れで、夫は亡くなったという話だった。それからまもなく、彼女は大金を相続し、裕福な未亡人になった。タイニーはしきりに同情していたけど、亡くなった夫の名前は知らないと言っていたわ。マーシャが夫の話をしたがらないから、彼女のつらい気持ちを尊重しているんだって。

そして、ローラ・ヒリヤード。トニーになれなれしくしていたことを別にしても、好きになれないタイプだわ。口先だけの冷たい人だし、自信満々な態度が鼻につく。要するに、心の冷たい女なのよ。

でも、懐はかなり暖かそう。

トニーが言っていたわ。ローラは一生かけても使いきれない莫大な資産を持っているって。その資産を手に入れる元手が百万ドルだったとは考えられないかしら。

最後はモイラね。気の毒なモイラ。食事会を円滑に進めようと必死だったのに。セーラはため息をついた。客たちを刺激した私にも責任はあるわ。でも、あの嘘臭い雰囲気を我慢しろというほうが無理なのよ。そういえば、私、モイラについてはほとんど何も知らないわ。トニーから聞いた話だと、彼女は数年前にご主人を亡くして、つい最近パパが勤めていた銀行を退職したのよね。住まいは昔からあの家だった。とくに変わったところはないいし、羽振りがよくなったわけでもない。ただし、彼女が作るチョコレートケーキは絶品だわ。

トニーがベッドの上で身じろいだ。セーラは背後を振り返った。カバーに覆われた大きな体を眺めながら、彼と分かち合った喜びを思い返した。トニーはたいした人だわ。叔父さんの援助があったとはいえ、努力して今の成功を手に入れたんだもの。でも、本当に叔父さんの援助があったのかしら？　心に芽生えたかすかな疑問を、彼女はすぐに打ち消した。まだ十六歳の少年に、銀行から大金を盗んだうえに人を殺すような真似ができるわけないでしょう。第一、トニーはそういう人じゃないわ。確かにベッドでの彼は最高だけど、そのことに惑わされているわけじゃない。これでも人を見る目はあるほうよ。パパの遺体をトランクにつめて、フラッグスタッフ湖に沈めるような冷酷な男に、私が恋をすると思う？

絶対にありえないわ。

次の瞬間、セーラは自分の考えに愕然とし、支えを求めて窓枠にもたれかかった。恋をする？　私は恋をしているの？　トニーの笑顔を見ただけで、胸が苦しくなる。血が騒ぎ、膝から力が抜ける。アドレナリンが体じゅうを駆け巡り、自分でもどうすればいいかわからなくなる。これが恋なの？

なんてことなの。確かに私はずっと次の恋を待っていたわ。だけど、何も今――人生最大の試練を迎えているこの時に――恋に落ちなくてもいいじゃない？

セーラは身震いとともに窓へ視線を戻した。そして、湖面を何かが動いていることに気づいた。この距離からだと、小さな丸い物体のようにしか見えない。その何かはすぐに消えた。今のは水鳥だったのかしら？　それとも、枯れ木の一部？

トニーが寝言をつぶやいた。セーラの全身から一気に力が抜けた。びくびくするのはもうたくさん。彼女はベッドに引き返し、トニーの腕の中へ戻った。それから数分後には、彼女はぐっすり眠っていた。

午前三時を過ぎたころ、嵐が襲ってきた。セーラはすさまじい雷鳴で目覚めたが、最初は何が起きたのかわからなかった。しかし、次の雷で嵐だと悟り、室内を照らす閃光でベッドに自分しかいないことを知った。彼女はベッドを出て、部屋の照明をつけた。トニーの姿を求めて、外の廊下をのぞき見た。階下に明かりが灯っている。そうよ。ボディガードがいたんだったわ。トニーは彼らと一緒にいるんじゃないかしら。

セーラはローブを捜して室内を見回した。椅子の上にあったローブを見つけ、素早く袖を通すと、トニーの名前を呼びながら階段を駆け下りていった。足が最後の一段をとらえたところで、照明が消え、家の中は真っ暗になった。嵐の時に停電するのはよくあることだ。だから、彼女は軽いいらだちを感じただけだった。

「トニー！　懐中電灯か蝋燭はないの？」

意外にも返事はなかった。誰一人やってこなかった。

セーラは玄関のほうへ向かった。すると突然、強風にあおられたドアが内側へ開き、横殴りの雨が降り込んできた。彼女はあわてて駆け寄り、ドアを閉めた。トニーも、ダンとファーリーも外に出ているのかしら？　でも、なんのために？　彼女は正面側の窓へ移動し、ときおり暗闇を切り裂く稲光を頼りに三人の姿を捜したが、舞い散る木の葉と雨しか見えなかった。

背後のかすかな音に気づき、セーラは素早く振り返った。

「トニー！　あなたなの？」

またしても返事はなかった。今度も誰一人やってこなかった。

セーラの緊張はさらに高まった。頼りになるはずのボディガードたちはいったいどこにいるの？　なぜ誰も懐中電灯を持ってきてくれないの？

「ダン！　ファーリー！　みんな、どこなの？」

頭上で床板がきしむ音がし、彼女は息をのんだ。誰かが二階にいる。暗闇の中を動き回っている。もともとここにいる人間なら、私の呼びかけに答えたはずだわ。再び床板がきしんだ。そして、さらにもう一度。誰だか知らないけど、こっちに近づいてくる。彼女は突然ぞっとするような恐怖感に襲われた。

「神様。ああ、神様」

セーラはとっさに駆け出した。

磨かれた松材の床の上を、彼女は裸足で走った。荒れ狂う嵐が足音をかき消してくれた。そうだわ。階段下にクローゼットがあった。たいして広くないけど、私一人なら充分に身を隠せる。

　クローゼットに駆け寄ると、彼女はそっとドアを開けた。素早く中へ入って、ドアを閉めると同時に、階段に足音が響いた。侵入者が一段飛ばしで階段を下りてくる。彼女は両手でドアノブをつかみ、息を殺した。息をすると、侵入者に気づかれそうで怖かった。足音が階段の下までたどり着いた。全身から冷たい汗が噴き出す。彼女は心の中で祈った。お願いです、神様。どうか私をお救いください。

　侵入者は彼女が隠れているクローゼットの前を通り過ぎた。かなりあせっている様子だった。もう大丈夫。彼女が安堵（あんど）しかけたその時、足音が止まった。

　もうだめ。おしまいだわ。

　彼女の体が激しく震えた。立っているのがやっとの状態だった。足音は徐々に近づき、ドアの向こう側に人の気配が感じられるまでになった。

　神様、私を助けて。私を死なせないで。

　両手の中のドアノブがかすかに動いた。セーラが死を覚悟したその瞬間、照明が二度点滅し、停電が復旧した。ドアの下の隙間（すきま）から差し込む細い光に、彼女は救われた思いがした。こんなに美しいものは見たことがないとさえ思った。しかし、侵入者はその光にショックを受けたようだった。

　とたんにドアノブの動きが止まった。押し殺した悪態が聞こえ、慌ただしい足音が遠ざかっていった。侵入者の正体を確かめるべきかしら？　セーラが思う間もなく、足音は消えた。彼女はドアを開けようとしてためらった。これは罠かもしれない。侵入者はまだドアの向こう側にいて、私を殺そうと待ちかまえているのかもしれない。彼女はしばらく待った。それから、大きく深呼吸をし、思い切ってドアを押し開けた。

廊下には誰もいなかった。磨かれた床に濡れた足跡がいくつか見えるだけだった。背後に視線を投げたセーラは、自分が隠れていたクローゼットの奥にひときわ黒い影があることに気づいた。彼女は後ずさり、振り返った。そして悲鳴をあげた。黒い影はトニーだった。意識はなく、頭から血を流していた。彼女は助けを求めて叫びながら玄関へ走った。数分後、家の中はガードマンたちであふれ返っていた。彼らが対応に走り回る間、セーラは武装したガードマンのかたわらに押しやられていた。

ダンとファーリーは自室で意識不明の状態で発見された。救急車が呼ばれ、トニーと二人のボディガードが運び出された。セーラはトニーにつき添わせてほしいと泣いて懇願したが、トニーに雇われた警備班のチーフは、彼女から目を離すわけにはいかないと懇願を突っぱねた。彼女はどうしていいかわからなかった。ただ泣きじゃくるばかりだった。そんな彼女の慰めとなったのは、二人の部下を連れて駆けつけたギャラガー保安官の存在だった。

「セーラ！　話してくれないか。いったい何があったんだ？」彼女をリビングへ誘導しながら、ギャラガーは尋ねた。

「雷の音で目が覚めたの。トニーとボディガードを捜したんだけど、誰も見つからなかった。そのうち停電になって。何度大声で呼んでも、全然返事がないの。でも、誰かが二階を歩き回る音が聞こえたわ。ここの人間じゃないことはすぐにわかった。もしここの人間だったら、私の呼びかけに答えたはずでしょう？」

　ギャラガーはうなずいた。セーラの話の大半はすでに警備の男たちから聞いていた。それでも、セーラの気持ちを落ち着かせるために、彼は話を続けた。

「それで君はどうした？」

「二階の廊下を近づいてくる足音が聞こえたから、階段下のクローゼットに隠れたわ」顎が震え、セーラは涙で濡れた瞳で保安官を見上げた。「トニーはずっとそこにいたの。でも私、気づかなくて」彼女は身震いした。「まるで……パパと同じだわ。みんな、あの湖で何年も泳いだり、ボートを漕いだり……トランクに入れられたパパの上で遊んでいたのよ」

「そういう考え方はよくないな」ギャラガーは言い、部下の一人を指さした。「バーからウィスキーを持ってこい。彼女に飲ませるんだ。ストレートで」

「私、何も飲みたくない。トニーに会いたいの。彼が大丈夫だってことを確かめたいの」セーラはまた泣き出した。「全部私のせいだわ。私のせいでトニーは巻き込まれたの。もし彼が……このまま——」

「トニーなら大丈夫だ」確かなことを知らないまま、ギャラガーは断言した。部下が運んできたウィスキーのグラスを受け取り、セーラに手渡した。「これを飲んで」

セーラは薬でものむようにそれを飲み干し、喉から胃へ下っていく刺激に身震いした。

「いい子だ。じゃあ、クローゼットに隠れた後のことを聞かせてくれるか」

彼女はまぶたを閉じ、あの時の恐怖を思い返した。

「家の中はまだ真っ暗だったた。クローゼットの扉にはロックがなくて、私、内側からノブを両手で押さえたわ。侵入者は階段を駆け下りてきて、クローゼットの前を通り過ぎた。だけど、急に足音が止まって、こっちに引き返してきたの。私は震え上がった。絶対に見つかると思った。でも、そいつがドアを開けようとした瞬間、明かりがついたの。そいつはあわてて逃げていった。私が外に出た時は誰もいなかった。ふと振り返ると、トニーが……」セーラは両手で顔を覆った。

ギャラガーは彼女の頭にそっと手を置いた。見た目どおり、艶(つや)やかで柔らかい髪だ。ぼんやりと考えてから、警備班のチーフに向き直った。

「あんたたちは？　何か見たのか？」

「いや、何も」チーフは答えた。「ミス・ホイットマンの悲鳴を聞くまでは、何も気づかなかった」それから、彼は弁解がましくつけ加えた。「我々は建物の外を担当していたんにょかった」

「いいのよ」セーラは言った。「誰もあなたを責めていないわ。あなたがいてくれて本当だ。中を担当する連中がやられても、気づきようがなかった」

チーフは彼女を見返した。そして、決断の表情を浮かべた。「敷地内だけでなく、建物の入り口にも見張りを立てましょう。ミスター・デマルコが戻られるまでは、この家に出入りする人間をすべてチェックします」それだけ言うと、彼は指示を怒鳴りながら立ち去った。

セーラは不意に立ち上がり、ローブの前をかき合わせた。

「どこに行くつもりだ？」ギャラガーは尋ねた。

「着替えてくるわ。病院に行って、トニーに会うの」

ギャラガーはため息をついた。「わかった。私が送っていこう」

「自分の車があるから。マーメットまでならたいした距離じゃないし」

「トニーはポートランドに搬送されたんだよ」

セーラはうなった。「あんな遠くへ？」

「だから、私が送ると言ったんだ。ただし、ボディガードも一人連れていく」

「あの二人よりましなのをお願いしたいわ」セーラはぶつぶつ言った。

「救急隊員の話じゃ、あの二人は薬を盛られていたらしい」

セーラは眉をひそめた。「どういうこと？　どうやってあの二人に薬を盛ったの？　彼らは健康食品マニアなのよ。自分たちが食べるものは自分たちで用意していたはずなのに」

「私には答えようがないな。ただ、そう聞いただけだから。関係者全員を調べれば、何かわかるだろう。私も二階に同行していいかな？　なくなったものはないか確認したいんで」

セーラはぶたれたようにひるんだ。何かを盗まれた可能性など考えてもいなかったからだ。

「私、てっきり自分が狙われているのかと」

「その可能性が大きいが、いちおう念のためにね」

セーラは保安官と武装したガードマンに挟まれる格好で階段を上っていった。気持ちにゆとりがあったら、笑ってしまいそうな展開だわ。まるで出来の悪い映画みたい。真っ暗な家の中を逃げまどうヒロインが、血を流しながら倒れている恋人を見つける。警察が駆けつけ、哀れ、ヒロインは着替えの間も他人にガードされることになる。

「ほんと、勘弁してよ」セーラはつぶやいた。

「何か言いましたか、ミス・ホイットマン？」

「え？　いいえ」彼女はあわてて否定した。うっかり独り言も言えないわ。

セーラがなくなったものに気づいたのは、着替えをすませ、靴を捜していた時だった。彼女はあせって振り返り、父親の私物を収めた箱がのっていたテーブルを見つめた。

「ないわ！　箱がなくなってる！」

彼女が悲鳴をあげた時、ギャラガーは彼女の部屋の点検を終え、トニーの部屋で荒らされた箇所はないかとチェックしていた。彼女の部屋の外にはガードマンが立っていた。それでも、ギャラガーは銃を抜いて駆け出した。

「どうした？」部屋に飛び込むなり、彼は尋ねた。

セーラはテーブルを指さした。「さっきは気づかなかったけど、父の私物が入った箱が消えているの。あのテーブルに置いてあったのに」

「ほかの場所に移したってことはないんだね？」

「ないわ」セーラは答え、崩れるようにベッドに腰を下ろした。「ささやかな形見の品だったのに。なぜあんなものを盗んだりするの？」

「たぶん、君が思っていた以上に重要なものが入っていたんだろう」

「捜査に役立ちそうなものはあのカレンダーだけだと思うけど。あなたがコピーを取っておいてくれてよかった」

ギャラガーは眉をひそめた。「そのことを知ってる人間はどれくらいいるんだ？」

セーラは肩をすくめた。「私は誰にも話してないわ。だから、知っているのは私とトニーとあなた、それと保安官事務所の人たちだけ。ああ……あとモーリー・オーヴァストリートね」

「モーリー・オーヴァストリート?」

「トニーが今度の事件の調査を依頼した私立探偵よ」

「ああ、なるほど。じゃあ、とりあえずほかの連中にはこのことを言わないように」

セーラはうなずいた。そして、靴のことを思い出した。「私の靴が見つからないんだけど」

ギャラガーは部屋全体を見回し、クローゼットを指さした。

「あの中は捜した?」

セーラは顔をしかめた。「ばかばかしいと思われそうだけど、私はクローゼットに靴を置かない主義なの。少なくとも日常的に履く靴は」

ギャラガーはクローゼットに歩み寄り、扉を開けた。「捜していたのはこれかな?」そう言いつつ、黒いローファーを指さした。

セーラの背筋に悪寒が走った。「そうだけど、私がそこに置いたんじゃないわ」

「トニーが置いたのかも」

「彼を捜しに部屋を出た時は、椅子のそばにあったもの」

「間違いないんだね？」

「間違いないわ。明かりをつけて、ローブを捜した時にはっきりと見たから」

ギャラガーはしかめ面になり、改めてローファーに目を向けた。「つまり、侵入者がここに靴を置いたと？」

セーラは体の震えを止められなかった。あの男が私の持ち物を勝手に動かした。プライバシーに土足で侵入された気分だわ。

「私以外にこの部屋に入ったのはあいつだけよ」

ギャラガーはすぐさまドアへ走り、階下に向かって怒鳴った。

「エヴァンス！　証拠品の袋を持ってこい！　でかいやつだぞ！」

およそ一分後、駆け足でやってきた保安官助手がギャラガーに大きなビニール袋を手渡した。ギャラガーは床にひざまずき、ボールペンの先端にローファーを引っかけて、ビニール袋へ移した。

「予備の靴があればいいんだが」

セーラは肩をすくめた。「あとはテニスシューズとスリッパだけね」

「私は前者を薦めるね。取ってやろうか？」ギャラガーはクローゼットの中に置いてあった青いライン入りのテニスシューズを指さした。

「お願い」セーラは答え、渡されたテニスシューズに素早く足を突っ込むと、コートとバッグを手に立ち上がった。「じゃあ、トニーのところへ連れていってくれる?」

「よし、出発だ」

ギャラガーの車がポートランド市内に入るころには、地平線のあたりが白みはじめていた。静かなドライブだった。途中、セーラが口を開いたのは二度だけで、二度目は今日到着するおばが無事にトニーの別荘にたどり着けるよう計らってほしいと頼むためだった。ギャラガーは必ずそうすると約束した。セーラのためならなんでもするつもりでいた。しかし、セーラは彼に保安官としての役割しか望んでいないようだった。この数日の間に、彼は隣に座る女に関して一つ悟ったことがあった。彼女とのロマンスを夢見てもしかたがない。現実には起こりえないことなのだから。

今彼が最も望んでいること——そして、必要としていること——は事件の解決だった。彼はホイットマン一家の崩壊に責任を感じていた。この後悔は一生背負っていくことになるだろう。だからこそ、彼は二十年前の事件を解決したかった。昔、一家の名前を汚すことにかかわったように、一家の汚名をすすぐことにかかわりたかった。

「病院に武装した見張りを立てよう」ギャラガーは言った。「トニーがまた狙われないとも限らないからな。君にも一人貼(は)りつける」

セーラの瞳に苦悩の色があふれた。「こんなことがいつまで続くの?」

「もう少しの辛抱だ。私が約束する」

　ギャラガーは大きな総合病院の駐車場に車を乗り入れた。セーラは肩を落としつつも、かろうじて小さな笑みを浮かべた。

「それまで生き延びることができたらいいんだけど」

「君はこの二十年間をたくましく生き延びてきた」ギャラガーは言った。「そのことを忘れなければ大丈夫だ」

　トニーの病室に向かう間、セーラは保安官の言葉について考えつづけた。ギャラガーは病棟の看護師長や見張りに立っていた警察官とかけ合い、セーラの面会を認めさせた。しかし、自分は病室の戸口で足を止め、必要な時は呼んでほしいと告げた。

　セーラは衝動的に彼を抱擁した。

　首に両腕を巻きつけられ、ギャラガーは一瞬たじろいだ。子供をあやすようにセーラの背中を軽くたたくと、早足でその場を離れた。急いで片づけるべきことが山ほどあったからだ。

15

セーラはトニーのかたわらに駆け寄った。トニーは眠っているのだろうか？　それとも、意識が戻らないのか？　彼女にはわからなかった。だが、トニーの心臓につながれたモニターには、安定した波形が映っていた。だから、彼女はなんとか肩の力を抜こうとした。右目の上に貼られた白い絆創膏を別にすれば、トニーはただ眠っているように見えた。

　セーラはベッドに身を乗り出し、トニーの頬に唇で触れてみた。温かく、しなやかな肌だった。彼女はベッドの脇に椅子を引き寄せ、そこに座って、トニーの顔を見つめた。トニーの指に自分の指を絡ませ、ベッドの端に頭をあずけて、まぶたを閉じた。恐ろしい記憶を何度も反芻するうちに、彼女はいつしか眠ってしまった。

　目を開けたとたん、トニーはたじろいだ。なぜ動くと痛いんだろう？　彼は低いうなり声とともに頭に手をやった。そして、自分の腕に刺してある点滴の針に気づいた。

「なんで――」不意に彼は思い出した。セーラ。ちくしょう。もし彼女の身に何かあったら……。

「トニー、ダーリン、動かないで」

セーラの声——命令口調の愛らしい声——が耳元で聞こえた。彼の胸は神への感謝の気持ちでいっぱいになった。

「セーラ？」

セーラは彼の頬を両手で包み込んだ。点滴の針が抜けないように、彼の腕をベッドの上へ戻した。

「ええ、ここにいるわ」

「あいつが家の中にいたんだ」

「知っているわ、スウィートハート。お願いだから動かないで。今は安静にしてなきゃだめよ。その話は後にしましょう」

でも、俺は今その話がしたいんだ。

「今、何時？」

「あと少しで正午になるわ」

「まだ今日なのか？」

「正確にはそうね。事件が起きたのは真夜中過ぎだったから」

「一階で物音が聞こえたんだよ。最初はダンだと思った。彼が最初の不寝番だったから。

でも、姿が見えないんで、彼らの部屋をのぞいてみた。ダンは床に倒れていた。ファーリーはベッドの上だった。彼らの具合を確かめようと手を伸ばした時に、背後から襲われたんだ。気配を感じて振り返った時は手遅れさ。結局、見えたのは黒いズボンと黒い靴だけだった」

「ギャラガー保安官が救急隊員から聞いた話だと、ダンとファーリーは薬を盛られた可能性が高いんですって。いつ盛られたのか、私、ずっと考えていたのよ。でも、ようやくわかった気がするわ」

「でも、どうやって？　彼らはずっと俺たちと一緒にいたんだぞ」

「そこなのよ」セーラは言った。「だから、モイラの食事会で盛られたんだと思うの」

「あの家にいた誰かが連中に薬を盛ったっていうのか？」

「ほかに考えられる？　彼らはコーヒーの入った魔法瓶を持っていたでしょう。モイラに中へ案内された時、私、見たのよ。ファーリーが魔法瓶を玄関ロビーのテーブルに置くのを」

「そのこと、ロンには話したのか？」

セーラはうなずいた。「ポートランドへ来る途中で話したわ。問題は誰がそんな真似(まね)をしたかってことよね。あれだけ長い時間あそこにいたわけだから、チャンスは招待客全員にあったわ。みんな、家の中をあちこち動いていたでしょう？　モイラが亡くなったご主人の絵を見せると言うから、書斎にも案内されたし、食後のブランデーを飲むためにリビングへ戻ったりもしたし。ダンとファーリーに話しかけている人もいたわね。みんな、彼らのことを気にしているみたいだった」

「でも、それだけじゃ客の中に犯人がいるとは決められないな」

「そうね。私たち全員が家の奥にいる間に、誰かが中へ忍び込んで、薬を盛った可能性もあるわ」

「くそ」トニーは悪態をついた。「これで容疑者が絞り込めたと思ったのに」

「私はあなたに迷惑をかけてばかりね。だから、父の遺体を引き取ったら、すぐにニューオーリンズへ戻ろうと思うの」

トニーは彼女の手をつかんだ。「だめだ、セーラ。そうなったら、俺はどうやって君の安全を確かめればいいんだ？」

「わからないわ。まあ、なんとかなるんじゃない？　でも、私がマーメットを離れれば、あなたに害が及ぶ心配はなくなる。少なくとも、それだけは確かよ」セーラの声がかすれた。「クローゼットであなたを見つけた時は……私――」

トニーは低くうなり、彼女を引き寄せた。

「頼む、ベイビー。泣かないでくれ。俺は危険を承知で自らマーメットに来たんだ。今回は注意が足りなかった。それだけのことだよ」

「あなたがここまでする義理はないわ」セーラは反論した。「わからないの？　あなたが言う父への恩返しはとっくにすんでいるのよ。お願い、トニー。あなたのために、私が正気を保つために、ここは私の意見を通させて」

トニーは憤然として顎を突き出した。「いやだ」

セーラはため息をついた。「あなた、頭がどうかしているわ」

「君に夢中なだけさ」

「シルク……ほんとに口がうまいのね」

「俺の本心だよ、ベイビー。俺は君をあきらめられない。だから、この話はもうおしまいにしてくれ」

二人は互いを見つめ合った。ついにセーラは根負けしてうなだれた。

「別荘に戻りたいな」トニーは言った。

セーラは苦笑を浮かべた。

「何がおかしいんだ？」

「さっき医者がここに来てね。私、彼に言ったのよ。あなたはきっとそう言い出すって」

トニーはにやりと笑った。その笑みにいつもの力強さはなかったが、気の強さは相変わらずだった。

「だったら、何をぐずぐずしてたんだ？」

「あなたのせいよ。あなたが目を覚まさないから」

「もう目は覚めたぞ。その医者を呼んできてくれ。俺はここから出たいんだ」

「待っていれば、そのうち――」

「君が行かないなら、俺が行く。俺はどこも悪くない。頭にこぶができてるだけさ」

「まったく、もう」セーラはぶつぶつぼやいた。「おとなしく待ってるのよ。いいわね？」

ドアへ向かう彼女を見て、トニーは気が変わった。自分の目の届かない場所に彼女を行かせたくなかった。

「待って！」

「今度は何？」セーラは問い返した。

「一人で病院内をうろついちゃだめだ。あの野郎が君の後を追って、ここに来てるかもしれない」

「その点はご心配なく。保安官が病室の外に見張りをつけてくれたの。あと、私を警護する人もね」

トニーは少しだけ肩の力を抜いた。「それならいいが、早く戻ってこいよ」

セーラは腰に両手を当て、怒りのポーズを取った。

「私は医者を呼んできたらいいの？　それとも、ここにいたほうがいいの？　言っとくけど、早く戻るなんて約束はできないわよ。医者の居場所がわからないんだから」

トニーはにんまり笑った。「怒った時の君が好きだな」

セーラは微笑を返した。「あら……本気で怒った時の私はまだ見せていないわよ」

トニーは目を丸くした。「俺、その時の君を好きになるかな?」

「それは、あなたがどれだけの流血に耐えられるかによるわね」

頭を抱えて笑うトニーを残して、セーラは病室をあとにした。


病院から別荘までの長い道のりを車で戻るのは、今のトニーには負担が重すぎた。救急車で搬送する案も出たが、それは本人が拒絶した。仕切り屋の彼が選択したのは、ヘリコプターをチャーターすることだった。セーラはこの乗り物になじめなかった。ヘリコプターがフラッグスタッフ湖の上空を旋回しはじめても、まだ気分の悪い状態が続いていた。トニーは別荘の裏手に広いスペースがあると請け合った。しかし、その土地が傾斜していたため、操縦士は別荘の正面に着陸することに決めた。突然の予定変更は電話で伝えられ、別荘から飛び出してきた男たちが車を移動させた。その光景をセーラは空から眺めていた。警察のパトカーが二台。警備班のバンが二台。ダンとファーリーが乗ってきた車が一台。もう一台は誰の車かしら?　武装した男が家から現れ、その一台を動かした。そうだわ。今日はおばさんが到着するんだった。あれはおばさんの車じゃないかしら?

気の毒なダンとファーリーは、薬の効果が切れると同時に元気を取り戻した。しかし、事件の真相を突き止めるうえではなんの役にも立たなかった。彼らに盛られた薬には、記憶を欠落させる効果もあったのだろう。かろうじて残っていた記憶も、ヘリコプターの旅で完全に消し飛んだ。ヘリコプターには乗り物酔い用の袋が一枚だけ用意されていたが、ダンがそれを使ってしまったため、ファーリーは自分の帽子を使わざるをえなかった。彼らの悲惨な旅の思い出は、川の上空に差しかかった時に投下された。遠ざかっていく思い出を、セーラはにやにや笑いながら見送った。うっかりそれを拾ってしまう釣り人がいないことを願わずにはいられなかった。

およそ一分後、別荘の前に止められていた車の移動が完了した。操縦士はトニーにうなずきかけ、着陸態勢に入った。後部座席にいたダンがげっぷをし、ファーリーがうっとうめいたが、トニーが一瞥（いちべつ）すると、どちらも静かになった。

ほどなくヘリコプターが着陸した。扉が開くやいなや、木の陰や家の中に待機していたガードマンたちがばらばらと飛び出してきた。まるで合衆国の大統領を出迎えるみたい。セーラは呆気（あっけ）に取られ、くすくす笑いそうになった。本当にこれだけの警備が必要なのかしら？　でも、トニーが力になってくれなかったら、私はとっくに死んでいたのよね。

「待った」トニーはヘリコプターを降りようとした彼女を制止し、しばらく機内に留（とど）まるよう身振りで伝えた。

セーラは改めて座席に着いた。回転するローターが風を巻き起こし、あおられた髪が鞭（むち）

のように顔や目に襲いかかる。このままだと失明するんじゃないかしら、と彼女は思った。ようやく降りるのを許されたのは、武装した六、七人の男たちが目の前に立ってからだった。セーラは降りると同時に彼らに取り囲まれた。トニーの姿を捜す暇もなく、両脇に立った男たちに抱え上げられた。男たちはいきなり駆け出した。約百メートルの距離を走り抜け、玄関に着いたところで彼女を下ろした。度肝を抜かれたセーラは、もごもごと感謝の言葉をつぶやくことしかできなかった。男たちはそんな彼女を家の中へ押し込み、玄関のドアを閉めた。

セーラはすぐに振り返り、トニーを捜した。体を休めなければならないのはトニーのほうなのだ。だが、彼の姿はどこにも見当たらなかった。玄関へ引き返そうとしたセーラは名前を呼ばれて振り向いた。

「華々しい登場だね、ベイビー・ガール」ロレット・ブードローが気取った口調で言った。

「ロレットおばさん！　来てくれたのね」

セーラはおばの腕の中へ飛び込んだ。これで私は安全だわ。もう何も怖くない。無言で抱擁を交わすうちに、彼女はおばの末娘のことを思い出した。

「ミシェルは……彼女の具合はどうなの？」

風で乱れたセーラの髪を両手でなでつけながら、ロレットは微笑した。

「大丈夫。元気だよ。あの子のことは心配しなさんな。フランソワがついてるからね。もうママは必要ないのさ」

「私にはおばさんが必要だわ」セーラの瞳から涙があふれた。「ああ、ロレットおばさん。とんでもないことが起きたの」

「知ってるよ、ベイビー。こっちに来る前からだいたいはわかってた。残りは保安官が話してくれた」

「私、もうどうしていいのかわからない。トニーが危険な目に遭ったのは、私がこの家にいるせいなのよ」

「それは本人が選択したんだよ。彼は決めたことはやり通す男のようだね」

その時、玄関のドアが開き、トニーが入ってきた。彼はセーラのかたわらの女性を一目見るなり、ロレットおばさんが到着したことを知った。この人は俺を観察している。俺を見通そうとしている。セーラが言ってた不思議な力は本物だったわけか。彼は微笑した。

ロレットは鼻孔をかすかに膨らませ、愛する娘の心を盗んだ男を値踏みした。本人たちが気づいているかどうかは知らないが、彼女にはそれがわかっていた。体にフィットした服は明らかに高級品だね。オリーブ色の肌も、ふさふさの黒い髪も、黒っぽい瞳もまずまずだ。体はたくましいが引き締まってる。脚は長くて筋肉質。おでこの白い絆創膏は勇気の証（あかし）だ。あたしのベイビーを守るために怪我（けが）したんだから。

「こっちにおいで」ロレットはさらりと言った。

トニーは自分でも気づかないうちにその命令に従っていた。ロレットの前に立つと、彼は手を差し出した。

「俺の別荘へようこそ、ミズ・ブードロー」

「ロレットでいいよ」ロレットは優しくつぶやき、彼を抱擁した。

トニーは突然のことに驚いたが、同時に嬉しくも思った。ミス・ホイットマンにはまだ結婚の意思を伝えていないが、未来の義母を味方につけて損はない。そこに彼をさらに驚かせる事態が起こった。ロレットが彼の額に手を当てて、目をつぶったのだ。

額が熱くなるのを感じ、トニーはうろたえて身を引こうとした。ロレットは彼の腕をつかんで動きを封じた。

「大丈夫よ」セーラが言った。「私を信じて」

トニーはその場にじっと立っていた。しばらくすると、ロレットは手を離して後ずさった。

「あんたはあたしのベイビー・ガールを守って怪我をした。お礼を言わせてもらうよ」

トニーは照れ臭い気分でうなずき、あせって話題を変えた。

「部屋はもう見つけましたか？　セーラの部屋の隣なんですが」

ロレットはセーラを見つめ、続いてトニーを見やった。彼女の唇が歪んだが、ほほえんだわけではなかった。

「あたしは一階の部屋を選ばせてもらったよ。それでも充分近いからね」

セーラの頬が火照った。まったく。秘密も何もあったものじゃないわ。おばさんは私とトニーの関係を見抜いている。こういう時はどんな顔をすればいいの？

トニーはにんまり笑い、今度は自分からロレットを抱擁した。

「思っていたとおり、あなたはいい人だ」そう言うと、彼はロレットの頬に音をたててキスをした。

ロレットは笑い声でその場の緊張感を吹き飛ばし、セーラに向き直った。

「この男……なかなかのもんだね、セーラ・ジェーン。彼を逃がしちゃいけないよ」

セーラは返事に困った。私は〝はい〟と答えるべきなの？　それとも、おばさんを黙らせるべきなの？　結局、彼女はトニーに注意する道を選んだ。

「あなたはベッドに入るべきだわ」セーラはそっけなく言った。

トニーの顔に悪戯(いたずら)っぽい笑みが広がった。「やれやれ、セーラ、せめて暗くなるまで待てないのか？」

セーラは目を丸くし、あんぐりと口を開けた。「アンソニー・デマルコ！　あなたは恥ってものを知らないの？」

「知らないね」

ロレットは低い声で笑い、セーラを腕の中へ抱き寄せた。

「自然なことなんだから、恥ずかしがるほうがおかしいよ。ようやく巡ってきた春じゃないか。あんたも幸せにならなきゃね」

「ああ、もう」セーラはぶつぶつ言った。「公衆の面前で猥談をしている気分だわ」

「もし彼女が肝心の部分を秘密にするようなら、俺が代わってお話ししますよ」トニーは申し出た。

ロレットは頭をのけ反らせて爆笑した。

「この男なら、あたしら家族にもすんなりとけ込めるだろう。このままにしといておやり、セーラ・ジェーン。それだってあんたが彼に惚れた理由の一つなんだから」ロレットはそこで気持ちを切り替え、当面の問題に話を戻した。「今台所で料理を作ってるところさ。おなかが減ってるなら、ついておいで」そう言うと、彼女は堂々とした態度で奥へ進んでいった。

「あれだけ強烈かつ魅力的で興味をそそられる女性にはひさしく会ったことがないね――もちろん、君を別にすればだが」トニーはつぶやいた。

セーラは笑って、肩をすくめた。「よけいな気遣いはけっこうよ。実際、あなたの言うとおりだもの。おばさんは独自の王国の支配者なの。おばさんが味方であることを感謝するほかないわ」

トニーは考える表情でうなずいた。「確かに敵に回すと怖そうだ」

セーラは彼の手を取った。「おなかは空いてる？」

「いいや、まだ。とりあえず少し横になろうかな。といってても頭はもう痛くないんだが」

「でしょうね。おばさんが手を当てたから」

トニーは怪訝そうな顔つきになった。「おばさんが手を――」彼は途中で言いやめ、額の絆創膏に触れた。「まさか、おばさんが傷を治したっていうのか？　触っただけで？」

「あなた、もう痛くないって言ったでしょう。それで答えになっていると思うけど。さあ、ベッドに入って」セーラは促した。

「君も来てくれるなら」

「じゃあ、一分だけ。あなたを寝かしつけるためにね」

トニーはにやりと笑った。「寝かしつけるだけ？」

「そうよ。寝かしつけるだけ。おとなしく言うことを聞いて。でないと、ダンとブラッドストリートにあなたをベッドに押し込んでもらうわよ」

「ダンとファーリーだよ」トニーは訂正した。

「なんでもいいから、早く！」セーラは階段を指さした。

トニーが階段を下りてきたのは午後二時を過ぎたころだった。彼は暗紅色のスウェットの上下に着替え、靴の代わりにウールの厚手の靴下をはいていた。シャワーを浴びたばかりらしく、手櫛で整えたと思われる髪はまだ濡れていた。額の絆創膏がはがされ、傷口が空気にさらされていたが、小さなこぶと青痣と四針縫った跡を除けば、彼はいたって元気そうに見えた。

「完全復活だ」キッチンに入ってくるなり、トニーは宣言した。「このいい匂いの正体は何かな？」

　料理の本をめくっていたセーラは、テーブルから視線を上げた。

「スープよ。よそってあげましょうか？」

「ああ、頼むよ」トニーは彼女の後についてレンジの前まで行き、彼女がスープを皿によそうのを眺めた。

「おいおい。それ、なんのスープだ？」

「ロレットおばさんの万能薬スープ」

「万能薬スープ？」

「家族の誰かが病気になったり、落ち込んだりすると、おばさんは決まってこれを作るのよ」

　トニーは皿をテーブルへ運び、一口味見した。そして、感動の面持ちで天井を見上げた。

「こいつはたまげた……このスープ一つで大金持ちになれるぞ。なんとかしてレシピを聞き出せないのか？」

「レシピなら知っているわ」セーラは答えた。「うちのレストランでもたまにメニューに載せているのよ」

「商売上手だな」トニーはセーラが目の前に置いてくれたフランスパンにバターを塗った。「君はもう食べたのか？」

「ええ。二時間くらい前に。私のことは気にしないで。ただここに座って、あなたを眺めていたいだけなの」

トニーは嬉々としてスープを口へ運び、それを飲み下してから理由を尋ねた。

「ゆうべはあなたを失ったと思ったわ」

彼はスプーンを置き、セーラの手を握ろうとした。

「待って。これだけは言わせて。ポートランドへ向かう間、私が何を考えていたかわかる？」トニーは首を横に振った。「もっと早くあなたに本当のことを打ち明けるべきだったって」

「本当のことってなんだ、セーラ・ジェーン？」

「自分でも理屈に合わないとは思うの。だって……私たち、知り合ってまだ一週間そこそこだし」

「それは違う」トニーは否定した。「俺はずっと昔から君のことを知っている」

セーラは微笑した。「そうね。でも、それは大人としてじゃないわ。私の言う意味、わかるでしょう?」

トニーは肩をすくめた。「歴史には大きな力があるんだよ、ハニー・ガール。俺たちの間には長い歴史がある。俺たちが知り合った時、俺は貧乏な若造だった。それでも君は俺を嫌わなかった」

セーラははにかんだ笑みを浮かべた。「嫌うどころか、当時の私はあなたに夢中だったわ。知ってるくせに」

トニーはにっこり笑った。「ほらね！　君は俺にお熱だった。俺たちはその事実を再確認しただけさ」

セーラは笑った。「十歳の子供がお熱の意味を知っていたかどうか怪しいものだけど。でも、あなたが芝を刈りに来た時、私がよく茂みの陰に隠れたのは事実よ。あなたが汗をかいてシャツを脱ぐまで、じっと息を潜めて待っていたの」

トニーはにんまり笑ってウィンクした。「だから言っただろう……お熱だって」

「いいわよ。認めるわ。だから、最後まで言わせて」

彼はうなずき、またスープを飲んだ。

「あなたは私の命を救ってくれただけじゃない。この短い間に、私にもう一度愛を信じさせてくれたわ。愛なんて二度と信じられないと思っていたのに」

「簡単なことさ、ベイビー。君が愛さずにいられない人だからだよ」

「そうなの、シルク？　本当にそう思う？」

トニーは食べるのをやめた。テーブルに身を乗り出し、素早く彼女にキスをした。

「俺に一つ約束してくれないか」

「なんでも約束するわ」

トニーの瞳が翳(かげ)った。彼はセーラの顔を食い入るように見つめた。「うかつなことを言うと後悔するぞ。俺が君の望まない約束を求めたらどうする？」

「そんなこと、ありえないわ」

「ニューオーリンズを離れる気はある？」

「どういう意味なの？」

「ほかの場所に住んでもいいと思う？」

「それは誰とどこに住むかによるわね」

トニーはまた彼女にキスをした。今度はより優しく、より長く。

「今の言葉、忘れないでくれよ」彼はささやいた。セーラの顎を持ち上げ、二人の視線を合わせた。「約束の件だが」

セーラは待った。

「二度と俺を、君自身を疑わないと約束してほしい」

セーラはほっと息を吐いた。「それなら約束できるわ。さあ、スープを飲んで。後で悔やみかねないことを言い出す前に」

「それこそありえないね」

トニーが食事を終えるまで、セーラはずっと考えつづけた。もしこの問題が片づいたなら。もし命の心配をせずに、二人の関係に気持ちを集中することができたなら。もし。仮定の話ばかりね。そういえば、おばさんがよく言っていたわ。

仮定の話ばかりじゃ物事は先に進まないって。私たち、その段階はもう過ぎたのかもしれない。

トニーが皿を流しへ運んでいた時、玄関のチャイムが鳴った。セーラはいったん動きかけたが、そこで自分は応対を禁じられていたことを思い出した。しばらくすると、ロレットがしかめ面でキッチンに入ってきた。

「玄関に女が来てるよ。あんたのいい人に用があるってさ」

「誰なんです？」トニーが尋ねた。

「名前は訊かなかったね」

「どうして？」今度はセーラが質問した。

「あの女の心に悪魔がいたからさ」吐き捨てるように言うと、ロレットはキッチンから出ていった。

16

トニーが廊下へ出ていった時、ローラ・ヒリヤードは玄関ロビーで武装したガードマンの一人に引き止められていた。彼女はトニーの額の傷口に気づき、両手を掲げて駆け寄ろうとした。

「トニー！　その傷！　噂は本当だったのね」

ガードマンが彼女の前に回り込み、行く手を遮った。

「大丈夫」トニーは言った。「彼女を通してやれ」

ローラは憤然とガードマンを押しのけ、トニーの腕の中へ飛び込んだ。彼女が傷の心配をして泣きわめいていた時、セーラが遅れてやってきた。

ローラはトニーの肩ごしに視線を投げた。その表情がセーラを面食らわせた。そこには怒りと憎しみが満ちあふれていたからだ。

「全部あなたのせいよ！」ローラは叫んだ。「あなたがトニーを巻き込んだから――」

トニーは即座にローラの肩をつかみ、後ろへ押しやった。

「言葉には気をつけてほしいね」彼はやんわりと言った。「君は古い友人だが、俺（おれ）の問題に口出しする権利はない。セーラは俺の問題なんだ」

ローラの瞳が怒りでぎらついた。「何よ、そんな女。ただのつまらない女じゃない。私にはお金があるわ。一生かけても使い切れないほどのお金が。昔、二人でよく話したじゃないの。お金が手に入ったら――」

「俺はがきだったんだ、ローラ。俺はまだ十五だった。でも、君はそうじゃなかった」

完璧（かんぺき）に化粧を施されたローラの頬に赤い色が浮かび上がった。

「だから、なんなのさ？　あんたはいつだって本当の年より大人だった。あたしがあんたを男にしてあげたんじゃないの。あんた、あたしを愛してたじゃないの」

この場から消えてしまいたい、とセーラは思った。でも、今この場を離れたら、逃げたと思われるわ。もう逃げるのはいや。

「俺が愛したのは愛し合うことだ」トニーは言った。「でも、当時の俺にはその言葉の意味がわかっていなかった」

ローラは冷笑を浮かべ、セーラに視線を転じた。その顔は一気に老けたように見えた。

「今のあんたにはその意味がわかってるってわけ？」

トニーはセーラの前に立った。ローラの敵意に満ちた言動からセーラを守ろうとした。

「ああ、そうだ。それに、君の態度が限度を超えていることもわかってる。そろそろ帰ったほうが身のためだと思うが」

ローラはつんと顎を上げ、微笑を浮かべた。悪意のある醜い微笑を。彼女はトニーを見返し、数歩横に移動して、セーラに視線を据えた。

「かわいそうにねえ」ローラは思わせぶりに言った。「今に――」

「そこまでにおし」

三人は同時に振り返り、ロレットにすべて聞かれていたことに気づいた。

ローラは近づいてくるロレットをにらみつけた。だが、相手を見上げなければならない状態では、あまり効果は期待できなかった。

「あたしのベイビーを脅すんじゃないよ」ロレットは言い渡した。「あんたの心にある醜いものを声に出す前に、とっととうちへお帰り」

ローラは思わず後ずさった。

「あたしに指図しないでちょうだい」

「あんたは男たちに体を売って、金を稼いできた。老けて体で稼げなくなると、今度は悪魔に魂を売り渡した」

ローラの顔からさっと血の気が引いた。彼女は逃げ出したかったが、ショックで体が動かなかった。

「嘘(うそ)を言うんじゃないわよ」ローラはなんとか反撃した。「あんたが何を知ってるっていうの？」

「赤ん坊」ロレットはつぶやいた。「あんたは赤ん坊を売った」

ローラは息をのんだ。あのことは誰も知らないはずなのに。

「あんたは魔女だわ」彼女は叫んだ。

トニーは驚きに言葉を失っていた。だが、ローラの怯（おび）えた表情を見れば、それが真実であることは明らかだった。

「さっさとお帰り」ロレットは促した。「あたしのセーラの名前を口にするんじゃないよ。セーラの顔を思い浮かべるのも許さない。もしやったら、あたしにはちゃんとわかるんだ。そしたら、あんたは死ぬほど後悔することになるからね」

ローラはひっと悲鳴を漏らした。彼女の口から出てきた言葉はそれだけだった。彼女はあたふたとバッグをつかみ、逃げるように出ていった。

「驚いたな！」トニーは呆然（ぼうぜん）としてロレットを見つめた。「どうしてわかったんです？」

「あの女の心を見たからだよ」ロレットは答えた。

「まさか彼女の考えが読めるなんてことは……あるんですか？」

ロレットは微笑した。「本人は気づいてないみたいだけどね」

「とにかく」セーラが口を開いた。「これで彼女は容疑者のリストから外れたわけね」

「どういう意味だ？」

「彼女のお金は銀行から盗んだものじゃなかった。あとは自分で考えて」

「ああ。なるほど」

「また誰か来るよ」ロレットは言った。

トニーは再びロレットに目を向けた。彼女が口から炎を吐くのを半ば期待するような気分だった。

「なんでわかるんです？」

ロレットは窓を指さした。「車が見えたのさ」

セーラは噴き出し、トニーは照れ臭そうに笑った。

「ね？　私の気持ちがわかったでしょう？」セーラは言った。「子供のころは苦労したのよ。おばさんときたら、本気なのか、冗談なのか、さっぱりわからないんだもの」

ほどなくモーリー・オーヴァストリートが玄関から入ってきた。ロレットを一目見るなり、私立探偵はにやにや笑い出した。

「おい、シルク……あんた、女の趣味がどんどんよくなってるな。今度の彼女も料理がうまいのか？」

「やめとけ」トニーは小声で制止した。「相手が悪すぎる」

「お初にお目にかかります」モーリーはロレットに手を差し出した。「モーリー・オーヴァストリートと申します。以後、お見知りおきを」

驚いたことに、ロレットはその手を握ったばかりか、にっこりと笑い返しさえした。

「あたしはロレット・ブードローさ」

彼女の口調は家臣に声をかける女王のように尊大だったが、モーリーは顔色一つ変えなかった。それどころか、興味津々の様子で目を細め、彼女の均整の取れた顔立ちや長く優雅な首、毅然とした物腰を観察した。翡翠色のセーターに黒いシルクのパンツ。そのパンツに覆われた脚はとてつもなく長い。癖の強い髪は自然に肩へと垂らし、象牙の櫛二本が飾りとして使われていた。

「ニューオーリンズ経由のバンツー族か」モーリーはつぶやいた。

セーラはおばが言葉につまるのを初めて見た。やがて、ロレットはうなずいた。

「そう……あたしの祖先はバンツー族だ。どうしてわかったんだい？」

「若いころ、一、二度アフリカに行ったことがあってね。あんたは俺が向こうで知り合った女性によく似てるんだ。彼女は部族の実力者だった。ニューオーリンズの部分は……その声でわかるよ」

「ちゃんと食べてるかい、おちびさん？」ロレットは問いかけた。

モーリーはうれし涙を我慢した。「いや、最近はあまり」彼は答え、トニーに目をやった。「彼女が何を食わせてくれるか知らないが、食いながら話していいか？」

セーラはにやりと笑った。「移り気な人ね。私に夢中なのかと思ったら」

トニーはあきれ顔でモーリーを見やり、先に立ってキッチンへ向かった。

モーリーがしゃべりはじめたのは、スープをお代わりした後だった。

「ミス・ホイットマン、あんたが言ったとおりだったよ。あんたの親父さんは律儀にロッジの集会に通ってた。金と一緒に姿を消すまでは、誰からも一目置かれていたそうだ。おっと……俺に当たらないでくれよ。親父さんと金が同時に消えたのは事実なんだから」

「それで、あなたはどうするつもりなの？　カレンダーのメモには何か意味があるはずでしょう？」

モーリーは皿を傾けた。残っていたスープをスプーンに集め、口へ流し込んだ。ロレットはにっこり笑った。自分の料理を楽しむ人間を眺めることが、彼女の最大の喜びだった。

「誰も調査が終わったとは言ってない。むしろ、ここからが勝負でね」モーリーは言った。

「俺はちゃんと動いてるんだ。このモーリーを見くびってもらっちゃ困るぜ」

続いて、彼は前かがみになり、ポケットからメモ帳を取り出した。

「あんたのお袋さんについて聞かせてくれないか？　たとえば……彼女はどっかのクラブに入ってなかったか？　定期的にやってたことはないか？」

セーラは眉をひそめた。そう言われても、もう二十年も前のことだし。それに私、当時のことは忘れようとずっと努力してきたんだもの。

「あまり覚えていないんだけど……母が所属していたのは図書館の友の会とガーデン・クラブよ。夏休みの間は、私もときどきガーデン・クラブに連れていってもらったわ」

「ほかに覚えてることは?」モーリーは質問をたたみかけた。「お袋さんには特別な友達はいなかったか?」

「それ、同性の友達のこと?」

「同性、異性、どっちでも」

セーラの目つきが険しくなった。「母が父を裏切っていたっていうの? だったら、自分で——」

「それはないね」ロレットがあっさり否定した。

モーリーは視線を上げた。「あんた、当時こっちに住んでたのか?」

「いいや」

「じゃあ、どこに住んでた?」

「ニューオーリンズ」

「それなのに、セーラのお袋さんが真面目(まじめ)にやってたとわかるのか?」

「わかるのさ」

しばしロレットを見つめてから、モーリーはうなずいた。「いいだろう」

「なぜ私の言葉は疑うのに、おばさんの言葉は信じるの?」セーラは尋ねた。

モーリーはセーラに視線を投げた。くだらない質問をした愚かな子供を見るような目つきだった。それでも彼は答えた。

「俺がアフリカで知り合ったバンツー族の女性な……彼女も千里眼だったのさ」

「ああ」

「次の質問は？」トニーは先を促した。自分以外の全員が超能力やブードゥー教の呪術を信じているという現実は、そう簡単に受け入れられるものではなかった。

「なんとか思い出してほしいんだが」モーリーはセーラに質問を振った。「お袋さんが家の外で定期的にやってたことはなかったか？」

闇に光が差したように、セーラの記憶がよみがえった。彼女は立ち上がり、身を乗り出した。興奮に声が弾んでいた。

「よく私の学校に来ていたわ。毎週水曜日。母は水曜日担当のヘルパーだったの。だから私、水曜日が大好きだった」

「ヘルパーってのは教師の手伝いみたいなもんか？」

「ええ。マーメットは小さな町でしょう。助手を雇う予算がなくて、それで保護者がボランティアで手伝っていたのよ」

「つまり、あんたのお袋さんは毎週水曜の午後には学校にいて、親父さんのほうは隔週水曜の夜にロッジの集会に出てたわけだ」

「ええ、体調や都合が悪い時は別だけど」

モーリーはうなずき、メモの〝ムース――午後一時〟と書かれた部分をつついた。

「あんたの親父さんは毎日午後一時前後には銀行にいたことがわかってる。当時、銀行に勤めてた同僚二人に確認したんでね。彼らの話じゃ、親父さんは昼休みにやってくる顧客に応対するために、自分は十一時から十二時に早めの昼食をとってたそうだ」

「だったら、どうだっていうんだ?」トニーが口を挟んだ。

「まあ、あせるなよ。そのうちわかるから」モーリーはいなした。「あんたが持ってる箱だが、あの中にほかにも役に立ちそうなもんがありゃしないかな?」

「もう手遅れだわ」セーラはつぶやいた。「箱はゆうべ盗まれてしまったの。トニーが襲われた時に」

モーリーはトニーの額の縫合跡をちらりと見やった。「そいつは災難だったな。俺はまた、彼女に鍋(なべ)で殴られたのかと思ってた。だから、見て見ぬふりをしてたのさ」

水を打ったような沈黙の後、全員がどっと笑った。

「私は暴力的な人間じゃないわ」セーラは言った。

モーリーは彼女を見つめ、かぶりを振った。「でも、その気になりゃ暴力も振るえる」そう言ってから、彼はつけ足した。「追いつめられた場合はな」

「そんな、私には無理よ」セーラは椅子の背にもたれた。呆気(あっけ)に取られるあまり、それ以上反論することができなかった。

トニーは私立探偵を送り出すために玄関へ向かった。その合間に、セーラは尋ねずにいられなかった。

「ロレットおばさん？」

「なんだい？」

「おばさんは私に暴力が振るえると思う？」

ロレットは立っていた流しから振り返ったが、すぐに答えようとはしなかった。

「ロレットおばさん？」

ロレットはため息をついた。「あたしの考えなんてどうだっていいだろう。それより、やるべきことをおやり」

セーラは立ち上がった。座ったまま、その先を聞くことが怖くなったからだ。

「私は知りたいのよ。お願いだから答えて」

ロレットはいったん目をそらしてから、改めてセーラの視線を受け止めた。「そうするしかないとなりゃ、あんたは人だって殺すよ」

セーラは殴られたようによろめいた。「訳がわからないわ」

「わからなくていいんだよ。要するに、あんたには愛を守る強さがあるってことさ。ほら、もうお行き。あたしは食事の支度があるんだから」

「私、トニーにエンジェルパイを作ってあげるって約束したの」

「この湿気じゃねえ。メレンゲが崩れちまうよ」

「そうね。おばさんの言うとおりかも」

「当たり前だろ」ロレットは言った。「そういうもんは来年の夏、湿気が少ない時に作ってやるんだね」

来年の夏？　ずいぶん先の話ね。つまり、おばさんは私とトニーが来年の夏も一緒にいると言っているの？　それとも、私をキッチンから追い出したいだけなの？

殺人者はホイットマンの箱の中身を調べていた。卓上カレンダーを除けば、つまらない小物や写真があるだけだった。殺人者はカレンダーのページをめくった。最初はなんとも思わなかった。例の書き込みを見つけるまでは。見つけた後も、なぜそんなものがホイットマンのカレンダーに書いてあるのか、すぐには理解できなかった。

殺人者は改めて書き込みを見つめた。今度は書かれている内容よりも筆跡に注目した。

「これは……」

手から滑り落ちたカレンダーが床に転がった。

これはホイットマンの筆跡ではない。

その瞬間、殺人者は悟った。もし誰かがそのことに気づけば、すべてはおしまいだと。

殺人者は暖炉の火をおこし、カレンダーのページを破って火にくべはじめた。カレンダーが完全に消えてなくなるまで、その作業を繰り返した。

翌朝、自宅に駆け戻ったタイニー・バートレットは、途中でバッグを放り出し、電話に向かって突進した。バッグの中には携帯電話があったが、これは他人に聞こえる場所で伝えるようなニュースではなかった。自分の部屋でゆったりと腰を下ろし、飲み物を片手に伝えたいニュースだった。

彼女は赤ワインをグラスに注ぎ、靴を蹴り捨てて、ソファに腰を据えた。アナベスの電話番号は短縮ダイヤルに登録してある。今日は土曜日なので、アナベスは自宅にいるはずだ。彼女は短縮番号を押した。それから、ワインを一口すすり、気持ちを落ち着かせるために深呼吸をした。

アナベスは二度目の呼び出し音で電話に出た。

「もしもし」

「アナベス、私よ、タイニーよ。すごいニュースを聞いちゃった」

「なんなの？」

「ローラ・ヒリヤードが町を出ていったって」

「嘘でしょう？」

「それが嘘じゃないの。郵便局でセルマが話してるのを聞いたのよ。ローラが郵便物を転送するための住所を伝えに来た時のことをね」

「でも、ローラはあの湖畔の家を買ったばかりだったのよ」

「知ってるわ。でもね、ニュースはそれだけじゃないの」

「さっさと言ってよ。私が老衰で死ぬ前に」アナベスは先を促した。

「トニー・デマルコの別荘に何者かが侵入したの。彼は救急車でポートランドの病院に運ばれたんだけど、次の日にはヘリコプターで戻ってきたんですって！　信じられる？　保安官事務所のヘンリー・テイラーが言ってたわ。別荘の前庭にヘリが着陸したって」

「あら、まあ」アナベスは息をのんだ。「ヘリコプターで」

「まだあるのよ。あの女が戻ってきたの。昔、セーラを連れてった女が」

アナベスは身震いした。「あのブードゥー教の呪（まじな）い師？」

「いやねえ！　私はそんなものは信じてないわ。あなたは？」

「信じてるわけじゃないけど、あの人の目がね。人を見透かすような目じゃない？」

「それはあなたがキャサリン・ホイットマンに意地悪したからでしょ」タイニーはそっけなく決めつけた。彼女は自分の言葉を否定されるのが大嫌いだった。

「彼女を秋祭りの実行委員会から外すと決めたのは私じゃないわ。私は言われたとおりにしただけよ」

「気にしたってしょうがないじゃない」タイニーはあっさりと一蹴した。「それより今日の予定は？　一緒にトニーの別荘に行かない？」

「勝手に押しかけたりしていいの？」

「別にいいじゃない。だって……彼は友人なのよ。その友人が怪我したんだから、お見舞いに行くのが当然でしょ。私、途中でパン屋に寄って、コーヒーケーキを買っていくわ」

「私はいいけど。ほかの人たちも誘う？」

「じゃあ、私はマーシャに電話するわ。あなたはモイラに電話して」

「わかったわ」アナベスは答えた。

「モイラの家で落ち合って、みんなそろったところで出かけましょう」

「時間は一時でいい？」

「私はオーケーよ」

それから一時間もたたないうちに、四人の女は計画を練り、小さな町を席巻しているゴシップの真相を確かめるべく口実を用意した。銀行口座を持つ人間を片っ端から捜査しているFBIと、トニー・デマルコが雇った私立探偵の間に挟まれ、マーメットは一触即発の事態に陥っていた。

見舞いを断られることを恐れた四人は、事前連絡なしで別荘へ乗り込んだ。髪型を整え、顔に笑みを貼りつけて、お見舞いの品を手に玄関へ向かおうとしたが、手前の階段で武装したガードマンに制止された。

「私たちはミスター・デマルコの友人なのよ」モイラは主張した。「私はその道の先に住んでいるご近所でもあるんだから」

「申し訳ないが、ここで待っててください」

ガードマンは中へ消え、ケーキを手にした女たちは仏頂面のまま階段に取り残された。しかし、不満をぶちまけるより早く、再びドアが開き、彼女たちはトニーに中へ案内された。

「急なことなんで驚いたよ」トニーは言った。

「先に電話すればよかったんだけど」モイラは弁解を始めた。「あなたが怪我をしたと聞いたら、もういても立ってもいられなくて。それで、こうしてお見舞いに駆けつけてしまったの」

「それはどうも。でも、手土産まで用意することはなかったのに。たいした怪我じゃないんだから」

「それを聞いて、ほっとしたわ」タイニーは叫び、彼の手にコーヒーケーキを押しつけた。

「シナモンとレーズン入りよ。私の大好物なの」

トニーは残る三人が抱えているプレゼントに目をやり、これは一気に片づけたほうがよさそうだと判断した。

「よかったらキッチンへどうぞ。このケーキでコーヒーでも飲んでいったら？　そうすればセーラとも話せるし」

「まあ……楽しみだわ」タイニーはぎこちなくつけ足した。ゆうべはセーラの攻撃を免れることができたが、用心するに越したことはない。彼女は機転がきくタイプではなかった。しかし、知恵比べでやり込められるのはまっぴらだった。

　彼女たちが一列になってキッチンへ入っていくと、ローストの準備をしていたセーラが顔を上げた。

「あら、皆さん、いらっしゃい」

「トニーのお見舞いに来たのよ」モイラは早口で弁解し、キスの挨拶(あいさつ)を求めて、セーラに頬を突き出した。

　セーラは両手を振ることでその要求をかわした。

「ごめんなさい、手が汚れてて。すぐ洗いますから」

「いいの、いいの。気にしないでちょうだい」モイラはセーラが下ごしらえをしていたリブ・ローストを眺めた。「そのロースト、すごくおいしそうね」

「ありがとう」セーラは答えた。「皆さんも大変だったでしょう？　トニーのためにお見舞いを用意してくださったみたいで」

「私たちのはパン屋で調達したものだから」マーシャは自分が買ったパイをカウンターに

置いた。「あなたの手料理の足下にも及ばないと思うけど」

「大切なのは気持ちだよ」トニーは言い繕い、四人をテーブルに座らせた。

セーラは忍び笑いを漏らしながら食器棚から皿を出し、ケーキを切り分けていたトニーに渡した。キッチンテーブルを囲む四人の女があまりにも場違いな存在に見えたからだ。

タイニーの服はカシミア製だった。ウールのコートにはミンクの襟がついていた。マーシャが脱いだコートの下から現れた服は、どう見ても混じり気なしのシルクだ。アナベスは濃い紫色の柔らかなウールのスーツを、モイラはベージュ色のしなやかな素材でできたパンツスーツを着ている。四人の髪はヘアスプレーでがっちり固めてあった。顔の化粧はおしゃれな装飾というよりも、戦いに臨むネイティブ・アメリカンのウォーペイントを連想させた。それに、四人が耳や指や首につけている宝石。これを全部合わせれば、小さな国の一年分の食糧がまかなえるのではないだろうか。

「皆さん、コーヒーでいいかしら?」

四人は上の空でうなずいた。トニーが語る侵入者との遭遇体験にすっかり夢中になっていた。

マーシャが二口目のケーキをかじり、アナベスが砂糖を加えたコーヒーをかき混ぜていた時、ロレットがキッチンへ入ってきた。彼女は好奇心と軽蔑(けいべつ)の入り交じった表情で女たちを眺め、悠然とした態度で紹介されるのを待った。

トニーは四人の表情でロレットが来たことを知った。噴き出したいのをこらえながら振り返り、手を差し出して、ロレットを招き寄せた。

「皆さん……こちらがセーラのおばさん、ニューオーリンズからやってきたロレット・ブードローです。ロレット、あなたの左側にいるのがタイニー・バートレット。その隣がマーシャ・ファレル。そして、モイラ・ブレークとアナベス・ハロルド」

「本当に嬉しいわ……またお会いできて」タイニーはなんとか挨拶したが、その先をどう続けていいのかわからず、くすくす笑ってごまかした。

「前にも会ったことが？」トニーは尋ねた。

「昔の話さ」ロレットは答えた。「キャサリンの葬式でね」

「ロレットおばさん、おばさんもケーキを食べない？」

ロレットはパン屋のケーキを横目で見やり、首を左右に振った。

セーラは四人の女に背を向け、にやにや笑いを隠した。おばさんたら、たった一にらみでこの人たちをやり込めちゃった。地元の新聞に謝罪の全面広告を出されるより、ずっと胸がすかっとしたわ。気まずい沈黙を破ったのは、トニーの携帯電話だった。彼はキッチンを離れて、電話に出た。電話をかけてきたのは私立探偵だった。

「トニー、経過報告だ」モーリーは言った。「例の〝ムース〟の件だが、この付近にムースが名前に入ったところはないか調べてみた。今、南に向かってるんだがな、ポートランドに行く途中に〈ムース・アンド・ダック〉とかいう古い酒場と、ムース・トラックス農園て名のクリスマスツリー専門の農園があるらしい。あんた、聞いたことはあるか？」

「ああ。でも、その二つは関係なさそうな気がするけどな」

「そうか。実はもう一つ手がかりがあるんだが、話を聞いた爺さんが場所は思い出せないって言うんだよ。〈ムース・ランディング〉って名前の古いモーテルなんだが、知らないか？」

トニーは眉間に皺を寄せて記憶の糸をたぐったが、何も思い出せなかった。

「そっちは知らないな。いや、ちょっと待った。ここにいる地元のご婦人がたに訊いてみるから」

「わかった」モーリーは答えた。

トニーはキッチンに引き返した。「ちょっと皆さんのお知恵を拝借したいんだが」

「もちろん」アナベスが声をあげた。「なんでも訊いてちょうだい」

「うちの私立探偵が〈ムース・ランディング〉という名の古いモーテルを捜していてね。誰か、知ってる人はいないかな？」

モイラは無表情だった。アナベスはマーシャに何か耳打ちし、タイニーは顔を赤らめた。

「どういうことだ？」トニーは尋ねた。

「その」タイニーは口ごもった。「あそこはもうなくなったわ」

「消えたってこと？」

「そうじゃなくて」タイニーは答えた。「建物はまだ残ってると思うけど、もう何年も前に廃業したのよ。確か、裏にオーナー一家の住まいがあったわね。今もそこに住んでるかどうかはわからないけど」

マーシャはタイニーの腕を拳でつつき、にやりと笑った。

「やるじゃない、タイニー・バートレット。あなたがあそこの常連だったとはね。普段のあなたの暮らしぶりからは想像もつかないわ」

タイニーの顔がさらに赤くなった。「それはその……昔の話よ。チャーリーと会う場所が必要だったの。だってほら、パパは私たちの結婚に猛反対だったし――」

「もういいから」トニーは話を遮った。「あなたの私生活はこの際、問題じゃない。それよりモーテルの場所を教えてくれないかな」

「マーメットの北にあるハイウェイに乗って、カナダ方面に向かえばいいのよ。国境を越えてすぐのところだから」マーシャが答えた。

モイラはあんぐりと口を開けた。「つまり、あなたも常連だったわけ？」

「やめてよ、モイラ」マーシャは言い返した。「自分だって知ってるくせに。私、あそこであなたの車を見たことだってあるのよ」

「嘘を言わないで！」モイラは憤然と息をのんだ。

マーシャは肩をすくめた。「じゃあ、あなたの車と似てただけかしら？　フロントガラスに車いすマークの駐車ステッカーが貼ってあるところまでそっくりだったんだけど」

トニーは〝あとは任せた〟と言うようにセーラを見やり、モーリーにこの情報を伝えるために再び廊下へ出た。

「今どっちに向かってる？」説明を終えてから、彼は問いかけた。

「南だ。こっちがすんだら、明日の朝一番にそのモーテルをチェックしてみる」

「何かわかったら知らせてくれ」

「任せろ」その言葉を最後に、モーリーは電話を切った。

トニーは携帯電話をポケットにしまった。キッチンに戻ってみると、アナベスとタイニーがもめはじめたところだった。

「レディの皆さん」トニーはもったいぶった口調で呼びかけ、レディらしからぬふるまいを暗にたしなめた。

一瞬の沈黙の後、タイニーがくすくす笑い出した。続いて、アナベスがため息をついた。

マーシャは苦笑を浮かべたが、モイラはにこりともせずに立ち上がった。その物腰には冷たい怒りが表れていた。

「私たち、そろそろ失礼するべきじゃないかしら」モイラは切り出した。「トニーは退院したばかりでしょう。怪我人を煩わせるなんて無礼このうえないわ」

彼女はセーラに非難がましい視線を向けた。まるでセーラに責任があると言わんばかりの態度だった。そして、セーラの頬に軽く触れてから、玄関へ向かった。

「お見舞い、ありがとうございました」セーラは声を張り上げた。

その言葉に皮肉を感じ取ったトニーは、セーラを振り返ってにやりと笑った。彼は自分たちの未来に思いを馳せた。たとえ未来に何があろうと、俺が退屈することだけはなさそうだ。

17

モーリーの〈ムース・アンド・ダック〉訪問はムース・トラックス農園の時と同じく無駄足に終わった。フランクリン・ホイットマンの事件を解決する手がかりは何一つつかめなかった。

彼が泊まっているモーテルに帰り着き、車を止めた時には、すでに夜の九時になろうとしていた。マーメットにモーテルが一軒もないことが恨めしかった。唯一存在する民宿は、身内に病人が出たとかで休業中だった。彼は近場で泊まれるところを探した。そしてようやく見つけたのが、シュガーローフ山のスキー場にあるこの小さなスキーロッジだった。スキーシーズンにはまだ早いせいか、宿泊客は彼一人しかいなかった。食堂が午後八時で閉められるため、夜は静かに過ごすことができたが、少々退屈でもあった。

明日は〈ムース・ランディング〉をチェックするとして、とりあえずは栄養補給と睡眠だ。まったくシルクがうらやましいぜ。あんな立派な家で、腕ききのシェフ二人に囲まれてんだからな。世の中には運のいい奴(やつ)がいるもんだ。

重いため息とともに車を降りたモーリーは、急速に冷めつつあるピザの箱とぬるくなったビールの六缶パックを抱えて、自分の部屋へ急いだ。

殺人者が〈ムース・ランディング〉の近辺にやってきたのは二十年ぶりのことだった。モーテルへの道順を示す看板はすでになかったが、道そのものは昔とほとんど変わっていなかった。当時、殺人者が月に二度ここを訪れたのは、そうしなければ正気を保てなかったからだ。そして、十号棟の灰色の屋根の下で様々な計画が練られ、多くの夢が語られたのだった。

ようやくたどり着いたモーテルの前で殺人者は車を止めた。ヘッドライトが変わり果てた建物を浮かび上がらせた。時間とは残酷なものだ。かつては緑色の鎧戸（よろいど）を備えた小さな白いキャビンが、二列にずらりと並んでいたのだが。

暗くてはっきりとはわからないが、三つのキャビンは火事で焼けたようだった。焼け残った壁の煤（すす）けた柱が炭化した骨のように突き出ていた。ほかのキャビンもすっかりペンキがはげ、屋根がへこんだり、鎧戸がなかったり、傾いたりと惨憺（さんたん）たる有様だったが、暗いせいか、それほど古びたようには見えなかった。記憶がまざまざとよみがえり、殺人者は一瞬、昔に戻った気がした。

突然、いちばん手前のキャビンのポーチライトが灯（とも）り、年老いた男がポーチに出てきた。

「何か用かね？」

殺人者は車から降り立った。

老人はヘッドライトの先の暗がりを見透かそうとしたが、かろうじて人影が確認できただけだった。

「道に迷ったのかい？」

「いいえ」

「うちはもう営業しとらんよ」

殺人者はキャビンに歩み寄った。もし老人の記憶が建物と同程度に劣化していれば、この旅は不要だったことになる。

しかし、運命は老人に味方しなかった。

殺人者はさらに距離をつめ、老人と向かい合わせに立った。老人は目を細めた。そして、笑みを浮かべた。

「ははあ……あんた、前にもここに来たことがあるね？」

殺人者はため息をついた。「やっぱり」

不意に銃声が轟(とどろ)き、老人の顔が驚愕(きょうがく)に歪(ゆが)んだ。彼はよろよろと後ずさり、キャビンの内側へ倒れ込んだ。激しい出血を止めようとするかのように胸に両手を当て、その姿勢のまま息絶えた。

殺人者はいらだたしげに老人の遺体を押しのけ、キャビンの内部を見回した。乱雑に置かれた家具や書籍を眺め、最後に老人を見下ろした。

気の毒だがしかたがない。これは生きるか死ぬかの問題なのだ。

まもなく殺人者の車は走り去り、モーテルにはいつもの静寂が戻った。

モーリー・オーヴァストリートが〈ムース・ランディング〉の前に車を止めたのは、翌朝の八時過ぎだった。車を降りながら、彼は考えた。人が住んでるって感じじゃないぞ。でもまあ、わざわざここまで足を延ばしたんだ。いちおう見て回るくらいはしとくか。

いちばん手前のキャビンにはポーチライトが灯っていた。モーリーはダッシュボードのホルダーからコーヒーカップを抜き取った。煙草(たばこ)の吸い殻を地面に落とし、靴で踏みつぶしはじめた時、まだ新しい足跡とタイヤの跡を発見した。

とたんにうなじにいやな感覚が走った。彼はカップを車のボンネットに置き、代わって銃を握った。なんの変哲もないタイヤの跡になぜ警戒してしまうのか。理由は彼自身にもわからない。だが、彼はこの直感を頼りにベトナムでの戦死を免れ、この歳(とし)まで生きてきたのだった。

「おーい、誰かいるか?」モーリーは叫んだ。

返事はなかった。

彼は小さなポーチに上がってみた。最初に見えたのは血だった。視線を上げると、ドアにも血がついていた。彼はドアノブを凝視した。うかつにドアを開ければ、犯罪の証拠を損なうかもしれない。そこで彼はポーチを下り、ほかの入り口を探してキャビンの裏へ回り込んだ。裏口はすぐに見つかった。裏口には網戸を張ったポーチが増設されていたが、網戸も裏口のドアも鍵はかかっていなかった。

キャビンの中に足を踏み入れた瞬間、彼はそこで人の命が奪われたことを知った。誰かが最後にとった食事の匂い。排泄物と血の匂い。彼は反射的に身構え、小さなキッチンを横切った。くたびれた家具や本の山を通り過ぎ、リビングと思われる部屋にたどり着いた。

そこには血だまりがあり、老人が横たわっていた。一匹の猫がそばに腰を下ろし、血をなめていた。モーリーはとっさに猫をつかみ、キッチンを駆け抜け、外へ放り投げた。猫は着地すると同時に抗議の鳴き声をあげ、一メートルほど先の茂みの奥へ消えた。ベトナム戦争当時、彼は二人の戦友とともに若い兵士の遺体を発見したことがあった。遺体はぬかるみに横たわっていた。五、六頭の豚がその周囲に群がり、うなり声をあげながら遺体の肉を食いちぎっていた。

彼らは豚をすべて殺し、死んだ兵士の認識票を取り戻した。彼らにできたのはそれだけだった。しかし、モーリーはその経験をいまだに引きずっていた。猫を見たとたん、悪夢のような光景を思い出してしまった。小柄な体が震え出した。彼は膝の間に頭を押し込み、三つの言語で悪態をついた。息が切れるまで悪態をつきつづけた。ようやく携帯電話に手を伸ばした時も、体はまだ震えていた。

当局への通報をすませると、彼は腰を下ろして待った。予定より時間を取られることになるが、ベトナムであの坊やにしてやれなかったことを、この爺さんのためにしてやろう。俺にできるせめてものこと。それは爺さんの遺体を守り、カナダの騎馬警察が捜査を始めるまで、タイヤの跡や足跡が荒らされないように見張ることだ。

「で、あんたはなんでここにいたの？」騎馬警官が再び同じ質問を口にした。モーリーは再び私立探偵のライセンスを取り出し、フラッグスタッフ湖でフランクリン・ホイットマンの遺体が発見されたこと、マーメットに来ているＦＢＩ捜査官のこと、セーラ・ホイットマンの命が狙われたことを説明した。

「つまり、あんたはミス・ホイットマンに雇われてるわけか？」騎馬警官が尋ねた。

「似たようなもんだが」モーリーは答えた。「俺を雇ったのは彼女の友人さ。でも、これは彼女のための調査だ」

「なるほど。で、あんたがここに来た目的は？　卓上カレンダーのメモと〈ムース・ランディング〉とどうつながるんだ？」

「このモーテルが問題のムースかどうかは知らないが、ムースと名のつく場所を片っ端から調べてたんだよ」

「そのことを知ってる人間は？」

モーリーはため息をついた。「マーメットの半分は知ってるだろうな。いや、それ以上かも」

「それじゃ話にならんな」騎馬警官は言った。

「ああ、そうですか」モーリーはぶつぶつ言い、現場に到着した青いミニバンに目を留めた。

「ありゃあミスター・ヘイヴンワースの娘のクローディアだな。ちょっと待っててくれるか。まだいくつか訊きたいことがあるから」

モーリーはうなずいた。ここであせったところでなんになるだろう。どのみち、調査の手がかりは途切れてしまったのだ。

彼はミニバンから降りてきた女性を目で追った。父親の死を知らされ、彼女は両手に顔を埋めて泣き出した。騎馬警官は遺体を確認させるために彼女をキャビンへ案内した。やがて、青ざめた顔で出てきた彼女は、よたよたとキャビンの脇へ回り込み、胃の中のものを吐き出した。

モーリーは彼女が少し落ち着くのを待った。それから、自分の車へ戻り、グローブボックスからウィスキーの小瓶を取り出すと、彼女が座っている古いピクニックテーブルに歩み寄り、いきなり小瓶を突きつけた。

「ほら、飲めよ」彼はつっけんどんに言った。「薬代わりだ」

意外にも、クローディアは小瓶を受け取り、ウィスキーを喉に流し込んだ。小瓶を差し出した相手を確かめようとさえしなかった。小瓶を戻す段になって、彼女はようやく視線を上げた。

「あんた、何者?」

モーリーは彼女の隣に腰を下ろした。「俺は遺体の発見者さ。あれはあんたの親父さんか?」

クローディアはうなずいた。泣いたせいで顔が腫れ、斑模様になっていた。

きれいに泣けないタイプか、とモーリーは思った。きれいに泣ける女もいる。そうでない女もいる。この女は後者ってことだ。

「まったく気の毒にな」

「正直言って、それほど驚いちゃいないのよ。このモーテルが繁盛してたころは、こういうこともあるかなって予想してたから。でも、なんで今になって。閉めてもう何年にもなるのに」

思いがけない言葉がモーリーを驚かせた。「なんで予想してたんだ?」

クローディアは肩をすくめた。「昔、ここは不倫カップルのたまり場だったのよ。客を連れ込む地元の商売女も多かったし。こんな商売やめたほうがいいって、父さんには何度も言ったんだけど。父さん、そういう人間ドラマが好きだったみたい」

モーリーはうなずいた。「ああ、そういう刺激が好きな男もいるな。一種の中毒みたいなもんだろう」

クローディアはしげしげとモーリーを見つめた。「あんた、お巡りじゃないわね」

「私立探偵だ」

「なんでここに来たの？　道に迷っちゃったとか？」

「いや、ここを捜してたんだ。ちょっと来るのが遅すぎたけどな」

「こんなとこ、来たってしょうがないじゃない？　なんにも残ってないんだからさ」

「だが、記憶は残ってるかもしれない。俺はあんたの親父さんに質問したかったんだ。以前ここに来た客のことでね」

クローディアは目をぐるりと回した。「まあ、父さんだったら記憶してたかもね。いまだに常連さんの話をしてたから。あたしも昔はキャビンの清掃をやってたから――」

モーリーは彼女の腕をつかんだ。「あんた、ここで働いてたのか？」

クローディアはモーリーの手を振りほどき、はなをかんでからうなずいた。

「十年以上はやってたかな。前の亭主があたしと小さな子供二人を捨てて出てっちゃったのよ。あたしには技術なんてないし、父さんのところなら時間の融通もきくじゃない」

「常連客の顔だが、写真を見ればわかるかな？」

クローディアは肩をすくめた。「自信はないけど」

「ちょっと待っててくれ」

数分後、モーリーはセーラ・ホイットマンから渡された写真をテーブルの上に並べていた。

「フランクリン・ホイットマンて名前に聞き覚えはあるか？」

クローディアはあんぐりと口を開けた。「それ、こないだフラッグスタッフ湖から引き揚げられた男の名前じゃないの？」

「ああ、そうだ。でも、それ以前に聞いたことはなかったか？」

彼女は眉をひそめ、首を横に振った。「全然覚えがないわ」

モーリーは写真を指さした。最初の写真はホイットマンのデスクから見つかったもので、クリスマスの装いをしたホイットマン本人と妻のキャサリン、そして幼いセーラが写っていた。もう一枚は銀行の従業員が顔をそろえた集合写真で、創立七十五周年の記念に撮影されたものだった。

彼は家族の写真を相手のほうへ押しやった。

「この中で顔に見覚えのある人間はいないか？」

クローディアはじっと写真を見つめたが、結局、首を横に振った。「でも、感じのいい家族じゃない？」

ちくしょう。またしても行き止まりか。モーリーは次に銀行の写真を押しやった。

「これにも同じ男が写ってる。向こうは笑顔。こっちは真顔。表情で印象が変わるってこともあるからな」

「どこなの？」

モーリーは指でホイットマンを示した。

クローディアは身を乗り出した。指示された顔を食い入るように見つめてから、ほかの顔に視線を移した。そして、突然ある顔を指さして叫んだ。

「この人、知ってる！　うちの常連さんよ。二週間おきにこの人の車を見かけたわ」

モーリーは写真を手に取り、裏に書かれた名前を確かめた。眉間に皺を寄せ、増える一方のパズルのピースを組み合わせようとした。

「これも見た顔ね」クローディアは写真立てのガラスを指でつついた。

モーリーは写真を裏返した。

「なかなかお似合いの二人って感じだったわ」

「この二人は一緒に来てたのか？」

「ううん、別々の車で。あたしが覚えてるのは、彼らが真っ昼間――つまり、あたしが働いてる時間――に来てたからよ。たいていのカップルは夜来るもんだけどね」

「昼の何時ごろ？」

「何時って言われても、ずいぶん昔のことだしねえ。でも、午前十時から午後三時の間だったことは確かよ。あたしが仕事を上がるのが三時だったから。だってほら、子供たちが学校から戻る前に、うちに帰り着かないとまずいじゃない？」

「そうか。そういうことか」モーリーはつぶやき、相手を見返した。「あんたが今指さした奴な……親父さんを殺した犯人かもしれないぞ」

クローディアは息をのんだ。

「冗談でしょ？」

「そのうちわかる」モーリーは低い声で言った。「そのうち、必ず」そこで彼は出し抜けに立ち上がった。「あんたと知り合えて本当によかった。親父さんのこと、お悔やみを言わせてもらうよ」

彼は車に駆け戻り、メモ帳を取り出して、その内容と新たに得た情報を突き合わせた。

ソニー・ロムフィールド。二児の父親。妻エロイーズ。百万ドルが盗まれた二日後に死亡。

モイラ・ブレーク。長年勤め上げた銀行を二年前に退職。夫は狩猟事故で下半身麻痺（まひ）になり、車椅子生活を二十五年以上続けた後、六年前に死亡。

つまり、ソニーとモイラは不倫関係にあったわけか。だが、この二人とホイットマンの事件がどう結びつくんだ？

ソニーは死んだ。モイラは銀行に留まり、結婚当初と同じ家で地味な暮らしを続けた。急に金回りがよくなった形跡はなし。資産が増えた形跡もなし。だったら、なんでフランクリン・ホイットマンのカレンダーに彼らの密会の予定が書き込まれてたんだ？

そこでモーリーははたと気がついた。あれがホイットマンのカレンダーじゃなかったとしたらどうなる？　確か、セーラがハーモン・ウェザリーとかいう爺さんの話をしてなかったか？　ハーモン・ウェザリーが二人のデスクをまとめて整理したとかなんとか。その爺さんが二人のカレンダーを間違えたとしたら？　それ自体はどうってことのない間違いだ。でも、ホイットマンの遺体が見つかり、たった一人の遺族がそれを引き取りにやってきた。地元警察も捜査を再開した。ホイットマンが金を持ち逃げしなかったことは明らかだ。だから、ＦＢＩの連中も泥棒捜しに動き出した。

そこでハーモン・ウェザリーの登場だ。爺さんがホイットマンの私物を入れた箱をセーラに渡したことで、問題は一気に表面化した。真犯人はなんらかの方法でカレンダーが入れ違ったことを知り、誰かが書き込みに疑問を持てば、自分の身が危ないと考えた。

ソニー・ロムフィールドはとっくの昔に死んで、墓の下で眠ってる。てことは、真実を隠したがる人間は一人しかいない。

ソニーの愛人。モイラ・ブレーク。

二人がどんな手口を使ったのか。なんでホイットマンが死ぬことになったのか。そのあたりはまだわからないが、これで二十年前の横領事件と殺人事件は解決したも同然だ。モーリーはほくそ笑んだ。さすがは俺だ。たいしたもんだぜ。こうなりゃ調査料も値上げするか。

彼は車から飛び出し、騎馬警官たちがいるキャビンに引き返した。セーラほどじゃないが、この連中だって事件の関係者には違いない。セーラはまだ生きてるが、気の毒な爺さんは死んじまったわけだしな。

騎馬警官たちに情報を提供すると、彼は駆け足で車に戻り、〈ムース・ランディング〉をあとにした。車を走らせながら携帯でトニーに連絡を取ろうとしたが、電池切れでつながらなかった。彼は悪態とともに携帯電話を放り出し、アクセルを踏み込んだ。デマルコの別荘までは一時間とかからない。面と向かって話せばいいだけだ。

「チャールズ・バートレットが逮捕されたんですって!」家の中へ戻ってきたトニーに、セーラは叫んだ。

「なんだって?」

「保安官が教えてくれたの」セーラの声が安堵（あんど）に震えた。「あとは彼から直接聞いて」

トニーは受話器を受け取り、彼女をかたわらに引き寄せた。

「ロン？　今の話は本当なのか？」

　ギャラガーはすっかり浮かれていた。犯人を捕まえたという安堵感でハイになっていた。

「ゆうべ、匿名のタレコミがあってな。今朝早く捜査令状を取って、バートレットの家に行ったんだ。令状を見せたら、やっこさん、びっくりしてたよ。俺が狩猟用のライフルを持ってるかと尋ねたら、奴は持ってると答えた。見せてほしいと言ったら、やけに落ち着きはらった態度で何挺か持ってきた。そのうちの一挺はごく最近撃ったばかりで、掃除してなかった。俺が狩りをやってるのかと尋ねると、奴はむきになって否定した。で、俺たちはライフルを鑑識に回し、奴を尋問した。ライフルを調べた結果、あんたの別荘から採取した薬莢や弾丸と一致した。俺たちは奴をその場で逮捕した、というわけだ」

「じゃあ、銀行の金を盗み、フランクリン・ホイットマンを殺したのも彼の仕業だっていうのか？」

「ＦＢＩはその線で納得してる。俺だってそうだ。でなきゃなんで奴がセーラを殺そうとするんだ？」ギャラガーは反論した。「もし奴がセーラの口封じに成功してたら、捜査は証拠不足で尻すぼみになってただろう。彼女がマーメットにいることによって、いろいろと騒ぎが起きたわけだしな」

「俺は納得がいかないね」トニーは言った。「彼は俺よりほんの少し年上ってだけだ。せいぜい四つ違いってとこだろう。その彼が銀行から百万ドルを盗み出し、フランクリン・

ホイットマンに濡れ衣を着せ、町一番の金持ちの娘と結婚した。なのに、誰も彼を疑わなかった。そういうことか？」

「まあ、そんなところだろう」

「なるほど。とにかく連絡してくれて感謝するよ」

トニーは受話器を置き、振り返ってセーラを抱き締めた。

「終わったのね！」セーラは叫んだ。「ようやく終わったんだわ！」

トニーは微笑を浮かべ、彼女に調子を合わせたが、どこか腑に落ちないものを感じていた。彼は生まれた時からチャールズ・バートレットを知っていた。確かに、チャールズは一時期ギャングにかかわったりもした。だが、最も荒れていた時期でさえ、それだけの犯罪を単独で成し遂げるほどの悪知恵はなさそうに見えた。

「これでガードマンたちもお役御免ね。みんな、うちに帰れるんだわ」セーラは言った。

「君も？」

トニーの張りつめた口調が彼女の興奮に水を差した。

「そういうつもりで言ったんじゃないの。あなたから逃げようなんて思ってないわ」

トニーは微笑しただけで何も言わなかった。別れのつらさはすでに現実のものとなりつつある。彼は胸の痛みを悲しく思った。

「警備班に荷造りを命じたほうがよさそうだな」

「ダンとファーリーはとっくに荷造りを始めているわ。逮捕の知らせが届いた時、彼らも私と一緒にいたから」

「役立たずな連中だったな」

「薬を盛られたのは彼らのせいじゃないわ。同じ目に遭う女性は大勢いるのよ。もっとも、女性の場合はたいていレイプが目的なんだけど。犯行現場はどこか。犯人は誰か。そういった記憶を消すために薬を使うわけね」

トニーは顔をしかめた。「わかった。俺が悪かったよ。彼らに謝らなきゃな」

セーラはにっこり笑った。「あなたのそういうフェアプレー精神が大好きよ。ただし、寝室では別。寝室でのあなたは全然フェアじゃないもの」

トニーは彼女の首筋に鼻を押しつけた。「それは愛し合うことがプレーじゃないからだよ、セーラ・ジェーン。あれは真剣な行為なんだ」

「ほんと、そのとおりだわ。私ったら何を考えていたのかしら？」セーラは言った。首筋を唇でたどられ、ため息をついた。

トニーは彼女にキスをした。頭がくらくらし、心臓の鼓動が乱れるほど激しいキスだった。

「そのまま考えてて。俺はみんなと話をしてくる」

一人残されたセーラの微笑が消えないうちに、ロレットがやってきた。

「いったいなんの騒ぎだい？」

「終わったのよ、ロレットおばさん！　ついに終わったの！　私を殺そうとした男が逮捕されたのよ。これでパパも安らかに眠れるわ」

ロレットは足を止めた。じっとセーラを見つめ、それから周囲を見回した。

「終わったって感じじゃないけどね」

セーラはうなり声をあげ、おばの腕の中へ飛び込んだ。

「やめてよ、ロレットおばさん。今はそういうことは言わないで。私のために喜んで。犯人が捕まったことを喜んでよ」

ロレットの表情が和らいだ。「もちろん、あんたが嬉しいなら、あたしだって嬉しいさ」

彼女はセーラをきつく抱き締めた。なかなか抱擁を解こうとしなかった。セーラは自ら身を引き、床を歩き回りながら、やるべきことを数え上げはじめた。

「問題はこれからどうするかだけど、葬儀の手配はもうすませてあるの。パパをママの隣で眠らせてあげること。これが最優先事項ね」

「あたしは明日帰るよ」ロレットは言った。「そういうことに関しちゃ、あたしの出る幕はないからね」

セーラはがっかりしたが、すぐに気を取り直した。「もちろん、私一人でも平気なんだけど――」

ロレットはセーラの頬に両手を当てた。セーラは話すのをやめ、おばの瞳をのぞき込んだ。

「あんたはこれから難しい決断をすることになる。それはあんたが自分で決めるべきことだ。あたしやほかの人間の意見に左右されちゃいけない。あんた自身の心に従って行動しなきゃならない」

急にこみ上げてきた涙を、セーラはしきりに瞬きをしてこらえた。

「私は大丈夫よ、ロレットおばさん。だから、心配しないで」

ロレットは首を横に振り、セーラが幼いころに何度となくそうしたように、彼女の額にキスをした。

「ばかをお言いでないよ。もちろん、あたしはいつまでも心配するさ。それが親の特権てもんだろ」

セーラはおばの首に両腕を巻きつけた。

「今まではあまり言わなかったかもしれないけど、おばさん、心から愛しているわ。おばさんは私にとって最高の親よ。私をおばさんに託してくれたママの先見の明に毎日感謝しているの」

ロレットはしかめ面でセーラの髪を引っ張った。「ずいぶん伸びちまってる。あたしが切ってやろうか？」

「それだけはいや」

二人は顔を見合わせて噴き出した。

ロレットは過去に一度だけセーラの髪をカットしたことがあった。だが、その結果は悲惨なものだった。

「おしゃべりはとりあえずここまでだ。あたしは空港に電話して、飛行機を予約しないとね」

セーラはしぶしぶうなずき、自分とおばのどちらかが泣き出す前にその場を離れた。

彼女の心は揺れていた。ニューオーリンズへ戻るべきか。トニーのもとに留まるべきか。留まるにしても、先が見えないことに変わりはなかった。トニーは何度となく彼女への思いをほのめかしたが、愛情や結婚についてはっきりと明言してはいなかった。

セーラは書斎の窓から外を眺めやった。トニーは警備班のチーフと熱心に話し込んでいた。これからは自由に動き回れるんだわ。解放感と手持ちぶさたな気分の中で、彼女は家の中をうろついた。ここを離れる時のために、一つ一つの部屋の様子を心に刻みつけた。

リビングを通りかかると、ロレットはまだ電話の最中だった。ダンとファーリーがスーツケースを提げて、廊下の奥からやってきた。

「二人とも、ありがとう」

彼らは重々しくうなずき、セーラと握手を交わした。

「もう出発するの？」

「はい」同時に返事が返ってきた。

「元気でね……どこに行くにしても」セーラは言った。

「そうだわ。外でトニーに会ったら、私は桟橋のほうへ散歩に出たって伝えてくれる？」

「はい」彼らはまたしても声をそろえた。

セーラは忍び笑いを漏らしながら、キッチンへ向かった。勝手口からデッキに出たところで足を止め、銃弾がめり込んでできた壁の穴に触れてみた。あの銃弾で彼女は殺されかけたのだ。

「でも、私は生きてる」セーラはつぶやき、湖を振り返った。

デッキからの眺めはすばらしかった。冷たく晴れ渡った空の下で、湖水がきらめいていた。ここは息抜きと娯楽の場所でもあるけど、造成された元々の目的は水力発電だ。注意深く観察すれば、それが確かめられるかしら？

セーラは衝動的に桟橋へ向かおうとした。湖を間近で見たかった。暗く濁った水底と向き合い、自分の中の恐怖感を克服したかった。一人で勝手に出歩くな、とトニーは言っていたわ。いったん家に戻って、トニーを待つべきかしら？　しかし、彼女はためらいを振り切って、デッキの階段を下りていった。チャールズ・バートレットは逮捕されたのよ。もう私を傷つける人間はいないわ。

顔に降り注ぐ日差しにはぬくもりが感じられた。赤いタートルネックのセーターに風を受けながら、セーラは歩きつづけた。お気に入りのジーンズにテニスシューズを履いていた彼女は、桟橋の手前まで来たところで、まだ黒いローファーを返してもらっていないことを思い出した。保安官に言っておかなきゃ。ローファーには私の指紋しかついてなかったと彼は言ったわ。チャールズ・バートレットもある程度は利口だったってことね。

彼女は桟橋の前で立ち止まり、湖を眺め渡した。不意に体がこわばり、みぞおちが締めつけられた。何かしら？　頭より先に心が何かを察知して、訴えているような感じ。

「ばかばかしい」彼女はきっぱりと否定し、最初の一歩を踏み出した。

いったん踏み出してしまうと、不安感は和らいだ。桟橋は十メートルほどの長さがあった。桟橋を支える柱を洗う水の音を聞いていると、心が安らいでいく気がした。なんにも怖くないじゃない。こんなのただの桟橋よ。

さらに歩を進めると、あちこちの板がきしんだ。彼女はそのたびにびくりとし、そんな自分を笑った。古い桟橋が挨拶をしていると思えばいいのよ。

彼女は桟橋の端に立ち、そこから湖を見渡した。明るい日差しのもとで頭を垂れ、祈りと感謝の気持ちを捧げた。彼女が視線を上げると同時に、雁の群れが湖から飛び立った。彼らは上空を旋回した後、口々に鳴き声をあげながら南へ飛んでいった。

「春にまた会いましょう」彼女はつぶやき、そして自問した。私とトニーの関係に未来はあるのかしら？　私一人がそう思い込んでいるだけじゃないのかしら？

　セーラは別荘を振り返った。人の姿は見えなかった。今はトニーと顔を合わせたくない。間近に迫った別れのことを考えたくない。彼女は桟橋の端に腰を下ろし、水面に向かって足を投げ出した。両手をついて体を後ろへ反らし、暖かな日差しを顔に受け止めた。


　ロン・ギャラガーがトニーの別荘を訪れたのは、ガードマンたちが荷物を車に積み込んでいる最中だった。

　ギャラガーは一つ深呼吸をしてから、トニーに近づいていった。いくら気が重くても、言うべきことは言うべきなのだ。

「トニー……話がある」

　トニーは彼の背中をたたいた。「おめでとう、保安官。やったじゃないか」

「それがめでたくないんだ」ギャラガーはぶつぶつ言った。「問題が生じた」

　トニーの動きが止まった。「問題って？」

「セーラが狙撃（そげき）された晩、チャールズ・バートレットはポートランドにいたことが判明した」

「そんな」トニーは絶句した。「確かなのか？」

「確かも何も、彼は四百人の聴衆を前にして演壇に立ってたんだ」

「くそ」トニーは悪態をつき、バンを振り返った。「待った。事件はまだ終わっていない」

彼が事情を説明するより早く、新たな車が到着し、モーリー・オーヴァストリートが飛び出してきた。私立探偵は満面の笑みを浮かべていた。

「保安官も来てるのか。こいつはちょうどいいや」

「どうしたんだ？」トニーは問いかけた。

モーリーは素早く取り出した写真を保安官の車のボンネットにたたきつけ、続いて、メモ帳を引っ張り出した。

「今朝、〈ムース・ランディング〉に行ってみた。で、死体を見つけちまったんだよ。といっても、あんたらが湖から引き揚げたのと違って、こっちはできたてほやほやの死体だった。最初はがっくりきたね。これで俺の調査も行きづまり、事件の捜査と同じじゃないかって思った。おっと、気を悪くしないでくれよ」

「気にするな」ギャラガーは言った。「続けてくれ」

「とにかく、俺は現場に残って、カナダの騎馬警察の到着を待った。だって、俺があそこにいた理由を説明しなきゃならないだろ。頼みの綱の証人が死んで、どうしたもんかと思ってたら、なんと証人の娘がやってきた。途中をかっ飛ばして結論を言うと、彼女はメイドとしてそのモーテルで働いてたんだ。ホイットマンの写真を見せても、彼女は知らないと否定した。でも、この顔なら見覚えがあると言って、マーメット・ナショナル銀行の従業員二人を指さした」

「誰と誰だ?」トニーは尋ねた。

「ソニー・ロムフィールドとモイラ・ブレークだよ。どうやら二人は深い関係にあったらしい。ところが、金が消えた二日後にロムフィールドは死亡した。不倫と消えた金とセーラを殺そうとした人間。最初はどうつながるのかわからなかった。それで、俺は過去にさかのぼって考えはじめた。調査で行きづまった時は、何はともあれ過去にさかのぼって考えることだね」

「いいことを聞いた」ギャラガーはつぶやいた。「覚えておこう」

「モーリー、自慢はいいから結論を言えよ」トニーは先を促した。

「オーケー。つまり、こういうことだ。セーラは単なる変わり者。殺すほどの価値はない。ただし、彼女が真相につながるものを手に入れたとなりゃ話は別だ」

「たとえば?」ギャラガーが尋ねた。

「例のカレンダーだな?」トニーは推測を口にした。

モーリーはトニーを指さした。「大当たり! そう、あのカレンダーさ」

「あのコピーなら俺も持っているぞ。犯罪を裏づけるような証拠にはならないと思うが。〝ムース〟の書き込みにしても、あれだけじゃな」

「ところが、そこがポイントでね」モーリーは反論した。「〈ムース・ランディング〉に通ってたのはホイットマンじゃなかった。モイラとソニーだった。ハーモン・ウェザリーは二人のデスクをまとめて片づけたんだったな？　もし彼がうっかりカレンダーを入れ替えてしまったら？　モイラがそのことに気づいたとしたら？　不倫がばれるだけじゃない。二人のつながりまでばれることになるんだぜ」

「ちくしょう」トニーは毒づいた。「食事会の時、モイラはロムフィールドのことをなんて言った？　そうだ！　思い出したぞ。彼は離婚しようとしてたって言ったんだ。そういう事情をいちばん知ってるのは浮気相手に決まってる」

興奮のあまり、モーリーは今にも踊り出しそうだった。

「つまり、二人は金を盗んで駆け落ちする計画だったのさ。それをホイットマンに知られたもんで、秘密を守るために彼を殺さざるをえなかった。だが、ソニーが死んで、計画はおじゃん。残されたモイラは二人の男の死を引きずって生きてゆくことになった」

「金はどうなったんだ？」ギャラガーが尋ねた。

「それはモイラ・ブレーク本人に訊くしかないだろうな」トニーはつぶやいた。

「ミスター・デマルコ！」

振り返ったトニーは、家から出てきたダンとファーリーに目をやった。

「ミス・ホイットマンが散歩に行くと言ってました」

散歩？　こんな時に？「彼女はどっちへ向かった？」

「桟橋のほうです」

「くそ」トニーは悪態とともに駆け出した。ギャラガーとモーリーも後に続いた。

トニーはセーラの名前を叫びながら家の中を走り抜けようとした。途中、廊下へ出てきたロレットと出くわした。ロレットの表情を見て、彼は心臓が止まりそうになった。

「セーラはどこです？」

「悪いことが起ころうとしてる」ロレットはうめいた。「水。水があたしのベイビーをのみ込もうとしてる」

「なんだ、この人は？　いったい何を――」

「質問は後回しだ」トニーはギャラガーを指さした。「とにかく彼女を捜すのを手伝ってくれ」

ロレットは男たちの後を追おうとしたが、脚が言うことを聞かなかった。頭の中に広がる恐ろしいイメージにとらえられ、彼女はその場に立ちすくんだ。


セーラは自分の名前を呼ぶトニーの声に気づいた。返事代わりに手を振りながら、笑顔で振り返った。しかし、デッキを駆け下りてくるトニーを見たとたん、不安が胸をよぎった。どうも様子がおかしいわ。立ち上がろうとした彼女は、いきなり脚をつかまれ、湖の中に引きずり込まれた。

セーラはとっさに息を吸い込んだ。次の瞬間には頭が水中に沈んでいた。誰かが超人的な力で体を締めつけてくる。彼女はその力に抗おうともがいた。だが、岸も水面も遠くなるばかりだった。

18

トニーはセーラが引きずり込まれるのを見て、彼女の名前を絶叫した。しかし、その声は虚しく鳴り響いただけだった。小さな水紋を残して、セーラの姿は消えた。

背後にいたギャラガーが携帯無線に向かって指示をわめいた。モーリーは靴を蹴り捨て、コートを脱ぎはじめた。トニーも走りながらローファーを蹴り捨てた。桟橋の端にたどり着くと、頭から水に飛び込み、すぐに浮かび上がって、セーラが沈んだ場所を捜した。続いて飛び込んだモーリーが、釣り竿の浮きのように沈んではまた顔を出した。

「見つかったか?」モーリーは怒鳴った。

「まだだ!」トニーは怒鳴り返した。

湖面に動きは見られなかった。浮かんでくる泡さえなかった。トニーは何度も潜ったが、そのたびに希望はしぼんでいくばかりだった。

空気を吸いたい。セーラの頭にあるのはそのことだけだった。冷たく暗い水が彼女を包み込み、鼓膜を押し、鼻の中へ流れ込んだ。彼女の体内に残る酸素を狙い、命をつないでいる場所へ攻め込もうとしているようだった。

　セーラは脚をばたつかせ、身をよじった。腰に巻きついた腕に爪を立て、必死に逃れようとした。相手の肌か髪をつかもうとして手を伸ばしたが、どうしてもつかむことができない。何度か失敗したあげく、彼女は相手がウェットスーツを着ていることに気づいた。その知識が彼女に力を与えた。私が水中で見えないってことは、向こうも見えないってことだわ。相手はきっとマスクと酸素ボンベをつけている。そのどちらかをむしり取れば、息はできなくなる。その時がチャンスよ。

　セーラは唐突に体をひねった。渾身の力で向きを変え、犯人と顔を突き合わせると、必死にマスクを引きはがしはじめた。せわしなく動く手がホースをとらえ、引き抜いた。それは酸素ボンベにつながるホースだった。

　犯人の体からショックと動揺が伝わってきた。セーラはその隙に乗じて相手を蹴り、腕を振りほどいた。最後の力を振り絞り、光を目指して浮上した。水面に顔を出した時には息も絶え絶えの状態だった。彼女は空気を求めてあえいだ。怖くて振り返ることができなかった。

　トニーはすぐにセーラに気づき、彼女の名前を叫んだ。彼女の背後に浮かんでくる大きな泡を見て、危険がまだ去っていないことを悟った。

トニーの姿を見つけたとたん、セーラは懸命に泳ぎはじめた。今にも手首か足首をつかまれ、水中に引き戻されそうな気がした。もしそうなったら、おしまいだわ。私はパパと同じ末路を迎えるのよ。暗い水の中で、たった一人で死ぬんだわ。

もうこれ以上は腕が動かない。セーラが力尽きたその時、トニーが彼女を両腕の中にとらえた。

トニーは彼女の顔に触れた。彼女の体をきつく抱き締めた。そして、ようやく彼女が生きていることを確信した。

セーラの腰に腕を回し、立ち泳ぎをしながら、彼は大声で怒鳴った。心臓が激しく轟(とどろ)いていたため、怒鳴らないと自分の声が聞こえなかった。

「早く岸に上がらないと。岸まで泳げそうか?」

「ええ、なんとか」答えたセーラは、背中に何かが触れるのを感じ、ぎょっとして悲鳴をあげた。

「俺(おれ)だよ」モーリーが言った。「安心しな。俺たちがついてる」

セーラの緊張の糸が切れた。もう泳ぎたくない。二人に岸まで連れていってほしい。でも、まだ安全とは言い切れないわ。陸に上がるまでは。彼女は岸を見やった。水の中を歩いて近づいてくるロレットの姿に気づき、ほっと肩の力を抜いた。

トニーは彼女の首に腕を回した。「俺に寄りかかれ。岸まで連れてってやる」

セーラの顔に不安の表情がよぎった。「でも、あの男がまた襲ってきたら……」

「あれは男じゃない。女だ」トニーは言った。「それに、次に襲ってきたら、俺が阻止する」

「女って……いったいどういうこと？」

「話は岸にたどり着いてからだ」

セーラは男二人に挟まれる格好で泳ぎはじめた。あれは女だ。チャールズ・バートレットには共犯者がいたってことかしら？　少なくとも、事件の真相が明らかになったことは間違いないみたいだわ。

ロレットは栈橋の端で彼らを出迎えた。腰まで水に浸かりながら、セーラに向かって手を差し伸べた。セーラの両腕をつかむと、必死の形相で岸へ引き返しはじめた。

「早く！」ロレットは叫んだ。「早くこの子を水から出すんだ」

足が湖底に触れるやいなや、トニーはセーラを抱き上げた。そして、岸に向かって歩き出した。

岸ではギャラガーとその部下たちが待っていた。

「ヘリの出動を要請した。必ず逮捕するからな」

セーラはトニーの腕の中でもがいた。「もういいわ。下ろして。ちゃんと歩けるから」

しかし、地面に下ろされた彼女は、その場にへたり込みそうになった。トニーは再び彼女を抱き上げ、家へと向かった。

「トニー、私――」

「黙れ、セーラ・ジェーン。とにかく黙ってろ」

思いがけない怒りの言葉にセーラはたじろいだ。

「なんで怒っているの?」

彼女の震える声がトニーの胸をつまらせた。視界に映るデッキがぼやけ、足下がわずかにふらついた。彼はいきなり立ち止まり、芝生に腰を下ろすと、セーラを自分の膝に座らせた。

「トニー?」

「ちくしょう」トニーは悪態をついた。「ちくしょう。ちくしょう」そして、セーラの首に顔を埋(うず)めて泣き出した。

セーラの全身に衝撃が走った。彼女は初めて冷たさを意識した。濡(ぬ)れた服の重さを、靴の中で音をたてる水を意識した。目はいまだにひりひりと痛み、視界がぼやけていた。呼吸ができる幸せ。もう二度と忘れないわ。地獄を乗り切った安堵(あんど)感の中で、彼女はトニーを抱き締めた。ただ抱き締めることしかできなかった。

モーリーは自分の靴とコートを拾い、そのまま家の中へ入った。セーラたちには目もくれなかった。ロレットは足早に近づいてきて、セーラの頭に触れた。そうやって愛する娘の無事を確かめると、次はトニーの背中に両手を当てた。

「さあ、お立ち」ロレットは優しい口調で促した。「ここじゃ身を隠すものがない。セーラを安全な場所に連れてってとくれ」

その警告はどんなものよりも効果があった。トニーはあわてて立ち上がり、セーラを引き寄せた。

「あたしもついてるよ」ロレットは言った。「ほら、早く」

三人は家のほうへ移動した。途中、ロレットは後ろを振り返らずにいられなかった。彼女が感じた危険はまだそこにあった。暗くきらめく水の下をさまよっていた。

浴室に入ると、ロレットは昔よくそうしたようにセーラの服を脱がせた。

「まずは体を温めて、乾いた服に着替えることだ。シャワーの準備はできてるよ。洗い流してしまい、ベイビー・ガール。醜いものを全部洗い流したら、ロレットおばさんがタオルで拭いてやるからね」

セーラの体は震えていた。永久に止まらないのではないかと不安になるほど激しい震え方だった。犯人につかみかかった時の興奮が冷めた反動だろうか。モイラ・ブレークがすべての黒幕かもしれないと聞かされたことも影響しているようだった。

「どうしてなの、ロレットおばさん？　なぜ彼女がこんな真似を？」

「さっさとシャワーを浴びるんだよ、セーラ・ジェーン」

セーラが温かいシャワーの下に立つと、ロレットは浴室を出て、ドアを閉めた。セーラは手のひらにシャンプー液を垂らし、髪をこすりはじめた。浴室のドアが開き、再び閉まったが、彼女は視線を上げなかった。背中にトニーの手を感じて、初めてたじろいだ。

「トニー！　隣にロレットおばさんがいるのよ」

「もういないよ」トニーは服を脱ぎ、セーラと並んでシャワーの下に立った。「ほら、俺にやらせて」そっとつぶやくと、彼女の髪のシャンプーをすすぎはじめた。それから、彼はセーラに浴用タオルを渡し、二人は互いの体を洗った。

服を着る間、彼らは話すことも触れ合うこともしなかった。ただ飽きることなく互いを見つめ合っていた。やがて、トニーはベッドの端に腰を下ろした。

「君が死んだかと思った」その時の恐怖がよみがえり、彼の声をかすれさせた。「セーラ、こんな時に言うことじゃないかもしれないが、どうしても言わせてくれ。俺は君を愛している。君のいない人生は送りたくない。君は俺の人生で最も大切な人になった。だから、君の気持ちを教えてほしい」

「ああ、トニー！」セーラは彼の膝に座った。「私もよ。あなたを愛しているわ。知り合ってから短くたってかまわない。きっかけなんかどうだってかまわない。私、ずっとつらかったの。事件が解決した時、どうやってあなたなしで生きていけばいいのか、そのことばかり考えていたの」

「俺がニューオーリンズに引っ越すよ。向こうで新しくナイトクラブを始めてもいい。どのみち、シカゴにはもううんざりだったんだ。君が俺の妻になると言ってくれるなら、俺はどんなことだってやる」

セーラは大きな体に両腕を回した。喜びに胸が弾んでいた。

「ええ、言うわ。千回だって言うわ。私、あなたと結婚します」

「あとは君をここから連れ出すだけだな」

「でも――」

「事件の真相ははっきりした。犯人だって永遠に隠れてはいられない。いつかは必ず姿を現す。そして逮捕されるんだ」

「そう言われても」セーラはためらった。「モイラが真犯人だったなんて、私、いまだに信じられなくて」

「今、ギャラガーが彼女の家を捜索している」

「でも、彼女はどうやってチャールズ・バートレットの銃を手に入れたの？」

「彼女とタイニーは友達だ。だから、あの夫婦の習慣を知るのも、彼らの留守中に家に忍び込むのも簡単だったんじゃないかな」

「じゃあ、彼女とソニー・ロムフィールドがパパを殺した理由は？　なぜお金を盗んで、そのまま逃げなかったの？」

「さあな。君の親父さんに犯行現場を目撃されたのか、それとも、警察の目をごまかすために親父さんを身代わりに仕立てたのか。いずれにしても、ロムフィールドの事故死で計画は頓挫したわけだ」

「今はまだすべて推測でしかないわけね？」

トニーが答えるより先に電話が鳴り出した。彼はセーラを抱いたまま、背中を反らして受話器をつかんだ。

「もしもし」

「トニー……ギャラガーだ……金を見つけたぞ」

「本当か？　どこにあった？」

「モイラ・ブレークの家の屋根裏だ。トランクの中に入ってた」

「つまり、確定ってわけだな？」

「百パーセント間違いない。これだけ罪状が重なると、裁判はさぞ大変だろう」

「で、彼女は見つかったのか？」トニーは尋ねた。

「いや、まだ捜索中だ。彼女の車はここにある。持ち物や身分証明書のたぐいもな。ウェットスーツ姿じゃそう遠くまでは逃げられない」

「確かに。身柄を確保したら知らせてくれ」

「どうなったの？」トニーが電話を切るなり、セーラは問いかけた。

「モイラの屋根裏部屋から金が見つかったってさ。これで彼女の犯罪は裏づけられたわけだ。連中は今、森の中や湖を捜索している。彼女が捕まるのは時間の問題だ」

「かわいそうなパパ。パパはモイラのことが好きだったのに……本当に大好きだったのに。私、思い出したのよ。パパとママがモイラの事情について話していたのを」

「事情って？」

「今になって考えると、彼女は夫から虐待されていたみたいなの。それでソニー・ロムフィールドに走ったんじゃないかしら。もっとも、だから人を殺していいってことにはならないけど」

トニーはセーラの顔に触れた。顔の造作の一つ一つを指でたどり、唇でその後を追った。セーラは頭をのけ反らせ、愛する男の魔法に身を委ねた。

「情熱を感じる？」

彼女はうめいた。「ええ……ええ、感じるわ」

トニーの両手が彼女の背中を這い上り、前へ回り込んで乳房をとらえた。

「俺の欲望を感じる？　君への愛が感じられる？」

「ええ……ええ」

「そういうことさ、セーラ。モイラは愛のために人を殺した。ところが、ソニーまで死んでしまった。ソニーへの愛を生かしつづけるためには、二人で分かち合った秘密を守るしかなかった。そのためにまた人を殺すことになっても」

「そんなの異常だわ」セーラはつぶやいた。

「ああ、異常だ。モイラも異常なんだよ。彼女はじきに逮捕されるだろう。でも、それまでは君をここにいさせたくないんだ」

「でも、パパの――」

「親父さんの葬儀はちゃんとやる。約束するよ、スウィートベイビー。ただ、親父さんの横に君を葬るのはごめんだ」

「だけど、私を殺す理由はもうないはずよ」セーラは反論した。「秘密はもう秘密じゃなくなったんだから」

「だからこそ危ないんだ」

「なぜ？」

「彼女には君の勝利が許せないから」

「そんな」

トニーは立ち上がり、これからやるべきことを考えはじめた。

「荷物をまとめるんだ、セーラ。俺はロレットおばさんと話してくる。俺たちの予定を彼女に伝えて、何本か電話をかける。日没前にはここを出発するぞ」

「ええ」セーラは答えた。突然、一刻も早くこの場所から離れたくなった。

トニーはもう一度彼女にキスをし、ウィンクとともに部屋を出ていった。

セーラは窓辺に立ち、湖を眺めやった。あの下に引きずり込まれた時の感覚がよみがえった。彼女は昂然と顎を上げ、湖に背中を向けた。真犯人はモイラ・ブレーク。パパは無実だった。世間は明日の朝までにこの事実を知ることになる。そのために大きな代償を支払いかけたけど、私はついにここに来た目的を達成したのよ。

だとしたら、もうここにいる理由はないわ。


モイラ・ブレークは桟橋の真下に浮上した。桟橋の陰に隠れて、セーラが家に運び込まれる様子を眺めた。今に武装した男たちがこのあたりに集まってくるだろう。彼女は手早くマスクとフィンを取った。それを酸素ボンベに結びつけ、水中に落とした。そして、自分は水から上がり、森の中に紛れ込んで、自宅の方角を目指した。

この日が来ることは前々からわかっていた。ソニーがポール・ソレンソンのデスクにあった文鎮をつかみ、フランクリン・ホイットマンの頭に打ちつけた時から覚悟していたことだった。彼女は動転して泣きじゃくりながら、フランクリンの遺体をトランクにつめるのを手伝った。だが心の中では、いつか天罰を受けるとわかっていた。湖に浮かべたトランクが、泡とともにゆっくり沈みはじめた時も、ソニーの棺に最初の土がかけられた時も、彼女は本当はわかっていた。自分の末路を覚悟していた。

それからはただ待つだけの日々だった。体の不自由な夫に仕えながらの長く孤独な歳月だった。罪の意識に苦しむ彼女に、百万ドルを使うことはできなかった。こうして二十年がたったある日、愚かな男が現金輸送車を襲撃し、女を人質に取った。その日を境に彼女の人生の崩壊が始まった。

彼女は努力した。死に物狂いで努力した。だが、彼女は逃げつづけることに疲れていた。嘘で固めた人生に疲れていた。自ら罪を認め、神の裁きを待ったほうがよほど楽な気がした。

モイラは息を切らして自宅のそばまでたどり着いた。そして、長年彼女を守ってきた警戒心に再び救われることになった。彼女は足を止め、自宅の周囲の庭を見回した。前庭のほうにパトカーの後部が見えた。その瞬間、彼女は敗北を悟った。とうとう秘密を知られてしまったのだ。彼女は泥棒として、人殺しとしてさらし者にされるだろう。運がよくても、死ぬまで刑務所で過ごすことになるだろう。そう思うと、目の前が真っ暗になった。いっそのこと、堂々と出ていって自首したい。でも、今はまだだめだわ。愛する男を失うことがどんなものか、セーラ・ホイットマンに思い知らせるまでは。

モイラは家の右手へ回り、納屋に忍び込んだ。そこは下半身が麻痺する前の夫が羊を飼っていた場所だった。彼女は納屋の奥の古い穀物倉に駆け寄り、夫が鼠(ねずみ)退治に使っていた銃身の短いショットガンをつかんで、再び森の中へ紛れ込んだ。すでに家が捜索されているということは、じきに森も捜索されるということだ。彼女に残された時間はそう長くはなかった。

トニーは警備班のチーフに荷造りを続けるように告げた。ダンとファーリーはまだ車に荷物を積み込んでいる最中だったが、モーリー・オーヴァストリートはすでに家路についていた。ギャラガー保安官はヘリコプターの追加を要請してから、自らも捜索に出かけていった。

トニーは玄関ロビーにたたずんだ。急に家の中が空っぽになった気がした。だが、廊下の先からは荷造りをするロレットの鼻歌が聞こえていた。ときおり頭上から聞こえてくる床のきしみが、セーラの荷造りも進んでいることを告げていた。あとは彼自身の荷造りをすませ、荷物を車につめ込み、記憶を置き去りにして出発するだけだった。

彼はすでにこの家を売ろうと決めていた。これから何年たとうと、セーラが水中に引きずり込まれるイメージを拭(ぬぐ)い去ることはできないだろう。もしまたあのデッキに立てば、いやでも銃声とセーラの悲鳴を思い出すことになるだろう。この場所には数々のつらい記憶が染みついている。そういう記憶とは訣別(けつべつ)するべきなのだ。

いったん階段に向かいかけたところで、トニーは裏の納屋の鍵をかけ忘れたことを思い出した。彼はポケットの鍵を探りながらキッチンへ向かった。南京錠をかけるだけなら一分とかからないはずだった。

彼はデッキで足を止め、周囲に目を配った。木立の奥を歩く保安官助手の姿が見える。つまり、ギャラガーとその部下たちはきちんと働いているわけだ。満足した彼はデッキの階段を下り、納屋に向かって駆け出した。

セーラは階段を下りていった。途中、トニーが裏から出ていく音が聞こえた。最後の一段に足を置いた時、ロレットが部屋から飛び出してきた。おばの顔を一目見て、セーラは異変を悟った。

「あの女、彼を殺すつもりだ」ロレットはつぶやいた。頭の中のイメージに打ちのめされたかのようによろめいた。

セーラの心臓が止まりかけた。「そんな……嘘よ……もう終わったはずなのに」彼女はおばに駆け寄り、肩をつかんで揺さぶった。「今なんていったの、ロレットおばさん?」

「あの女が彼を殺そうとしてる」

「ガードマンに連絡を！　みんな、まだ表にいるはずよ。急いで、ロレットおばさん。早く！」

ロレットは目をしばたたき、我に返ったようにセーラの顔を見返した。彼女が玄関へ向かうと同時に、セーラは勝手口へ走った。キッチンを駆け抜けてデッキへ出ると、トニーが納屋へ入っていくのが見えた。ロレットが何を見たのか、彼女にはわからなかった。ただ、おばの顔に浮かんでいたのは明らかに恐怖の表情だ。彼女にはそれで充分だった。

　セーラはデッキの階段を飛び下り、納屋に向かって走った。ドアノブに手を伸ばした時、中から女の声が聞こえた。彼女がドアを開けるより早く、いきなり叫び声がし、続いて銃声が起こった。

「やめて！」セーラは悲鳴をあげ、ドアを引っ張った。

　戸口から差し込む光が、振り返ったモイラの姿を浮かび上がらせた。その顔にかつての優雅さはなかった。いまだにウェットスーツの一部を着たままのモイラは、下品な言葉をわめきながら、ショットガンの銃口をセーラに向けた。

　セーラには、それから起きた出来事がスローモーション映像のように思えた。

　トニーの体が作業台に崩れ落ちていく。血に染まったシャツ。セーラの手が入り口の脇(わき)の壁にかけられた斧(おの)へと伸びた。ここでスローモーション映像はコマ送りの画像に変化した。

　めくれ上がったモイラの唇。撃鉄を起こす親指。

　チェーンソーのオイルの匂(にお)い。

　床のおが屑(くず)の感触。

肘に伝わる斧の重みを感じつつ、セーラは野球のバットを構えるように斧を振りかざした。

鋼が肉にぶつかり、耳をつんざく絶叫が響き渡った。

二度目の銃声とともに、銃弾が屋根に当たった。

芝生にまかれるスプリンクラーの水のように、飛び散る血がおが屑にきれいな図柄を描いた。

必死に空気を求める苦悶(くもん)の声。

そして、静寂。

「あんた、私を殺したわね」モイラがささやいた。

セーラは一瞬うろたえた表情になったが、すぐに歯を食いしばった。

「あなたがあなた自身を殺したのよ」彼女は言った。

床に倒れた時、モイラ・ブレークはすでに息絶えていた。

セーラは斧を落とし、ふらりとよろめいた。倒れかけた彼女を二本の力強い腕がとらえた。

「しっかりするんだよ、ベイビー・ガール」ロレットは言った。同時に、武装した男たちが戸口からなだれ込んできた。彼らは作業台の下に横たわるトニーに駆け寄った。

セーラの顔が苦悩に歪(ゆが)んだ。「モイラが彼を撃ったの。私がいけないの。私がもっと早く来ていれば……」

「彼は生きてます、ミス・ホイットマン。額から出血が見られますが、脈は力強いし安定してます。当分、傷跡と痛みは残るでしょうが、それだけですよ」ガードマンの一人が言った。

セーラはトニーに駆け寄った。かたわらにひざまずき、彼の頭の下に両手を滑り込ませた。

「トニー？」

低くうめいてから、トニーはまぶたを開けた。

「またしてもこのパターンか」そうつぶやくと、彼は指で額に触れた。「くそ。けっこう痛いな」そこで彼はモイラのことを思い出し、あわてて上体を起こした。「彼女、銃を持ってるぞ」

「もう持ってないわ」セーラは言った。

トニーはセーラの背後に視線を投げた。モイラ・ブレークの変わり果てた姿に気づき、驚きに目を見張った。一つ深呼吸をしてから、彼はセーラに視線を戻した。こういう時はなんと言えばいいのだろう。彼にはわからなかった。しかし、セーラが何をしたかはわかっていた。

「俺の命を救ってくれたんだね」

「いいえ、私の命を救ったのよ」セーラは言った。「あなたに何かあったら、私だって生きていられないもの」泣き叫びたい衝動をこらえて、彼女はトニーを抱き締め、まぶたを閉じた。

「セーラ……何があったか話してくれないか？」

ギャラガー保安官の声。セーラの体が震えた。彼女はトニーから身を引き、視線を上げた。とたんに強烈な既視感が襲ってきた。前にもこんなふうにこの人を見上げたことがあるわ。ママの葬儀の日に。墓地で。あの日、この人は腰をかがめて、私の顔に触れた。目に涙をためていた。でも、今日はそこに涙はない。あるのは気遣わしげな表情だけ。

「彼女がトニーを殺そうとしたの。私まで殺そうとしたの。だから、私は彼女を止めた。それだけよ。私はただ止めたかっただけなの」

ギャラガーはトニーに視線を転じた。

「俺に言えることはたいしてないな。モイラに不意を突かれたから。納屋に南京錠をかけに来たら、彼女が中で待っていたんだ。彼女はいきなりわめきはじめた。愛する男なしで生きつづけなきゃならない苦しみをセーラに思い知らせてやる。そう言って、銃の引き金を引いた。俺はとっさに後ろへ飛びのいた。その後どうなったかは知らないが、セーラがいなかったら、俺は死んでいただろうね」

ギャラガーにはその説明で充分だった。彼は部下の一人を指さした。

「救急車を呼べ。検死官にも連絡を入れろ」

「救急車は必要ない。絆創膏でたくさんだ」

ギャラガーはにやりと笑った。「あんたが石頭でよかったよ」

「笑い事じゃないわ」セーラはなんとか立ち上がろうとしながら抗議した。モイラの血の匂いが鼻をついた。今にも吐きそうな気がした。

ギャラガーがトニーを助け起こす間に、彼女はドアへ走った。

彼らが外に出てきた時には、セーラは納屋の横でうずくまり、膝の間に頭を押し込んでいた。かたわらにはひざまずくロレットの姿があった。

その光景を見て、ギャラガーは悟った。追いつめられたセーラが何をしたかを。彼女がその事実を一生引きずっていくことを。彼はトニーに向き直った。

「あんたらは出発の準備をしてたんだろう。町を出る途中で保安官事務所に報告書を出してくれればいいよ。何か質問があれば、追って連絡するから」

セーラが立ち上がった。青ざめた顔には表情がなかったが、声には力強い決意が感じられた。

「いいえ、出発は延期よ。危険は去ったんだから、明日、父を葬るわ……母の隣に。手配はもうすんでいるの」

「わかった」ギャラガーは答えた。「でも、そんなに急がなくても、お父さんの遺体ならこっちで預かって——」

「ここには戻ってきたくないの——もう二度と」

ギャラガーは納得してうなずいた。「セーラ、君はよくやった。それだけは確かだ」

セーラはまずおばを見やり、次にトニーに目を転じた。トニーの瞳には愛情とは別の何かがあった。これまでに見たことのない何かが。彼女はその何かに怯え、急いで視線をそらした。自分の心の奥底にもそれと同じものがあることを認めたくなかった。トニーは彼女の手を取った。二人は並んで家のほうへ歩き出した。

デッキに上がったところで、セーラは一度だけ振り返った。彼女の視線は納屋を通り越し、その先のフラッグスタッフ湖へ向けられた。自分がしたことを考えると、きらめく湖面の美しさも小鳥たちのさえずりもまやかしのように思えた。

暗く濁った水。

暗く濁った過去。

だが、すべては終わった。

そして、彼女の新しい人生が始まった。


天気はその日の気分を映したかのように陰鬱だった。灰色の夜明けを迎えた空はどんよりと曇り、今にも雨が降り出しそうだった。墓地へと続く道にはずらりと車が止められ、人々は霊柩車の到着を待った。それぞれの思いに沈んでいるらしく、口を開く者はほとんどいなかった。恥じ入る気持ちがよほど強いのか、互いに視線を合わせようとさえしなかった。

マーメットの町はいまだにショックから立ち直っていなかった。自分たちがモイラ・ブレークのような凶悪な犯罪者をそれとは知らずにかくまっていたという事実に、皆、打ちのめされていた。タイニー・バートレットとマーシャ・ファレルとアナベス・ハロルドは、二十年前のキャサリン・ホイットマンと似た立場に置かれていた。彼女たちがモイラの正体に気づかずに親しい交際を続けてきたことを、町の人々は信じてくれなかった。チャールズ・バートレットの猟銃がセーラ・ホイットマンの狙撃に使われたことも問題視された。チャールズへの容疑は完全に晴れたのだが、それでも〝火のないところに煙は立たない〟と言う者は少なくなかった。

人々は待った。寒さに震えながら無言で待ちつづけた。ある男とその娘に敬意を払うために。許しを求めて、祈りを捧げるために。

それから数分もたたないうちに、霊柩車が到着し、人垣が動きはじめた。霊柩車の後には自家用車一台と保安官事務所のパトカー三台が続いていた。

今年最大のショーを特等席で見物するために、人々は墓穴へと移動を始めた。霊柩車の後部ドアが開き、黒檀の棺が半分引き出された。セーラの要請を受けたロン・ギャラガーと四人の保安官助手が棺に歩み寄った。銀行勤めの時に着ていた黒っぽいスーツで正装したハーモン・ウェザリーもそれに続いた。六人の男たちは左右に分かれ、棺の取っ手を握った。棺を霊柩車から完全に引き出し、しずしずと墓穴へ近づいた。

自家用車からシルク・デマルコとセーラ・ホイットマンが降り立つと、あちこちで息をのむ音が起こった。人々は彼女がしたことを知っていた。彼女がそれをした理由を知っていた。それでも、彼女の打ちひしがれた表情から目をそらすことができなかった。


墓穴の前に立ったセーラの足下がふらついた。トニーは彼女を支え、自分のかたわらに引き寄せた。昨日の事件の後、医者は彼女に鎮静剤を与えようとした。しかし、彼女はそれを拒絶した。どんな薬を使おうと、ショットガンを構えたモイラの狂気の表情を忘れることはできない。斧で皮膚と筋肉を切り裂いた時の感触を忘れることはできないのだ。

セーラが幼いころに通っていた教会の牧師が前へ進み出た。フランクリン・ホイットマンの墓の前で聖書の一節を朗読してほしいと頼まれ、彼は二つ返事で承諾したのだった。牧師は聖書を広げ、視線を上げた。そして、力強い声で語りかけた。

「私たちが今日ここに集まったのは、フランクリン・ジェームズ・ホイットマンを長き眠りに就かせるためです。私は故人の娘セーラ・ホイットマンに皆さんの前で一節を朗読するように頼まれました。わずか一節です。それがすめば、彼女はこの町を去ります」

人々は無言で眉をひそめた。さんざん待ったあげくに、葬儀はすぐに終わると知らされ、だまされたような気分になっていた。

牧師は咳払いをし、セーラに目を向けた。

「ミス・ホイットマン、朗読を始める前に、深い悲しみの中にあったあなたを拒絶したことを、マーメットの全住民に代わって謝罪させてください」

思いがけない言葉に、セーラはたじろいだ。長年待ちつづけてきた言葉を耳にして、不覚にも喉がつまり、目に涙があふれた。

トニーは彼女の動揺を感じ取った。彼女の体が震えていることに気づいた。彼は身を乗り出し、セーラの耳元でささやいた。

「俺のために我慢しろ、ベイビー……奴らに泣き顔を見せるな」

それこそ私が聞きたかった言葉だわ。セーラはゆっくりと息を吸い込み、彼の支えを求めて、ほんの少しだけ体を傾けた。牧師が聖書を開いた。

「新約聖書のマタイによる福音書、第七章の一節です。主は言われた。〝人を裁くな、裁かれないためである〟」牧師は聖書を閉じ、視線を上げた。「この言葉を忘れないでください。以上です」

しかし、動く者は一人もいなかった。彼らはひたすらセーラ・ホイットマンを見つめていた。彼女はポケットから何かを取り出し、棺の上に置いた。〝パパはナンバーワン〟と書かれたキーホルダーと鍵の束。だが、それを見ることができたのは、棺の近くにいる者たちだけだった。

　ギャラガー保安官が前へ進み出た。彼は帽子を脱ぎ、セーラと握手を交わした。保安官助手たちもこれにならい、彼女と握手を交わしてからパトカーへ引き返した。続いて、ハーモン・ウェザリーが彼女の前に立った。彼はセーラが握手のために差し出した手を持ち上げ、そこにキスをした。

　セーラは彼らと目を合わせることができなかった。目が合えば、きっと泣いてしまうだろう。そこで、彼女は黒い棺の上のキーホルダーを見つめた。その頬にぽつりぽつりと雨が落ちてきた。

　トニーは不安でならなかった。セーラはぎりぎりで踏みとどまっているが、もし泣き出せば、涙を止められないような気がした。

「スウィートハート……」

　セーラはぶたれたように体をびくりと震わせた。そして、知らない他人を見る目つきでトニーを見返した。

「雨が降ってきたよ」トニーは彼女の手を取った。

　ヒステリーを起こしかけていたセーラは、その優しい仕草で落ち着きを取り戻した。集まった人々を振り返り、一人一人の顔を見据えた。彼女の視線を受けて、ポール・ソレンソンがうなだれた。アナベス・ハロルドは目をそらした。それでも、セーラは見つめつづけた。彼らに罪を自覚させるために。無慈悲なおこないを忘れさせないために。

最後に、彼女はトニーに目を向けた。トニーの愛情を頼りに、心に残っていた恨みや敵意と訣別した。

「これで終わったのね？」車へ向かいながら、セーラは尋ねた。

「ああ、ベイビー、これで終わりだ。さあ、うちへ帰ろう」

エピローグ

六カ月後　ルイジアナ州ニューオーリンズ

「あらら……あなたの彼ったら、よその女に愛想を振りまいちゃって。ちゃんと見張ってなきゃだめじゃない」ミシェルが言った。

〈トレ・シルク〉のグランド・オープンは最高潮を迎えていた。セーラが予想したとおりの大盛況ぶりだった。セーラは人込みの中で仕事に励むトニーを眺めやった。それから、余裕の笑顔でロレットの末娘にウィンクし、自分の腹を軽くたたいた。

「わかってないのね、ミシェル。私の彼はそんな人じゃないわ。私たち、強い絆（きずな）で結ばれているのよ。ここと」彼女の手が腹から心臓へ移った。「ここで」

仲のいい姉妹がよくそうするように、ミシェルはセーラの肩にもたれかかり、くすくす笑った。セーラに投げキスを送ってから、女性ファンに囲まれた夫フランソワの救出に向かった。

セーラは一人残される格好になった。しかし、彼女の孤独感を察知したのか、すぐにトニーがかたわらに現れた。彼は長身を折り曲げ、椅子に座るセーラの髪を持ち上げて、耳の後ろにキスをした。

セーラは挑発的な笑みを浮かべて立ち上がった。「キスもいいけど、ダンスには誘ってくれないの？」

トニーは彼女を腕の中へ引き寄せた。音楽は騒々しいケイジャンふうの曲からゆったりとした官能的なブルースに変わりつつあった。

「俺のセーラ」ダンスフロアを巡りながら、トニーはささやいた。

「もう一度言って」

「俺のセーラ。俺のセーラ……永遠に俺のものだ」

セーラは彼を見上げて微笑した。

「今夜はちょっとしたパラダイス気分ね」

「ちょっとした？」トニーはわざとがっかりしたふりをした。

セーラはタキシードのジャケットの下へ両手を滑り込ませ、彼の欲望の高まりが感じられる程度に体を弓なりに反らした。

「ああ……私のシルク……パラダイスにも段階があるのよ。ここでのあなたはみんなのものだわ。それはそれでいいと思うの。でも、うちではあなたを独占できる。だから、うちが私にとっての本当のパラダイスなの。あなたがいて、私たちの赤ちゃんがいて」

感極まったトニーは無言で彼女を抱く腕に力をこめた。

彼はいまだに不安に駆られることがあった。夜、暗闇(くらやみ)の中で眠るセーラを抱いていても、彼女がいない人生を考えるとたまらない気持ちになった。そして、これまでの出来事を、彼女が乗り越えてきた試練を思い返し、彼女が生きていることを神に感謝したくなるのだった。

巨大なシャンデリアの下、周囲のカップルが踊りつづける中で、トニーはふと足を止めた。

「上を見てごらん、セーラ」

セーラはシャンデリアを見上げ、微笑を浮かべた。「最初は大きすぎるかと思ったけど、あなたの言ったとおりね。堂々として、とても立派だわ」

「この光は君のためなんだよ」トニーはそっとつぶやいた。「闇を締め出すためなんだ」

セーラの微笑が揺らぎ、そして消えた。泣いてはいけないと思ったが、とても我慢できそうになかった。涙があふれた瞬間、彼女はうつむいて視線をそらした。

まただ、とトニーは思った。この半年間、セーラは何度こうやって感情を殺してきたことか。でも、このままじゃいけない。

「セーラ、もうやめよう。過去は終わった。今日から俺たちは光の中で生きていくんだ」

二人はまばゆい光の下でくるくると回りはじめた。いつしかセーラはたくましい腕にしがみつき、声をあげて笑っていた。

トニーの言うとおりだった。過去は終わったのだ。彼らには未来があった。生まれてくる赤ん坊と二人で分かち合った愛があった。

訳者あとがき

シャロン・サラは使命感を持って創作活動を続けてきた作家です。彼女の作品にはつねに社会性の強いテーマがあり、読者一人一人への熱いメッセージがこめられています。本書のメッセージは巻頭の献辞にもあるとおり、〝親の罪は子供の罪ではない〟〝自分が責任を負うべき相手は自分自身である〟ということです。確かに、世の中では〝親があああだから、子供もこうなのだ〟といった理屈がまかり通っているように思われます。問題のある親のもとに生まれた子供は、親の問題を背負わされて生きていくことになるのです。サラ自身もアルコール依存症の父を持つ子供として苦い経験を味わってきました。その経験から生まれたのが本書です。聖書が愛読書というサラは、テーマを印象づけるために物語の中で新約聖書の言葉を引用していますが、その言葉には宗教の枠を超えた真実の重みがあると思います。

本書の舞台はカナダ国境に近いメイン州のマーメットという小さな町です。ヒロインのセーラはこの町で生まれ、銀行員の父親と母親に愛されて育ちました。ところが十歳の時に父親が銀行の大金とともに姿を消すという事件が起こります。町の住民たちは残された家族を糾弾し、追いつめられた母親は自ら命を絶ち、セーラはニューオーリンズに住む名づけ親のロレットに引き取られることになりました。それから二十年後、マーメット郊外の湖でトランクづめの人骨が発見されます。人骨が自分の父親だと知らされたセーラは、過去の事件に疑問を抱き、父親の汚名をすすぐためにマーメットに戻ってきます。家族を崩壊させた町の人々への怒りを引きずり、すべての人に疑いの目を向けていた彼女は、どのようにして事件の真相にたどり着き、どのような形で心の決着をつけるのでしょうか。

本書にはヒロインのセーラ以外にも魅力的な人物が数多く登場します。セーラの養母となったロレットにはブードゥー教の呪い師という過去があり、人の心や未来が読める不思議な能力を持っています。食いしん坊の私立探偵モーリーにもベトナムに従軍した過去があり、おまけに刑務所に入ったらしい謎の前科まであって、彼が今までにどのような人生を送ってきたのか、大いに好奇心をくすぐってくれます。しかし、訳者にとって最も魅力的に思えたのは、小さな町の狭量さと俗物性を体現している〝おばさん四人組〟でした。本書を読み終えた方ならば、きっと共感していただけますよね？

二〇〇四年八月

平江まゆみ

＊本書は、2005年6月にMIRA文庫より刊行された作品の
新装版です。

ダーク・シークレット

2024年12月15日発行　第1刷

著　者　シャロン・サラ
訳　者　平江（ひらえ）まゆみ
発行人　鈴木幸辰
発行所　株式会社ハーパーコリンズ・ジャパン
東京都千代田区大手町1-5-1
04-2951-2000（注文）
0570-008091（読者サービス係）
印刷・製本　中央精版印刷株式会社

ISBN978-4-596-72026-9

mirabooks

砂漠に消えた人魚
ヘザー・グレアム
風音さやか 訳

英国貴族たちの遺跡発掘旅行へ同行することになったキャット。参加条件でもあったサー・ハンターとの偽りの婚約が、彼の地で思いもよらぬ情熱を呼び寄せ…。

白い迷路
ヘザー・グレアム
風音さやか 訳

友人の死をきっかけに不可解な出来事に見舞われることになったニッキ。動揺する彼女の前に現れた不思議な魅力をもつ男ブレントとともにその謎に迫るが…。

眠らない月
ヘザー・グレアム
風音さやか 訳

歴史ある瀟洒な邸宅の奇妙な噂を調査しにやってきたダーシー。依頼者のマットとともに真相を追うが、ある晩見た夢をきっかけに何者かに狙われはじめ…。

炎のコスタリカ
リンダ・ハワード
松田信子 訳

国家機密を巡る事件に巻き込まれ、密林の奥に監禁された富豪の娘ジェーン。辣腕スパイに救出され、始まったサバイバル生活で、眠っていた本能が目覚め…。

美しい悲劇
リンダ・ハワード
入江真奈子 訳

帰郷したキャサリンを出迎えたのは、彼女の牧場を取り仕切るルールだった。彼の姿に、忘れられないあの日の記憶と、封じ込めていた甘い感情がよみがえり…。

瞳に輝く星
リンダ・ハワード
米崎邦子 訳

亡き父が隣の牧場主ジョンから10万ドルもの借金をしていたと知ったミシェル。返済期限を延ばしてほしいと頼むが、彼は信じがたい提案を持ちかけて…。